Merle A. Fossum / Marilyn J. Mason · Aber keiner darf's erfahren

Merle A. Fossum · Marilyn J. Mason

# Aber keiner darf's erfahren

*Scham und Selbstwertgefühl in Familien*

Kösel

Aus dem Amerikanischen von Sonja Schuhmacher, Stadlern.
Die Originalausgabe erschien unter dem Titel »Facing Shame.
Families In Recovery« bei W. W. Norton & Company, Inc., New York.

ISBN 3-466-30325-7
© 1986 by Merle A. Fossum and Marilyn J. Mason
© 1992 für die deutsche Ausgabe by Kösel-Verlag
GmbH & Co., München
Printed in Germany. Alle Rechte vorbehalten
Druck und Bindung: Kösel, Kempten
Umschlag: Kaselow Design, München
Umschlagmotiv: TCL/Bavaria

1 2 3 4 5 · 96 95 94 93 92

*Wir widmen dieses Buch unseren Kindern Jeanine, Jerry, Thyra und Linnea, daß sie den Mut finden mögen, den Drachen zu trotzen, die ihnen begegnen, und unseren Patienten – die mit uns der Scham die Stirn geboten haben.*

# Inhalt

Vorwort .................................. 9
Einführung ............................... 15
Dank ..................................... 22
1 Der unsichtbare Drache .................. 23
2 Systeme des Respekts und der Scham ...... 43
3 Ursachen und Fortdauer der Scham ........ 63
4 Das Selbst und die Grenzen .............. 87
5 Die Familienregeln des schamdominierten Systems .... 117
6 Die Interaktion von Scham und Kontrolle ......... 139
7 Sucht und Scham in der Familie ............. 159
8 Voraussetzungen für die Therapie ............ 187
9 Von der Scham zur Achtung ............... 205

Literatur ............................... 227
Namen- und Sachverzeichnis ............... 231

# Vorwort

Die Forschungsergebnisse der Sozialwissenschaften bestätigen allmählich und mit Verspätung die aufschlußreichen Einsichten von Dichtern und Schriftstellern. Die Erforschung der innerpsychischen Welt des Individuums begann mit der psychoanalytischen Beschäftigung mit Träumen, parallel dazu erfolgten die ersten psychologischen Tests. Bald folgte die Untersuchung zwischenmenschlicher Beziehungen, ergänzt durch die aus der Therapie der Partnerbeziehung gewonnenen Erkenntnisse und die anthropologischen Studien zu Ehe und Werbung. Die Beobachtungen der Anthropologen zu Kultur und Individuen, Untergruppen und Familien fanden Bestätigung durch die Entwicklung der Familientherapie und die Studien zu Verhalten, Sprache und Mythologie des Familiensystems. Das Gebiet der Familientherapie hat sich seither durch eine Reihe theoretischer Systeme und tieferer Einsichten in die Dynamik innerhalb der Familie ständig erweitert.

Im Laufe der Jahre ist die Psychotherapie sowohl Heilkunst als auch psychosoziale Forschungsmethode geworden. Daher konnte nun durch die Berührungspunkte zwischen dem Familiensystem und seinen Teilsystemen deutlicher gemacht werden, wie die Kontrolle hierarchisch verteilt ist. Die Verfasser des vorliegenden Buches haben uns auf eine neue Schnittstelle aufmerksam gemacht. Sie stellen die Beziehung zwischen unserer Sozialstruktur und der Familie dar. Die Teilsysteme unserer Gesellschaft sind heute stärker in die Städte verlagert; damit sind neue Kräfteverhältnisse geschaffen worden, denn die Nachbarn und die Gemeinschaft üben stärkeren Druck aus, der durch Schule, Kirchen und politisches System geltend gemacht wird. Die Stärke des oder der einzelnen wird in erster Linie durch die frühkindlichen Erfahrungen in der Familie bestimmt. Die Macht der Familie, ihre Stabilität und ihre Toleranz gegenüber Veränderungen hängt jedoch in hohem Maße von den Forderungen der Sozialstruktur ab. In Babylon mußten sich alle, die krank wurden, auf den Marktplatz setzen, und jeder Bürger, der vorbeikam, sollte ein Rezept gegen die Krankheit empfehlen, an das sich der Patient zu halten hatte. Das heißt, die Gesellschaft war der Arzt, und man ging davon aus, daß der einzelne die Krankheit unter Kontrolle hat. Adam und Eva lebten sorgenfrei. Als sie die Regeln ihrer Gemeinschaft verletzten, wurde ihnen bewußt, daß sie nackt waren. Sie schämten sich, daß sie dem Bilde ihres Schöpfers nicht gerecht wurden. In unserer modernen Welt ist das erste Gebot, »Du sollst kein Bildnis anbeten«, durch die Kultur ausgehöhlt, so daß die vorsätzliche Gestaltung eines günstigen »Image« als eigene Kunst und Wissenschaft gilt. Es ist, als hätten wir die Macht der Bilder-Anbetung wiederentdeckt und ein rechtschaffenes Handwerk daraus gemacht. Wir reden beiläufig davon, der Präsident plane, sein Image zu ändern und den Russen gegenüber eine weichere Linie zu verfolgen, er wolle in bezug auf Südafrika weniger versöhnlich auftreten und sich mehr um seine Wähler kümmern.

Für den Bauernsohn bedeutete die Dissonanz zwischen der Kontrolle durch die Eltern und den abenteuerlustigen Bemühungen der Kinder einen persönlichen Kampf, denn er wuchs isoliert von der Gemeinschaft auf. Die Kluft zwischen den Generationen war innerhalb der Familie spürbar. In der Ghettogemeinschaft einer modernen Stadt führen jedoch die Eltern im Kampf zwischen den Generationen eine kollektive Komponente ein: »Kein Sohn würde es wagen, sich seiner Mutter gegenüber so zu benehmen.« So bringt die Mutter eine dritte Person in die Auseinandersetzung zwischen zweien, zwischen Eltern und Kind. Eigentlich sagt sie: »Du mußt dich unserem Familienethos anpassen, du mußt dich jedoch auch vorsehen, damit die anderen nicht auf uns herabblicken und du der ganzen Familie keine Schande machst.«

Die Notwendigkeit, sich korrekt zu kleiden und akzeptabel zu benehmen, wird auf diese Weise von der Persönlichkeit des einzelnen abgetrennt. Wenn die Familie gesund ist, bestärkt sie nicht die gesellschaftliche Forderung nach angemessenem Verhalten, sondern

respektiert die Persönlichkeit als vorrangigen Beweis für den Wert des Individuums. Das Gegenteil von Scham ist Stolz. Die Erfahrung der Schande ist verbunden mit dem Gefühl, dem projizierten Bild nicht gerecht zu werden. Wenn man sich korrekt kleidet, korrekt spricht, die richtigen Leute kennt und dem Image gerecht wird, das andere Menschen respektieren, dann ist man erfolgreich. Ein Karikaturist zeichnete einen Psychiater, der mit einem Expatienten spricht und vorwurfsvoll meint: »Sie fühlen sich also nach all den Jahren der Therapie immer noch schuldig? Sie sollten sich schämen!« Schuld ist die innere Erfahrung, die man macht, nachdem man den Moralkodex verletzt hat. Scham erfährt man, wenn die soziale Gruppe auf einen herabblickt. Der wesentliche Unterschied liegt darin, daß Scham, wie der Stolz, mehr mit dem Phantasiebild von der eigenen Person zusammenhängt als mit dem tatsächlichen Verhalten. Stolz bedeutet Aufrechterhalten der Phantasie, des Größenwahns, der Vorstellung, von anderen beneidet zu werden. Stolz ist nicht die Zufriedenheit über eine Leistung, sondern die Glorifizierung eines Traums. Bezeichnenderweise hindern sowohl Stolz als auch Scham das Individuum daran, seiner Persönlichkeit Geltung zu verschaffen. Ich denke, das Opfer der Scham schlechthin wäre der Königssohn, der in der verzerrten Wahrnehmung der anderen keine Fehler aufweist. Deshalb wurde ihm ein Prügelknabe beigesellt. Immer wenn der Königssohn etwas tat, das dem Image der Vollkommenheit nicht entsprach, bezog der Prügelknabe Schläge, um dem Prinzen zu ermöglichen, mit der Schande fertig zu werden. Schämen mußte er sich, weil er die nationale Wahnvorstellung von seiner Vollkommenheit verletzt hatte, die durch die Familie und die Menschen um ihn herum veranschaulicht wird.
Die Autoren haben ein neues Krankheitsbild entdeckt, das man als »Sucht nach sozialer Anpassung« bezeichnen könnte. Symptom dieser Sucht ist jede Abweichung von den Normen der Gemeinschaft. Im wesentlichen hat die Familie diese Normen akzeptiert, und der einzelne muß sich so verhalten, daß er Bewunderung erntet, weil er das Image aufrechterhält, das die Gemeinschaft und die Familie von sich selbst haben. Diese Dreiecksbeziehung breitet sich

auch in unserer modernen sozialen Struktur immer weiter aus. Den Status innerhalb der Gemeinschaft gewinnt man nicht mehr durch die eigene Persönlichkeit, sondern er steht und fällt mit der sozialen Kreativität, Leistung und Brauchbarkeit des einzelnen. Die Behauptung, Präsident Carter sei ein bewundernswerter Mensch ist zweitrangig gegenüber der Tatsache, daß er kein glänzendes Image aufrechterhielt, und deshalb war er als Präsident weniger erfolgreich. Im Gegensatz dazu galt Präsident Reagan als Politiker, der richtig handelte, ein Image des Erfolgs aufbauen konnte und deshalb Achtung verdiente.

Scham ist das Ergebnis eines gesellschaftlichen Verbrechens, der Nichtbeachtung des sozialen Gesetzes: »Du sollst nicht Vater und Mutter ehren, sondern dem Image gerecht werden, das sie für die Nachbarn geschaffen haben.« Ein für seine Unehrlichkeit bekannter Alkoholiker, ist ein solcher sozialer Sünder. Umschreiben könnte man dies als Bemühung, ein korrigiertes, gebilligtes Image aufzubauen. Er glaubt, er habe sein Alkoholproblem unter Kontrolle und sein öffentliches Image sei korrigierbar. Seine Lügen sind kleine, harmlose Unaufrichtigkeiten. Er hat sich im moralischen Sinne nicht versündigt und ist deshalb nicht schuldig. Er erfährt nur Mißbilligung im sozialen Sinne. Er ist peinlich und bereitet Peinlichkeiten.

Ist das tatsächlich eine Beschreibung des neuen Systemsyndroms? Die Familie etabliert sich als stolze Untergruppe der Gemeinschaft und macht ihre Mitglieder zu Abhängigen, die dem Stolz auf soziale Anpassung verfallen sind? Die postmodernen Ethnographen werden sich Zeit nehmen müssen, um die Schnittstellen zwischen der Gemeinschaft, der Familie, der interpersonalen Welt der Zweier- und Dreierbeziehungen und der intrapsychischen Welt des Individuums zu integrieren. Darüber hinaus ist es sogar möglich, daß die Offenlegung dieses Familien-Gemeinschafts-Modells mehr und genauere Untersuchungen der Dynamik im hierarchischen System verlangt; in den Naturwissenschaften greift dasselbe Phänomen um sich und hat zu erheblichen Fortschritten in der Forschung geführt. Die Autoren haben ein Modell erarbeitet, um in der Systemhierarchie bis zur Gemeinschaft und ihren Auswirkungen auf die Familie und deren einzelne Mitglieder aufzusteigen. Daraus resultiert eine bestimmte Form der Entwertung in der dritten Person, die sie als Scham bezeichnen. Der Schatten der Öffentlichkeit wird zur Schreckensvision des einzelnen. Ist dieses spezielle Symptom das Resultat von Kindheitserlebnissen in der Familie? Lebt diese Familie in einer Beziehung zur Gemeinschaft, die von falschem Stolz geprägt wird, und benutzt sie dann das Familienmitglied als Sündenbock? Wenn das zutrifft, dann schützt die Familie ihr Image, indem sie das einzelne Familienmitglied im Namen der Gemeinschaft entwertet. Sind wir dabei, ein System zu entdecken, das das soziale Introjekt und seine Auswirkung auf die Familie klären wird? Führen uns die Autoren über die Statistiken der Soziologen und die anschaulichen, photographischen Details der Anthropologen hinaus? Wenn ja, stehen wir möglicherweise am Beginn einer Untersuchung des kollektiven Unbewußten der Gemeinschaft, wie es sich in den versteckten Aspekten einiger Familien spiegelt, die unter dem Einfluß der sozialen Sünde und der neuen Religion des Materialismus zerstört werden – denn wir alle sind soziale Sklaven des kollektiven Unbewußten.

*Carl A. Whitaker, M.D.*

# Einführung

Dieses Buch handelt von einem Drachen, einem mythischen Ungeheuer namens Scham. In unserem Kulturkreis sind bisher nur wenige Menschen diesem Untier entronnen, in dessen Klauen wir bewegungslos erstarren und unser Sprachvermögen einbüßen. Die Chinesen sagen, der Drache besitze die Kraft der Metamorphose und die Gabe, sich unsichtbar zu machen. Scham ist in hohem Maße unsichtbar; doch gerade das Unsichtbare im Leben wollen wir unbedingt kennenlernen. Wir glauben an die Metamorphose des Drachen, der Scham heißt. Ebenso wie ein Stück Kohle Wärme und Geborgenheit ausstrahlt, wenn man es entzündet, kann eine Familie ihre Dynamik umwandeln und Scham durch Achtung ersetzen. Beide haben das Potential zur Veränderung, nur der zündende Funke fehlt. Auf diese Metamorphose haben wir uns stets vor allem konzentriert. Familien können ihre Beziehungen verändern, wenn sie den Mut aufbringen, dem Drachen die Stirn zu bieten. Bateson (1982) hat festgestellt, die Struktur, die verbindet, sei die Struktur, die korrigiert. Diese korrigierende Struktur führt auch zum Wachstum.

Aus der Zeit, als wir die Scham als Familiendynamik im klinischen Sinne erkannten, sind uns zwei Szenen in lebendiger Erinnerung geblieben. Bei der einen steht im Mittelpunkt, wie wir auf die Scham aufmerksam wurden, die andere zeigt, wie wir zu einer Definition fanden.

Während einer Therapiesitzung beobachteten wir eine verblüffende Reaktion auf eine inzwischen vergessene Bemerkung. Ein leichter »Schatten« von Röte überzog das Gesicht der Patientin, ihr Ausdruck veränderte sich allerdings nicht, ja, er schien geradezu erstarrt. Ihre wortlose affektive Reaktion signalisierte ein Gefühl, das wesentlich intensiver war als bloße Verlegenheit. Wir waren verwirrt: eine so starke Reaktion war durch unser Geplauder nicht gerechtfertigt. Wir spürten, daß wir unbeabsichtigt einen verborgenen Schmerz angesprochen hatten, und fragten: »Ich habe das Gefühl, daß das, was ich gerade gesagt habe, bei Ihnen Scham auslöst; ist das richtig?« Die Patientin errötete, nickte langsam und erwiderte: »Ja doch, ja. Ich glaube, ich wußte nicht, daß es für dieses schreckliche Gefühl ein Wort gibt. Es passiert mir recht oft.« Einen Augenblick später gab sie einen tiefen Seufzer der Erleichterung von sich, und wir sprachen über die Interaktion und die Ursache ihrer Scham. Als wir übereinkamen, dieses Phänomen mit ihr gründlicher zu untersuchen, wurde uns klar, daß nicht nur in unserer Patientin, sondern auch bei uns etwas vor sich ging. Wir bemerkten, daß uns nicht klar war, warum wir nach der Scham gefragt hatten.

Als wir die Sitzung später durchsprachen, dachten wir über andere Patienten nach, auf deren Gesicht wir den »Schatten« gesehen hatten. Dieses Ereignis stand am Anfang unserer Untersuchung zum Thema Scham.

Wir betrachteten Scham unter dem Gesichtspunkt der Familientherapie und stellten fest, daß in Familien mit rigiden, perfektionistischen Regelsystemen eine enge Korrelation zwischen Scham und Abhängigkeit besteht. Bei uns begannen Familien eine Therapie, die bereits wegen Drogenabhängigkeit, anderem Suchtverhalten sowie körperlichem und sexuellem Mißbrauch behandelt worden waren. Die Scham schien hier ein Ordnungsprinzip der Familiendynamik darzustellen.

Wenn wir den Begriff der Scham als familienbezogene Frage diskutieren, müssen wir ihn in einen Kontext stellen. Wir können die Scham nicht isoliert betrachten; die Familie ist mit dem sozialen Gefüge unseres Landes eng verwoben. Wir erleben auf der Ebene der Familie genau das, was gesellschaftlich oder national vorherrscht. Andere Institutionen neben der Familie – Kirchen, Schulen und das politische System – haben Anteil an der Dynamik der Scham, die wir in den Familien wahrnehmen.

Die Folge ist, daß viele Menschen versuchen, einem unerreichbaren Image gerecht zu werden, das von anderen suggeriert oder verlangt

wird. Die Medien – Bücher, Fernsehen und Filme – haben lange Zeit ein romantisches Bild von der Familie gezeichnet. Wenn Familien diesem perfektionistischen Image nicht entsprechen, fühlen sie sich unzulänglich und wertlos, üben verstärkte Kontrolle und strengen sich noch mehr an. Wenn das Regelsystem der Familie ein so hohes Maß an Kontrolle festschreibt, wird der Kreislauf der Scham in Gang gesetzt. Auf diese Weise beeinflussen gesellschaftliche Normen die psychodynamische Sphäre der Familie. Scham ist ein Thema, das nicht nur Familien betrifft, die heute mit Suchtproblemen zu tun haben. Scham ist eine Erfahrung, die sehr viele Leute gemacht haben – aus allen sozioökonomischen Gruppen, unabhängig von Alter und ethnischem Hintergrund. Niemand ist gegen entehrende Erfahrungen gefeit. Zudem ist die Scham durch unzählige, gut entwickelte, ausgeklügelte Abwehrsysteme getarnt. Diese Masken können in einer vertrauensvollen Therapiebeziehung gelüftet werden, so daß der zugrundeliegende Schmerz und die Scham für die Behandlung zugänglich werden. Während wir uns mit dem Thema Scham auseinandersetzten, sahen wir auch unsere eigenen Familien aus einer neuen Perspektive. Wir erkannten, daß wir wie selbstverständlich auch persönlich von dem betroffen waren, was wir beruflich entdeckten. So begannen unsere Bemühungen, die Mythen und Geheimnisse unserer Herkunftsfamilie zu entschlüsseln und unser jeweiliges familiäres Leid und die Scham zu identifizieren. Im Lauf der Zeit konnten wir uns von unserer eigenen Geschichte der Scham ein klares Bild machen und unsere frühere und heutige Loyalität gegenüber Familienregeln und -mythen besser verstehen. Wir hatten versucht, unser Familienimage intakt zu halten, und, wenn das nicht gelang, den persönlichen Schmerz gespürt. Was damit begann, daß wir die Scham unserer Patienten untersuchten, wurde ein sehr persönlicher Prozeß, der uns mit ihnen auf eine Ebene stellte.
Als wir für andere Therapeuten, Geistliche und Pädagogen Workshops über Scham anboten, hörten wir oft den Kommentar: »Ich wollte etwas über die Scham meiner Klienten erfahren und habe nun auch etwas über mich selbst gelernt.« Es wurde immer deutlicher, daß wir ein sehr verbreitetes Phänomen bearbeiteten.

Bei unserer Auseinandersetzung mit Scham bekam noch ein zweites Gespräch besondere Bedeutung; es ging um die Definition des Begriffs. Nach einer Beratung unterhielten wir uns eines Nachmittags mit Carl Whitaker und fragten ihn, was er über Scham dachte. Carl schwieg eine Weile und erwiderte dann scherzhaft: »Du schämst dich, wenn du den Leuten nicht weismachen kannst, du wärst der, für den du dich ausgibst.« Nach dieser humorvollen Definition des »falschen Selbst«, ging er zum Schreibtisch und las vor, wie das Lexikon Scham definierte. Der Begriff wurde dort als »quälende Empfindung« erläutert. In der Folge versuchten wir, den Begriff Scham genauer zu fassen.

Wir untersuchten anhand der Literatur Scham unter der Perspektive der Philosophie, der Psychoanalyse und der Ich-Psychologie. Wir lasen über das »Schamgefühl«, den Zyklus von Scham-Schuld und die Scham in der Ich-Identität. Anschließend konzentrierten wir uns auf die Psychotherapie und stießen auf eine Definition, die aus einem einfachen Zyklus von Scham-Schuld (Piers & Singer 1971), über eine zwischenmenschliche Untersuchung (Kaufman 1980) und eine Beschreibung im Kontext der Familie (Stierlin 1974) entwickelt wurde. Wir pflichteten einigen Kollegen, die Scham von Schuld unterschieden, theoretisch bei, machten jedoch im Lauf der Zeit in bezug auf beide Begriffe eine deutliche Kehrtwendung. Unsere Definition von Scham bezieht sich auf eine so schmerzliche Demütigung, eine so überwältigende Verlegenheit und ein Gefühl so tiefer Entwürdigung, daß die betroffene Person glaubt, in Grund und Boden zu versinken. Scham betrifft das gesamte Selbst und den Selbstwert eines Menschen.

Wir stimmen zwar den früheren Definitionen von Scham zu (Schneider 1977), haben jedoch eine positivere Auffassung hinsichtlich ihrer therapeutischen Bedeutung. Wir sind überzeugt: Wenn wir der Scham in einem unterstützenden Umfeld die Stirn bieten, so gewinnen wir die Möglichkeit, auf unserer Reise zur Befreiung und Reife eine neue Richtung einzuschlagen. Unsere Interpretation von Scham geht aus von einer Unterscheidung zwischen *neurotischer Schuld*, die auf eine Familiendynamik der Angst und Zwanghaftigkeit zurückzuführen ist, und *reifer Schuld*, die als affektives Barometer des Gewissens dient und mit unseren tiefverwurzelten Wertvorstellungen in Verbindung steht. Wir haben sowohl die Scham als auch die reife Schuld in einem Therapiemodell auf ein Kontinuum gestellt, um die Bewegung von der schamdominierten zur respektvollen Familiendynamik nachzuzeichnen. Bei der Anwendung dieses Modells haben wir festgestellt, daß die Konfrontation mit der Scham die Abhängigkeit vermindert und dazu beiträgt, die Identität zu entwickeln und damit Suchtverhalten und Zwangsvorstellungen zu reduzieren. Bei diesem Prozeß werden die persönliche Freiheit und Würde wiederhergestellt.

In Kapitel 1 beschreiben wir das klinische Problem, definieren die Begriffe »Scham« und »Schuld« und erörtern die Hintergründe der Scham für Psychotherapeuten. Wir zeigen, daß ein wesentlich wirkungsvolleres Modell für die Familientherapie zur Verfügung steht, wenn Scham im Kontext des Familiensystems interpretiert wird. In Kapitel 2 stellen wir dem schamdominierten Familiensystem das respektvolle System gegenüber. Beide weisen Merkmale auf, die Therapeuten bei der Arbeit an den Schamgefühlen der Patienten erkennen können.
Die Ursachen der Scham und die gegenwärtigen Verhaltensweisen werden in Kapitel 3 dargestellt. Wir definieren drei Stadien der Scham: extern, vererbt-generationsübergreifend und aufrechterhalten. Die *externe Scham* ist bedingt durch ein, oft traumatisches, Ereignis, durch das eine öffentliche Bloßstellung und Demütigung der Familie riskiert wird. Dabei handelt es sich um Ereignisse, durch die der Familienstolz eingebüßt wird, zum Beispiel der Verlust des Arbeitsplatzes oder ein Vergehen wie Unterschlagung oder im Extremfall unverschleierte sexuelle Gewalt in der Familie. Da die Familie das Geheimnis der externen Scham hütet, kommt es zur *vererbten, generationsübergreifenden Scham*. Die aufrechterhaltene Scham stellt sich als klinisches Problem dar. Hier handelt es sich um die gegenwärtige schamdominierte Dynamik, die die Scham in der Familie und in den zwischenmenschlichen Beziehungsmustern der Mitglieder aufrechterhält. Hier besprechen wir auch die unzähligen Masken, hinter denen sich die Scham in Familien verbirgt.

Kapitel 4 untersucht das Fehlen klarer Grenzen auf der Ebene der Familienstruktur, in der Ehe, zwischen den Generationen und auf der innerpsychischen oder Ich-Ebene. In diesem Kapitel wird auch die Reißverschlußmetapher erklärt, die veranschaulicht, wie persönliche Grenzen entwickelt und aufrechterhalten werden. Die verborgenen Regeln, die die wiederkehrenden Interaktionsmuster in der schamdominierten Familie beherrschen, werden in Kapitel 5 dargestellt. Diese acht Regeln können das schamdominierte System hervorbringen und aufrechterhalten.

Unser begriffliches Modell von Scham und Kontrolle steht im Mittelpunkt von Kapitel 6. Wir illustrieren den Zyklus der Scham: Kontrolle, Lösung und Scham.

Da Sucht und Scham untrennbar verknüpft sind, befassen wir uns in Kapitel 7 mit den am häufigsten festgestellten Abhängigkeiten, die uns begegnen und mit denen wir arbeiten. Wir besprechen außerdem die Dynamik der Co-Abhängigkeit und die Rolle von Selbsthilfegruppen, die nach dem Zwölf-Schritte-Programm arbeiten und die Therapie ergänzen.

In Kapitel 8 erläutern wir den philosophischen Unterbau unseres Therapie-Ansatzes. Wir zeigen die Annahmen auf, von denen unser Therapieverfahren ausgeht. Hier wollen wir besonders betonen, daß unsere Krisen Entwicklungsmöglichkeiten öffnen.

Kapitel 9 erörtert die grundlegenden therapeutischen Eingriffe, von denen wir bei der Arbeit mit schamdominierten Familien Gebrauch machen. In diesem Kapitel betrachten wir den einzelnen im Kontext seiner Herkunftsfamilie parallel zu seinen gegenwärtigen Lebensproblemen und beschreiben den Therapieverlauf.

Wir räumen ein, daß Therapeuten, die mit unserem Modell arbeiten, ihre persönliche Beziehung zu den Patienten nutzen müssen. Dieser Ansatz ist oft mit langfristiger Arbeit verbunden. Doch obwohl er sich für kurzfristige Therapiemodelle nicht gut eignet, haben wir festgestellt, daß unsere Ideen allen Therapeuten Mut machen und nützen können, da ein neues Muster im Kaleidoskop der Familientherapie sichtbar wird. Wenn wir die Regeln des Familiensystems brechen, indem wir offen über Scham sprechen und die unsichtbare Fessel zerreißen, die so viele von uns jahrelang gebunden hat, kommen wir der Selbstachtung und Integrität wieder einen Schritt näher. Wir stellen uns ganz offen die Frage, ob es uns gelungen ist zu vermitteln, was Scham wirklich ist; wir hoffen jedoch, daß die hier berichteten Anamnesen Familientherapeuten helfen, die Scham in Familien zu verstehen und zu überwinden. Vielleicht kommt dies am besten in einem Zitat von Mary Richards zum Ausdruck: »Wir müssen erkennen, daß in uns ein kreatives Wesen lebt, ob wir wollen oder nicht, und daß wir ihm den Weg freiräumen müssen, denn vorher läßt es uns nicht in Ruhe.« (Richards 1964: 27)

# Dank

Die Fertigstellung des vorliegenden Buches ist ein freudiger Anlaß. Er gibt uns Gelegenheit, den vielen Menschen zu danken, von denen wir gelernt haben, die uns persönlich unterstützt und mit uns am Manuskript gearbeitet haben. Unsere »Berufsfamilie« und unsere Kotherapeuten am Family Therapy Institute, Rene Schwartz, Karen Johnson, Jim Jacobs und David Keith haben in vielerlei Hinsicht geholfen, sie haben uns zugehört, Anregungen gegeben und an unsere Arbeit geglaubt. Insbesondere Rene hat großzügig Ideen beigesteuert und Zeit für die Lektüre des Manuskripts geopfert. Davids hilfreiche editorische Vorschläge wurden im gesamten Buch berücksichtigt. Unser Team wäre nicht vollständig ohne Esther Davis, die uns immer wieder Mut zusprach und uns half, Ordnung zu halten. Auch Jane Dickman als freundliche Nachbarin und tüchtige Sekretärin wollen wir unsere Anerkennung aussprechen.

Wir haben viele Lehrer gehabt. Wir möchten zwei nennen, die uns soviel beigebracht und so an uns geglaubt haben, daß wir auch selbst an uns glauben konnten, Virginia Satir und Carl Whitaker. Dafür, was wir aus dem Gelernten gemacht und wie wir es in diesem Buch dargestellt haben, tragen sie keine Verantwortung. Ihre Lehren und ihre Freundschaft halten wir in Ehren, weil sie die Grundlage unserer Arbeit bilden.

Außerdem danken wir der Graphikerin und Künstlerin Kathryn Mickelson, die unsere Illustrationen so lebendig gestaltet hat.

Unser besonderer Dank gilt unserer Lektorin Susan Barrows, die unsere Arbeit begleitet und von Anfang an daran geglaubt hat, sowie Carl Whitaker, der uns mit ihr bekannt gemacht hat.

# 1 Der unsichtbare Drache

Als Konrad und Melanie* zur ersten Therapiesitzung bei uns erschienen, traten sie als das erfolgreiche Mittelklassepaar par excellence auf. Konrad war einunddreißig, groß, mit lockigem, braunen Haar, und trug den dunklen Nadelstreifenanzug, der zu dem Erscheinungsbild gehört, das er als Anwalt bieten mußte. Sein Händedruck war fest und bestimmt, er lächelte unbefangen. Melanie war dreißig Jahre alt, geschmackvoll gekleidet, mit rotblondem Haar und blassem Teint. Ihr Kostüm, das konservative Make-up und die Frisur verrieten Geschmack und Aufmerksamkeit fürs Detail. Dies würde ihr im Bankgeschäft, wo sie als vielversprechende junge Führungskraft arbeitete, zustatten kommen. Bei der ersten Begegnung wirkte sie etwas kühler und reservierter als Konrad, obwohl sie darauf erpicht schien, die Sitzung zu beginnen.

Zu Beginn des Gesprächs fragten wir, was sie veranlaßt habe, familientherapeutische Beratung zu suchen. Sie warfen sich einen kurzen Blick zu, hoben die Augenbrauen, und Melanie sagte: »Willst du anfangen oder soll ich?« Konrad nickte, sie sollte beginnen. Nun, da sie sich zurechtsetzte, stellten wir fest, daß ihrer vorbildlichen Erscheinung durch feine Falten um die Augen, Zeichen der Erschöpfung, Abbruch getan wurde. Sie sagte, in ihrer Beziehung sei das Gefühl der Liebe verloren gegangen. Während sie sprach, starr-

---

* Wie bei den anderen Personen, die wir in unseren Fallbeispielen erwähnen, sind in Konrad und Melanie Eigenschaften verschiedener Scham-Patienten vereinigt, die wir in der klinischen Praxis kennengelernt haben. Die Erfahrungen von schamdominierten Menschen sind vergleichbar; jede Ähnlichkeit unserer Beispiele mit bestimmten Personen ist nur die Folge ihrer typischen Charakteristika.

te Konrad in die Ferne und dachte vielleicht an die Zeiten, als ihre Beziehung noch liebevoller gewesen war. Doch seine Zurückhaltung währte nur solange, bis sie eine Meinungsverschiedenheit schilderte, zu der es vor drei Tagen gekommen war. Melanie hatte sich auf dem Nachhauseweg in einem Geschäft eine Tüte vorzüglicher, großer Grapefruits gekauft, die fürs Frühstück bestimmt waren. Als sie später am Abend in die Küche kam, ertappte sie Konrad, der am Tisch saß und eine davon verzehrte.

An dieser Stelle fuhr Konrad dazwischen: »Jetzt aber langsam. Wie oft hast du schon Sachen gegessen, die ich für mich gekauft hatte? Mach lieber keine Affäre daraus, denn ich meine, wir sollten teilen, was wir haben.«

Nun war Melanie an der Reihe, beleidigt zu sein. Sie wandte ein, er habe überhaupt nicht verstanden, was sie meinte. Sie hatte diese Grapefruits zum eigenen Verbrauch gekauft und er hatte eine für seine egoistischen Zwecke »gestohlen«, ohne zu fragen!

Ihr Streit war von grimmiger, emotionaler Heftigkeit und aufwühlender Leidenschaft, doch er bewegte sich kein bißchen auf eine Lösung zu. Sie bombardierten sich gegenseitig mit Vorwürfen, und manchmal funkelten ihre Augen geradezu vor Haß; dann wieder nahmen sie Blickkontakt auf und zeigten andeutungsweise ein albernes, kokettes Lächeln. Diese Heftigkeit war ohne Bedeutung und ohne Tiefe. Es war ein Kampf, der scheinbar nur um seiner selbst willen und wegen des intensiven Gefühls der Hemmungslosigkeit im Kontakt (so schmerzlich er war) geführt wurde und nicht auf die Beilegung von Meinungsverschiedenheiten zielte. Es wurde uns rasch klar, daß uns als Therapeuten harte Arbeit bevorstand, wenn wir uns in ihrem alle Aufmerksamkeit fordernden Wortwechsel auch nur Gehör verschaffen wollten. Diese Leute hatten gelernt, wie man erfolgreich Karriere macht und berufliche Kontakte pflegt, doch in der Intimität persönlicher Beziehungen benahmen sie sich wie Anfänger, das heißt wie Kinder.

Bezeichnend war es für uns, daß die Heftigkeit ihrer Interaktion eskalierte, es ihnen dabei jedoch nicht gelang, einem echten Meinungsaustausch oder einer Lösung näher zu kommen. Er nannte sie ein »egoistisches Miststück«, sie nannte ihn einen »verlogenen

Schwächling«. Als Therapeuten hatten wir inzwischen genug gesehen, und mehr als genug, um die Unarten ihrer Beziehung zu kennen. Mit erhobener Stimme setzten wir der hoffnungslosen Interaktion ein Ende, und als wir die Aufmerksamkeit der beiden wieder auf uns gelenkt hatten, fragten wir:»Wie lange gehen Sie schon mit solchen Angriffen und Beleidigungen gegeneinander vor?«
Beide brachten eine schwache Verteidigung vor und brachen dann zusammen wie schamerfüllte Kinder. Konrad ließ den Kopf hängen und wandte den Blick ab. Melanie fing an zu weinen und sagte, sie sei ein hoffnungsloser Fall.»Ich möchte am liebsten im Boden versinken.«
An der Oberfläche sehen wir am Beispiel von Melanie und Konrad ein Paar, daß sich in die kleinlichsten und kindischsten Streitereien verwickelt. So zu leben ist für beide traurig und schmerzlich. Doch die Heftigkeit ihrer Kämpfe (mehr als die Kämpfe selbst) hält sie im Bann – und bietet Ausgleich für den Schmerz. Sie leben unter den Zwängen, die ein schamdominiertes Familienregelsystem auferlegt. Die Regeln, die ihre Interaktion steuern, verhindern die Entwicklung einer echten Persönlichkeit. Statt dessen bauen sie Schamgefühle auf, erleben eine Beeinträchtigung des Persönlichkeitsgefühls und empfinden sich als schlecht oder leer.
Wir definieren Scham empirisch. Es geht um mehr als Gesichtsverlust oder Verlegenheit. *Scham ist ein inneres Gefühl der völligen Herabwürdigung und Unzulänglichkeit als Person. Sie ist das Selbst, das das Selbst verurteilt. Ein Augenblick, in dem man Scham erlebt, kann eine so schmerzliche Demütigung oder so tiefe Entwürdigung bedeuten, daß man das Gefühl hat, seiner Würde beraubt zu sein oder als im Grunde unzulänglich, schlecht und ablehnenswert bloßgestellt zu werden. Wenn das Schamgefühl vorherrscht, so geht man stets von der Prämisse aus, man sei als Mensch grundsätzlich schlecht, unzulänglich, mit Fehlern behaftet, wertlos oder minderwertig.*
Wir unterscheiden zwischen den Begriffen»Schuld«und»Scham«. Schuld ist entwicklungsmäßig gesehen das reife, obgleich schmerzliche Gefühl der Reue, das man aufgrund eines Verhaltens verspürt, das die persönlichen Wertvorstellungen verletzt hat. Schuld wirkt

sich weder direkt auf die eigene Identität aus, noch führt sie zu Minderwertigkeitsgefühlen. Sie geht von einem vollständig ausgebildeten Gewissen und Wertvorstellungen aus. Sie reflektiert ein Selbst, das sich entwickelt. Ein Mensch, der sich schuldig fühlt, könnte sagen: »Ich fühle mich schrecklich, weil ich sehe, daß ich etwas getan habe, das meine Wertvorstellungen verletzt.« Oder: »Es tut mir leid, daß mein Verhalten solche Folgen hat.« Damit werden die Wertvorstellungen dieses Menschen bekräftigt. Die Möglichkeit, das Geschehene wiedergutzumachen, ist vorhanden, Lernen und Wachstum werden gefördert. Während Schuld ein schmerzliches Gefühl der Reue und der Verantwortung für das eigene Handeln darstellt, ist die Scham eine qualvolle Empfindung, die die eigene Person betrifft. Die Möglichkeit, etwas wiedergutzumachen, scheint dem schamerfüllten Menschen verschlossen, weil Scham eine Frage der Identität ist, und keine Verletzung von Verhaltensregeln. Man kann nichts daraus lernen, und die Erfahrung eröffnet keine Wachstumsmöglichkeiten, weil sie nur die negativen Gefühle hinsichtlich der eigenen Person bestätigt.

Für viele Menschen existiert Scham passiv, ohne Namen. Ihr Ursprung liegt in der Entwicklung der Identität oder in den Prämissen des »wer bin ich«. Die Wurzeln der Scham liegen in Beleidigungen, persönlichen Verletzungen, Verführung und Vergewaltigung, wobei das Selbstgefühl mit Füßen getreten und die eigenen Grenzen zerstört wurden. Zurück bleibt nur ein Schmerz. Es gibt keine Worte für die fehlende Selbstbestätigung, die häufig die Scham ausmacht. Wie können wir ausdrücken: »Es gelingt mir nicht, mir selbst meinen Wert zu bestätigen«? Das aktivere Erlebnis der Scham findet Worte wie »dumm«, »Schwächling«, »verrückt«, »krankhaft«.

Bei der Begegnung mit Melanie und Konrad sahen wir mehrere Charakteristika einer Struktur, die darauf verwies, daß wir es mit einem schamdominierten Familiensystem zu tun hatten. Ihre individuellen Schamgefühle waren im *Bewußtsein* nicht auffällig, da sie nach dem tonangebenden Erfolgsrezept ihrer Kultur lebten. Diese Hülle sichtbaren Erfolgs verdeckte ein darunterliegendes Gefühl, als Person unentwickelt und unzulänglich zu sein. Die Familienstruktur in einem solchen System kann sowohl für die Therapeuten als auch für die Familienmitglieder entmutigend, ja erdrückend sein. Wenn wir jedoch die bekannten Merkmale in der Struktur des schamdominierten Systems erkennen, haben wir für unsere Arbeit mit den Klienten Hoffnung. Die Wahrnehmung der Struktur hat den Weg gewiesen zur Formulierung wirkungsvoller und sinnvoller Therapiemethoden.

Im folgenden sollen einige Charakteristika des schamdominierten Systems genannt werden, die am Beispiel von Konrad und Melanie erkennbar sind: 1. *die Mischung von Kontrolle und Chaos,* die sich im Gegensatz zwischen ihrer öffentlichen Tüchtigkeit und ihrem chaotischen Privatleben zeigt; 2. *die Schuldzuweisungen und entwertenden Botschaften,* die zum Ausdruck kommen, wenn sich die Partner beschimpfen, die Mitteilungen des anderen immer wieder mißverstehen und unpassende Flirtversuchen machen; 3. *die verbale und nonverbale Darstellung der Scham,* wie sie sich durch den abgewandten Blick, den gesenkten Kopf, die hängenden Schultern und das Gefühl,»ein hoffnungsloser Fall« zu sein, zeigt; 4. *die Unfähigkeiten, Transaktionen zum Abschluß zu bringen,* die in der fehlenden Entschlossenheit und der scheinbar endlosen Verstimmung sichtbar wird; 5. *das subjektive Gefühl der Therapeuten, das auf Irreführung oder fehlende Teile im Gespräch verweist* – wir hatten das starke, subjektive Gefühl, daß das besprochene »Problem« keinen rechten Sinn ergab.

## *Die dargebotenen Probleme*

Wenn Klienten im Büro des Psychotherapeuten erscheinen, sind sie sich in der Regel im klaren über das unmittelbare Ereignis, den Druck oder persönlichen Schmerz, die dem Besuch vorangingen. Motiviert sind sie möglicherweise von dem persönlichen Gefühl, in der Ehe versagt zu haben, durch eine gerichtliche Verfügung, durch die Überweisung ihres Hausarztes oder durch ein Verhalten ihres Kindes, das Sorgen bereitet. Dennoch werden sie keine Liste aller Symptome oder Verhaltensweisen mitbringen, die nach Meinung des Therapeuten / der Therapeutin für ihre Probleme zentral sind. Alle Menschen haben Verhaltensmuster, Annahmen und einen Lebensstil, die sie als selbstverständlich voraussetzen und die die unbewußte Bühne für ihr tägliches Leben abgeben. Familienregeln, persönliche Verhaltensmuster, die die Regeln unterstützen, und die individuelle Loyalität zum System fallen zum Großteil unter diese unbewußte Kategorie. Eine Familienregel könnte beispielsweise lauten: »Zeige deine Bedürfnisse nicht.« Verhaltensmuster, die diese Regel stützen, wären Prahlerei und gespielte Tapferkeit in der Familieninteraktion, Stehlen und unterdrückte Einsamkeit. Die Loyalität kommt zum Beispiel so zum Ausdruck: »Die meisten Familien machen es auch so« oder »Ich kann einfach nicht anders«. Diese »Bühnenbild«-Variablen bilden die Grundlage, auf der die einzelnen Familienmitglieder stehen, und vereinigen sie zu einer Familiengruppe. Zwar hat jedes Familiensystem ein einzigartiges Muster, das die Bühne strukturiert, doch als Familientherapeuten suchten wir die *Struktur der Strukturen*, die uns Verallgemeinerungen über Familien ermöglicht.

Genau das haben wir getan, indem wir die Strukturen der Scham aufdeckten. Zu Beginn unserer Forschungsarbeit meinten wir, es mit klar unterscheidbaren Problemen zu tun zu haben – eine Familie hatte ein Problem mit Alkoholmißbrauch, eine andere mit Zwanghaftigkeit in bezug auf Geld und eine dritte mit körperlichen Mißhandlungen. Die verschiedenen Familienstrukturen fügten sich zu einer Struktur, einer Schablone der Scham. Wir haben festgestellt, daß Fragen der Scham eine Stufe tiefer liegen als die Probleme, die an den Therapeuten / die Therapeutin herangetragen werden. In der Regel ist der spezielle Schmerz oder Druck, den die Patienten wahrnehmen, nur ein Nebeneffekt, der durch das System erzeugt wird. Aufgabe des Familientherapeuten ist es, die Stufe zu erforschen, auf der diese Probleme beruhen. Das Konzept des schamdominierten Familiensystems stellt, im Vergleich zu den bisherigen Möglichkeiten, ein wesentlich wirksameres Therapiemodell dar, um eine ganze Reihe dieser Probleme aufzudecken und zu behandeln.

So wie wir den Begriff definieren, *zeichnet sich eine schamdominierte Familie durch ein sich selbst erhaltendes, mehrere Genera-*

*tionen umfassendes Interaktionssystem aus, wobei die Mitwirkenden einem Regel- und Verbotssystem Loyalität beweisen (oder zu Lebzeiten bewiesen haben), das Kontrolle, Perfektionismus, Schuldzuweisung und Verleugnung fordert. Die Struktur verbietet oder vereitelt den Aufbau authentischer, intimer Beziehungen, leistet der Geheimnistuerei und verschwommenen persönlichen Grenzen Vorschub, flößt den Familienmitgliedern unbewußt Schamgefühle ein, sorgt für Chaos in deren Leben und verpflichtet sie, die Scham in sich selbst und ihren Angehörigen zu verewigen.* Dies geschieht ungeachtet der guten Absichten und Wünsche und der Liebe, die ebenfalls Bestandteil des Systems sein können.

Melanie und Konrad, das Paar, das zu Anfang des Kapitels vorgestellt wurde, zeigten in ihrer Interaktion die Strukturen des schamdominierten Systems. Was sie zum Ausdruck bringen konnten und was sie veranlaßte, therapeutische Hilfe zu suchen, war das Leiden an ihrer Beziehung als Eheleute. Aufgrund der Struktur, die wir wahrnahmen, wußten wir, daß wir ihnen wesentlich wirksamer und erfolgreicher helfen konnten, eine liebevolle, intime Beziehung aufzubauen, wenn wir die Wurzeln ihrer Schamgefühle untersuchten.

Unsere ersten Erkenntnisse über das schamdominierte Familiensystem gingen aus unseren Untersuchungen über Familien mit einem süchtigen Mitglied hervor. Das starke öffentliche Interesse am Alkoholismus veranlaßte uns, diese Familien mit verstärkter Aufmerksamkeit zu betrachten. Damals benutzten wir den Begriff der »Alkoholikerfamilie«. Viele Merkmale, die wir heute allgemein als Charakteristika der schamdominierten Familie auffassen, hielten wir ursprünglich für Kennzeichen von Familien mit Alkohol- oder Drogenabhängigkeit. Im Rückblick wird klar, daß wir ein wesentlich umfassenderes und verbreiteteres Krankheitsbild erkannt haben, das sich nicht auf Suchtmittelabhängigkeit eingrenzen läßt. Die Verbindung der familientherapeutischen Perspektive mit der Sorge um den Alkoholismus erwies sich als sehr fruchtbar. Die Untersuchung von Familien mit Alkoholproblemen führte zu der weiterreichenden Frage der Scham in der Familie.

Sobald die Struktur dieses Systems erkennbar wurde, nahmen wir die Struktur in einzelnen Familien wahr und stellten die Frage: »Wo ist die Abhängigkeit?« Oft führte uns die Frage zu einer Suchtmittelabhängigkeit, die bisher unerkannt geblieben war. Manchmal war die Abhängigkeit in der gegenwärtigen Kernfamilie überhaupt nicht manifest, sondern zeigte sich als hervorstechendes Merkmal der Kindheitsfamilie von einem oder beiden Erwachsenen. Dies führte uns zur nächsten Einsicht: das charakteristische System konnte in den nachfolgenden Generationen unabhängig von jeder aktiven Sucht weitergeführt werden. Vielen erwachsenen Kindern von Alkoholikern hat diese Erkenntnis geholfen. Sie können von der bei »Alkoholikerfamilien« benutzten Therapiemethode profitieren, obwohl in der gegenwärtigen Generation kein Alkoholismus vorliegt, denn das schamdominierte Familiensystem umfaßt mehrere Generationen und erhält sich selbst.

Bei anderen Familien stellten wir die Frage:»Wo ist die Abhängigkeit?«, und obwohl die charakteristische Struktur klar erkennbar war, gab es keine Hinweise auf Suchtmittelabhängigkeit in dieser oder den vorhergehenden Generationen. Der »Schlüssel« führte uns zu einer systematischen Struktur, die den Hintergrund für viele Formen menschlichen Leids und Elends abgibt und sich nicht auf Suchtmittelabhängigkeit beschränkt. Symptome der schamdominierten Familie finden wir, wenn Menschen *sich selbst zwanghaft mißbrauchen*, und die Möglichkeiten hierzu sind fast unbegrenzt: sie mißbrauchen Drogen und Alkohol, sie fügen sich körperliche Schmerzen und Verletzungen zu, sie überarbeiten sich, treiben übermäßigen Sport oder hungern sich zu Tode. Dasselbe Thema ist erkennbar, wenn Menschen *zwanghaft andere mißbrauchen*, seien es ihre Kinder oder Ehegatten und sei es körperlicher, sexueller oder emotionaler Mißbrauch. Die Struktur zeigt sich in vielen verschiedenen Verhaltensweisen, die wir als zwanghaft erkannt haben. Dazu gehören *Zwänge in bezug auf Geld und materielle Güter*, zum Beispiel Kaufsucht, Verschwendungssucht, Hamstern, zwanghaftes Sparen und Ladendiebstahl. Viele *Zwänge in bezug auf Sexualität* gehören ebenfalls hierher, zum Beispiel zwanghafter Voyeurismus, Exhibitionismus, Masturbation, Affären und Zufallsbegegnungen mit zwanghaftem Charakter, der Gebrauch von Pornographie, obszöne Telephonanrufe, Inzest und Vergewaltigung. Zu der Unzahl

der zwanghaften Verhaltensweisen zählen außerdem die *Eßstörungen*, wie Anorexia nervosa, Bulimie, zwanghafte Diäten und Überfressen. Die Struktur des schamdominierten Systems sehen wir außerdem bei der *Platzangst* und bei bestimmten *psychosomatischen* Problemen.
Oft wird die zwanghafte Natur dieser Verhaltensmuster weder vom Klienten noch vom Therapeuten erkannt. In anderen Fällen weigern sich Therapeuten, die Zwanghaftigkeit wahrzunehmen, da sie entschlossen sind, den Patienten für sein Verhalten verantwortlich zu machen. Auch wir machen natürlich die Leute für ihr Verhalten verantwortlich. Wenn die Zwanghaftigkeit erkannt wird, weist sie eine Richtung der Behandlung, die den Betroffenen ermöglicht, *erfolgreich* die Verantwortung zu übernehmen. So bietet sich die Möglichkeit, der Scham direkt die Stirn zu bieten und die Elemente des Systems, das die Scham aufrechterhält, auszutauschen.
Inzwischen sehen wir eine Vielzahl von Zwangshandlungen aus einer neuen Perspektive: als Suchtverhalten in einem systematischen Sinne, obwohl keine physische, organische Abhängigkeit besteht. Diese Zwänge oder Abhängigkeiten häufen sich in den Familien des schamdominierten Systems und scheinen in einigen Fällen geradezu austauschbar. Wenn eine der Verhaltensweisen kontrolliert wird oder in den Hintergrund tritt, kann sie durch eine andere ersetzt werden. Sie stellen Bedingungen dar, die innerhalb des Systems auftreten und durch ihre Zwanghaftigkeit als zentrale Stützpfeiler dienen, um den Status quo im System aufrechtzuerhalten. In jeder Familie mit stark ausgeprägten Schamgefühlen kann man eine ganze Reihe dieser Symptome bei den einzelnen Mitgliedern wahrnehmen, manche deutlich erkennbar und andere mehr im Hintergrund.
Zum Beispiel kommt eine Patientin zu uns und sucht Hilfe wegen Traurigkeit und Depression. Um jedoch die Dynamik ihres Schmerzes zu verstehen, untersuchen wir ihr Familiensystem, und es stellt sich heraus, daß ihr Vater alkoholabhängig und gewalttätig war; in der Familie gibt es noch weitere, gegenwärtig vorhandene Symptome, die bisher unbemerkt blieben, zum Beispiel ein Ehemann, der zwanghaft verschwendungs- und eßsüchtig ist, und ein Kind, das

Ladendiebstahl betreibt. All diese Symptome greifen ineinander, treten der Reihe nach auf der Bühne der schamdominierten Familie in Erscheinung und dienen dazu, das System aufrechtzuerhalten. Eine Therapeutin, die versucht, die Depression der Patientin zu behandeln, und dabei das Familiensystem außer acht läßt, kennt zu wenig von der Wahrheit. Eine Familientherapeutin wird vielleicht gebeten, durch eines dieser »Fenster« familiären Leids in die Familie zu kommen, während die anderen Symptome unbemerkt und unerwähnt bleiben.

## *Das Problem erhält das System aufrecht*

Wenn es Ziel der Therapie ist, das System einer schamdominierten Familie zu verändern, ist es lebensnotwendig, vorhandene zwanghafte, mißbräuchliche oder phobische Verhaltensweisen zu erkennen. Solange diese Verhaltensmuster unerkannt bleiben und nur indirekt behandelt werden, bleiben die entmenschlichenden und beschämenden Aspekte des Systems erhalten. Wir haben im therapeutischen Prozeß wiederholt die Erfahrung gemacht, daß ein Patient sehr langsame oder gar keine Fortschritte macht. Dann stellt sich im Laufe der Therapie heraus, daß ein bestimmtes, auf Scham gegründetes Verhalten geheim gehalten oder als unwichtig abgetan wurde. In diesem Augenblick kommt es in der Therapie zum Durchbruch, weil das Verhalten, obwohl es nicht die ursprüngliche Ursache der Scham darstellt, wesentlich dazu beiträgt, das Gleichgewicht des Systems und die Scham der Beteiligten aufrechtzuerhalten.

In unserem Fallbeispiel sprachen Melanie und Konrad offen und direkt über ihre dauernden Streitereien und Machtkämpfe in der Beziehung. Das Mißtrauen und die verletzten Gefühle nahmen überhand. Was sie jedoch niemals direkt miteinander besprachen, und noch weniger mit den Therapeuten, war die Tatsache, daß es in ihrer Beziehung viel Irreführung und Geheimnistuerei gab. Konrads Verhältnis zum Geld und Geldausgeben war der erste Zwang, der durch die Therapie sichtbar wurde. Er hatte die Gewohnheit, Dinge zu kaufen, die er nie benutzte, die er nicht brauchte und sich nicht leisten konnte. Er baute umfangreiche Kreditkonten auf und versuchte, sie vor Melanie geheimzuhalten. Melanie wollte Konrad vertrauen, weil sie sich schämte, als mißtrauische Ehefrau dazustehen. Dennoch prüfte sie heimlich seine Einkäufe, blieb auf dem laufenden über seine neuen Werkzeuge und Kleider und fragte indirekt danach. In regelmäßigen Abständen spitzte sich die Lage zu, und es kam zu einem heftigen Streit, der jedoch nie zu einer stichhaltigen Lösung führte. Die Auseinandersetzungen endeten durch Ablenkung oder wegen Erschöpfung, und beide nahmen ihr geheimnistuerisches, indirektes Verhalten wieder auf. Weder Melanie noch Konrad wußten, daß es sich um einen Zwang handelte.

Die Therapeuten, denen das Kaufverhalten nicht bewußt war, arbeiteten mit den beiden an ihren Kommunikationsproblemen, dem Selbstwertgefühl und der Autonomie, das heißt an Fragen, die für ihre Probleme relevant waren. Während der wochenlangen Therapie waren keine wesentlichen Fortschritte und Lernerfolge zu verzeichnen, bis schließlich der Kaufzwang ans Licht kam. Das ereignete sich, nachdem es in der Beziehung wieder einmal zur Explosion gekommen war. In der Sitzung entschuldigte sich Melanie bei Konrad dafür, daß sie das Thema zur Sprache brachte, denn sie wußte, daß es ihn aus der Fassung bringen würde. Sie berichtete, ein Mitarbeiter einer Inkasso-Agentur sei an der Haustür erschienen und habe einen Kredit auf Konrads Namen in Höhe von 30 000 Mark präsentiert. Er hatte ihr von dem Darlehen nie zuvor etwas erzählt. Konrad schämte sich abgrundtief und war wütend, weil Melanie seine »Geschäftsangelegenheiten« in der Therapie ausbreitete. Er behauptete, nicht zu wissen, wofür er das ganze Geld ausgegeben hatte. Als wir die Geschichte zusammenstückelten, bestanden wir darauf, daß Konrad detailliert offenlegen sollte, wofür er das Geld verwendet hatte. Er wußte tatsächlich selbst nicht, wo der Großteil geblieben war, da sein zwanghaftes, süchtiges Verhaltensmuster vorschrieb, die Wahrheit vor sich selbst zu verbergen, indem er sie ignorierte. Offensichtlich hatte er sein Kaufverhalten nicht unter Kontrolle. Wesentliche Fortschritte würden solange ausbleiben, bis er sich das Problem und die Notwendigkeit, daran zu arbeiten, eingestand. Ebenso bedeutungsvoll war, daß sich Melanie auf Konrad und sein Problem konzentrierte und es so vermied, für ihr eigenes Leben Verantwortung zu übernehmen. Wenn die Therapie periodisch wiederkehrend steckenbleibt oder stockt, ist dies ein Hinweis darauf, daß ein auf Scham basierendes, zwanghaftes Verhalten vorliegen könnte, das noch nicht adäquat wahrgenommen wurde. In bestimmten Fällen hat man das Gefühl vorwärtszukommen, doch die Entwicklung wirkt verschwommen und kommt solange nicht zum Abschluß, bis man sich dem zwanghaften, mißbräuchlichen oder phobischen Verhalten stellt. Die traditionelle Psychodynamik schreibt vor, nach der Motivation, dem dynamischen Bedürfnis oder der historischen Grundlage des Verhaltens zu suchen. Diese theoretische Position besagt, daß das neurotische Bedürfnis, sobald es in der Therapie aufgelöst wird, nicht mehr als solches existiert. Das Verhalten wird eingestellt, sobald es keine Funktion mehr hat. Wir haben festgestellt, daß diese Position für das Verständnis des schamdominierten Systems unzureichend ist.

Wir haben dagegen ein System beobachtet, das sich selbständig gemacht hat und das, völlig losgelöst von der ursprünglichen Motivation, an einem Verhalten festhält, es verstärkt und ritualisiert. Die Betroffenen halten an dem Verhalten fest und sind nicht in der Lage, aufgrund einer rationalen Entscheidung damit aufzuhören. Familientherapeuten, insbesondere die Palo-Alto-Gruppe, befassen sich mit einer zentralen Frage: »Warum bleiben Familien so, wie sie sind?« Diese kreative Frage führt uns über die Suche nach der ursprünglichen Ursache eines Problems hinaus. Sie impliziert einen Prozeß, der in der Gegenwart weiterläuft und der ein Muster aufrechterhält. Wenn wir das schamdominierte System betrachten, sehen wir einen derartigen sich selbst erhaltenden Prozeß. Die Ausgleichsreaktionen innerhalb des Systems dienen nur dazu, das Problem zu verschärfen. Anschließend führt das verschärfte Problem zu stärkeren Ausgleichsreaktionen. Wenn das schamdominierte System erst einmal in Gang gesetzt ist, tendiert es dazu, gemäß seiner eigenen Triebkraft in Bewegung zu bleiben. Die ursprüngliche Motivation oder das Bedürfnis, das dem Verhalten zugrundeliegt, stellt nicht mehr die aktive Dynamik dar. Die Relevanz der historischen Ursachen und die Notwendigkeit, sie zu bearbeiten, fallen in der Therapie nicht unter den Tisch, doch der Zug muß erst einmal zum Stillstand gebracht werden. Die Ursachen gehen in der Regel auf Schikane und Unglück in der Vergangenheit zurück. In der Therapie widmet man sich jedoch zunächst dem sich verselbständigenden System von heute.

Der in Abbildung 1 dargestellte Schamzyklus soll den sich selbsterhaltenden Prozeß veranschaulichen. Er wird in Kapitel 6 ausführlicher erörtert. An dieser Stelle führen wir den hypothetischen Zyklus ein, um zu erklären, was damit gemeint ist, wenn wir sagen: »Das Problem erhält das System aufrecht.«

Zunächst untersuchen wir, wie sich einzelne Familienmitglieder im Zyklus bewegen. Später besprechen wir die Hintergründe für das System als ganzes. Jede Position auf dem Kreis unterstützt und bestärkt die andere Position. Die Kontrollphase macht die Lösungsphase wahrscheinlicher und intensiver. Die verstärkte Lösungsphase macht intensivere Kontrolle erforderlich. Die Scham steht im Zentrum dieses destruktiven Vorgangs, sie treibt ihn an, ordnet ihn und intensiviert beide Phasen. Die Lösungsphase verstärkt die Scham, entweder aufgrund ihrer chaotischen Natur oder weil sie die Werte der Kontrolle verletzt. Die Kontrollphase empfindet man als Ausweg vor der Scham, doch sie ist in Wirklichkeit nur ein Versteck und verdeckt die Scham. Die Scham wächst, weil in der Lösungsphase die Kontrolle oder die persönliche Würde und Integrität eingebüßt werden, und sie verstärkt in der Folge die Kontrolle und die Besserungsbemühungen. Jede Phase des Zyklus stellt eine Ausgleichsreaktion auf die andere dar. Kontrolle und Lösung können auch als natürlicher menschlicher Rhythmus verstanden werden, wenn sie jedoch durch die Scham organisiert und verstärkt werden, entwickeln sie sich zu intensiven, unkontrollierbaren und destruktiven Polaritäten.

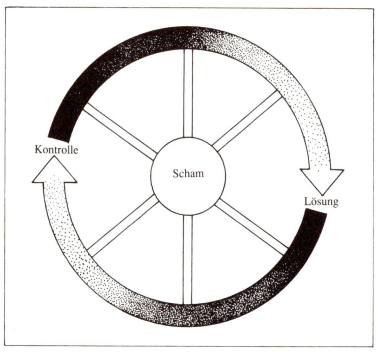

*Abbildung 1* Der Schamzyklus

Einige vereinfachte Beispiele können den Prozeß veranschaulichen. Ein Vater in der Kontrollphase ist in seiner Elternrolle sehr gewissenhaft und übernervös und bemüht sich sehr, alles richtig zu machen. Er stellt hohe Anforderungen an seine Kinder, kritisiert viel und erwartet von ihnen die Bestätigung, daß er seine Sache gut macht. In der Lösungsphase entlädt sich sein Ärger und seine Enttäuschung, indem er sie beschimpft oder körperlich mißhandelt. Seine Scham über sein Versagen als Vater wird durch dieses Verhalten verstärkt und er fühlt sich von seinen Handlungen abgestoßen. Er will sie verbergen, herunterspielen, anderen die Schuld dafür zuschieben oder den Entschluß fassen, daß es nie mehr so weit kommen soll. Seine Scham führt dazu, daß er sich noch entschlossener vornimmt, es in Zukunft besser zu machen, was in der Rückkehr zur intensivierten Kontrollphase manifest wird.

Ein anderes Beispiel wäre eine Frau, die sich um ihre Gesundheit sorgt. Sie beschäftigt sich zwanghaft damit und denkt Tag und Nacht darüber nach, ihr Tun und Lassen so zu kontrollieren, daß ihr Wohlbefinden nicht gefährdet wird. Ihre zugrundeliegende Scham und die gespannte Konzentration auf ihr körperliches Wohlbefinden führen scheinbar unausweichlich zu Selbstzweifeln und Ängsten in bezug auf die alltäglichsten körperlichen Empfindungen. Während sich ihre Spannung aufbaut, verwechselt sie ihr Bedürfnis, sich als Mensch wohlzufühlen, mit einem Bedürfnis, sich zu versichern, daß ihr körperlich nichts fehle. Sie sucht einen Arzt auf, um sich Gewißheit zu verschaffen. Sobald sie hört, daß der Arzt nichts feststellen konnte oder daß eventuell festgestellte Symptome behandelt werden, ist sie unglaublich erleichtert. Jetzt befindet sie sich in der Lösungsphase, gefolgt von einem Gefühl der Scham darüber, daß sie kein Vertrauen zu sich selbst hatte und wieder zum Arzt gegangen ist, obwohl alles in Ordnung war. Sie verbirgt jetzt ihre Handlungen oder spielt sie herunter, beschließt, es diesmal wirklich nicht wieder zu tun, und befindet sich wieder in der Kontrollphase.

Der Zyklus wird leicht stereotyp und ritualisiert. Die eine greift in der Lösungsphase auf die verläßliche Beziehung zu einer Droge zurück, ein anderer zeigt ein ritualisiertes Sexualverhalten, wieder andere zeigen Eßstörungen oder geben zwanghaft Geld aus.

Wenn wir das Schamsystem als ganzes betrachten, sehen wir, daß alle Beteiligten in diesen intensiven Prozeß hineingezogen werden. Das Mißbrauchsverhalten eines Familienmitglieds führt dazu, daß ein anderes schikaniert und der Scham ausgeliefert wird. In der Lösungsphase verliert der Abhängige sich selbst im »Hoch« der Stimmungsschwankung. Gleichzeitig verlieren sich andere Familienmitglieder in der Sorge um das störende Verhalten des Abhängigen. Die Menschen innerhalb des Systems können sich scheinbar von der Position, die andere im Zyklus einnehmen, etwas borgen, das heißt, ein Familienmitglied ist auf Kontrollfunktionen spezialisiert (macht alles richtig, hält die Familie zusammen), während sich ein anderes Mitglied auf die Lösungsfunktionen konzentriert (gerät in Schwierigkeiten, handelt »unverantwortlich«), und beide halten sich gegenseitig im Gleichgewicht. Zwar haben alle Beteiligten im

System die Scham verinnerlicht, doch nur einer von ihnen bringt sie zum Ausdruck oder verkörpert sie, indem er sie durch Straftaten, schlechte Leistungen oder sogenanntes schlechtes Benehmen abreagiert und dadurch den übrigen ermöglicht, den entgegengesetzten Pol, die Anständigkeit und das Wohlverhalten auszudrücken. Kaufman (1980: 23) nennt das Beispiel einer Mutter, die ihre Tochter wiederholt beschuldigte, sie in Verlegenheit zu bringen, und damit eine »schädliche Bindung... zwischen beiden [förderte], die [die Tochter] dazu brachte, sich selbst lediglich als Erweiterung der Mutter zu erleben und nie als getrennte, selbständige Person, die für ihr Verhalten verantwortlich ist«.

Erst wenn die Scham und alle besonderen Verhaltensweisen, die ritualisierte Strukturen der Kontrolle und Lösung repräsentieren, aufgedeckt werden, ist es möglich, die selbsterhaltende, entmenschlichende Struktur zu sprengen. Dies ist oft kritisch, ganz gleich, ob die Verhaltensweisen an und für sich ein Problem darstellen oder nicht. Zwanghaftes Händewaschen oder Masturbationszwang sind kein Problem, außer im Hinblick auf ihre Auswirkungen auf das übrige Leben. Die Identifikation spezifischer ritualisierter Verhaltensweisen der Lösungs- oder Kontrollphase ist für sich genommen noch nicht viel wert, sondern dient als Zugang, um die zentralen Stützpfeiler eines entmenschlichenden, schamauslösenden Systems zu zerstören. Nachdem das Verhalten erkannt und unterbrochen wurde, ist der Zyklus ganz (oder teilweise) außer Kraft gesetzt und alle Beteiligten sind eher dafür zugänglich, die eigene Autonomie innerhalb des Systems wahrzunehmen.

Als die Therapie mit Melanie und Konrad Fortschritte machte, gab Konrad zu, daß er nicht in der Lage war, sein Kaufverhalten und Geldausgeben durch Willenskraft oder vernunftmäßigen Entschluß zu kontrollieren. Er berichtete, er sei oft in Geschäfte gegangen, nur »um sich umzusehen«, und anschließend mit zahlreichen Artikeln wieder herausgekommen, die er nicht brauchte und die er nie verwendete. Wenn ein Artikel im Sonderangebot war, kaufte er manchmal zwei oder drei Stück. Einen Großteil dieser nie benutzten Dinge versteckte er in seiner Garage und im Keller. Er willigte ein, seinen Umgang mit Geld als Bestandteil der Therapie einer vorübergehenden externen

Kontrolle zu unterwerfen. Er bat einen Freund, ihm beim Ausstellen von Schecks, Entscheidungen darüber, wieviel Taschengeld er von seinem Gehalt zurückbehalten sollte, und allen größeren Finanztransaktionen zur Seite zu stehen. Auf diese Weise trat er nicht alleine in die Kontrollphase, noch borgte er sich Melanies Kontrolle für eigene Zwecke, sondern übertrug die Kontrollentscheidungen vorübergehend einem Freund. Sein Eingeständnis, die Sache nicht unter Kontrolle zu haben, bedeutete ferner, daß er mindestens einige Monate lang kein Geschäft alleine betreten würde.

Sobald er sein Problem zugegeben hatte und konkrete, praktische Hilfe akzeptierte, nahm Konrad wesentlich regeren Anteil an der Therapie. Seit seine Verleugnung zerbröckelt war, fühlte er sich, ohne seine frühere Angewohnheit, die für Zerstreuung sorgte, ängstlich und leer. Gleichzeitig arbeitete er engagiert und eifrig an seiner Selbstverantwortung und seiner Rolle in der Beziehung zu Melanie. Wir empfahlen ihm eine Selbsthilfegruppe, die »Anonymen Kaufsüchtigen«[*], die nach dem Zwölf-Schritte-Programm der Anonymen Alkoholiker vorgeht. Es handelt sich um eine Gemeinschaft von Menschen, die mit ähnlichen Zwängen kämpfen und nach einem Programm arbeiten, das ursprünglich Ende der dreißiger Jahre von und für Alkoholiker entwickelt wurde.

Melanie wurde durch diese Enthüllungen ebenfalls erschüttert, obwohl ihr die Situation unklar bewußt gewesen waren. Zunächst war sie wütend über all die Täuschungsmanöver. Sie hatte schon oft gedacht, daß mit ihr und ihren Gefühlen etwas nicht stimmte. Gleichzeitig war sie mit ihrer Komplizenschaft an Konrads selbstzerstörerischem Verhalten konfrontiert. Sie hatte häufig beobachtet, daß er gute Laune bekam, wenn er einkaufen ging, und ihm regelmäßig Besorgungen aufgetragen, die er vielleicht gerne erledigen würde. Einerseits hatte sie ihm wegen seinem lockeren Umgang mit Geld und seiner Geheimnistuerei Vorwürfe gemacht. Andererseits hatte sie ihn zum Einkaufen geschickt, um etwas für sich oder den Haushalt zu besorgen, weil sie merkte, daß sich daraufhin seine Stimmung besserte.

[*]Auskunft erteilt zum Beispiel das Selbsthilfezentrum München, Bayerstr. 77, Tel. 089/5329560.

Gleichzeitig kam ans Licht, daß Melanie früher eine zwanghafte Beziehung zum Essen gehabt hatte. Obwohl sie die Sache inzwischen wesentlich besser im Griff hatte, hatte sie in den vergangenen Jahren aufgrund von Diäten unter starkem Untergewicht gelitten. Damals war ihre Ärztin wegen der gesundheitlichen Risiken so besorgt gewesen, daß sie eine Einweisung ins Krankenhaus erwog. Melanie war mit einem Vater aufgewachsen, der sich jedes Wochenende betrank, und das gesamte Familienleben drehte sich darum, den Vater ruhig zu halten. Also hatte sie viele Scham- und Kontrollprobleme, die zu bearbeiten waren. Als diese Vorgänge in der Vergangenheit deutlich wurden, war sie erschüttert und eher geneigt, um der eigenen Entwicklung willen, und nicht nur wegen Konrad, an der Therapie teilzunehmen.

Dieser zwanghafte Prozeß hatte die Ehe in vielerlei Hinsicht grundlegend geprägt, was beiden jedoch nie klar geworden war. Als im Lauf der Jahre echte Probleme auftraten, die sie hätten lösen müssen, fanden beide einen Weg, ihnen auszuweichen, indem sie auf das Geldausgeben beziehungsweise das Diäthalten zurückgriffen. Auf diese Weise konnte sich ihr seelischer Kontakt nicht vertiefen, und es wurde von einem Problem oder Konflikt zum nächsten kein gegenseitiges Verständnis aufgebaut. Während sich jeder durch die eigene Unfähigkeit, bestimmte Bereiche zu kontrollieren, unbewußt bedroht fühlte, tendierten beide zu Kontrollreaktionen, die die einzige Lösung schienen. Nicht nur ihre Beziehung konnte sich nicht entwickeln und vertiefen, sondern auch ihnen selbst als Individuen gelang es nicht, in der Interaktion mit den normalen Herausforderungen und Erfahrungen des Lebens zu reifen. Eine Persönlichkeit zu sein und zu werden ist ein Prozeß, der von Schwierigkeiten und Unsicherheiten begleitet ist. Dieser Tatsache müssen wir uns unser Leben lang immer wieder stellen. Durch den Prozeß der intimen Beziehung zu Angehörigen und Freunden lernen wir, eine Persönlichkeit zu werden. Wenn ein chronisches Mittel gefunden ist, das dazu dient, diese Belastungen zu vermeiden und zu kontrollieren, wird unsere emotionale Entwicklung und Reifung ernsthaft behindert.

Wenn menschliche Würde und Gerechtigkeit universale Probleme darstellen, dann existieren auf irgendeiner Ebene in allen menschlichen Systemen Fragen der Scham. Für viele Familien, die Schwierigkeiten haben, ist sie das zentrale Hemmnis auf dem Weg zu Wachstum und Erfüllung; für andere stellt sie nur eine Frage am Rande dar. Die Konfrontation mit und die Aufdeckung von Zwangs-, Sucht-, oder Phobieverhalten ist eine bestürzende Erfahrung, selbst wenn klar wird, daß es vor ein oder zwei Generationen manifest war, oder wenn man entdeckt, wie man vor Jahrzehnten schikaniert wurde. An und für sich ist das nicht genug. Wenn der verborgene Drache in der Konfrontation an die Oberfläche kommt und wir es wagen, der Scham die Stirn zu bieten, so kann eine produktive Therapieerfahrung einsetzen. Der Drache wird zum Trittstein. Echtes therapeutisches Wachstum und wahre Veränderungen im Familiensystem kommen in Reichweite.

# 2 Systeme des Respekts und der Scham

Eine schamdominierte Familie ist eine Gruppe von Menschen, die gemeinsam einsam sind. Für die einzelnen Familienmitglieder wirkt das Schamgefühl einzigartig, sie sind allein damit; aus der Perspektive des Systems gesehen, zeigt sich jedoch, daß jeder seine Version der Einzigartigkeit und Einsamkeit empfindet. Die Scham, die alle für ihre Besonderheit halten, ist paradoxerweise ein Produkt, nicht des einzelnen und seiner Minderwertigkeit, sondern des Systems. Wenn die Beziehungen im Familiensystem ganz von der Scham in Anspruch genommen sind, so verlangen die Regeln, daß Erfahrungen und Menschen als gut oder schlecht eingeteilt und beurteilt werden. Innerhalb der Familie herrscht Geheimnistuerei und die Beziehungen sind brüchig.

Das schamdominierte Familiensystem ist in seiner Form festgelegt und extrem resistent gegen Veränderungen, obwohl Wandel ganz natürlich ist und zum Leben gehört. Hier sind alle Beteiligten auf stereotype, unflexible Rollen und Beziehungen zu den anderen festgelegt. Jede Familie ist unablässig mit den verschiedensten Veränderungen konfrontiert – zum Beispiel, wenn ein Kind geboren wird, wenn es zu größerer Unabhängigkeit und Reife heranwächst, wenn ein Familienmitglied krank wird, eine andere Arbeit aufnimmt, die Schule wechselt, sich emanzipiert oder wenn die Familie mit Trennung, Verlust und Tod konfrontiert ist. Wenn Veränderungen plötzlich und heftig auf ein rigides System einwirken, kann es zusammenbrechen und zersplittern. Das Schamsystem ist nicht in der Lage, viel Streß zu absorbieren und dabei intakt zu bleiben. Betroffene

Familien können zur Therapie kommen, bevor sie überhaupt Veränderungen ausgesetzt sind, oder in dem Augenblick, wo eine außergewöhnliche Belastung eintritt, wodurch die Anpassung an Veränderungen notwendig und gleichzeitig abgewehrt wird, oder Jahre nach der Zersplitterung, wenn der Zusammenhang mit den heutigen Problemen nicht mehr bewußt wahrgenommen wird.
Ein respektvolles System bietet dagegen vielfältige und elastische Möglichkeiten, Lebenserfahrungen zu interpretieren, da der Fluß der Ereignisse an und für sich betrachtet wird und nicht als Vorwand dient, um andere Menschen zu verurteilen. In einem respektvollen System haben Beziehungen einen Kern und sind beständig. Die Leute sprechen offen miteinander über ihr Leben, statt die Beziehung durch Geheimistuerei zu steuern. Sie zeigen zeitweise offen ihre Verletzlichkeit, Abhängigkeit oder Bedürftigkeit, ohne sich und andere zu beurteilen. Im Lauf des Lebens lernen sie sich gegenseitig als Persönlichkeiten gründlich kennen, da Schmerz nicht verleugnet oder verurteilt wird. Folglich sind sie gerüstet, sich an Veränderungen anzupassen, die zwangsläufig und kontinuierlich eintreten.
Das respektvolle System gleicht zähem Leder. Es ist elastisch. Die Verluste sind nicht weniger schmerzlich, die Veränderungen nicht weniger tiefgreifend. Doch es ist in der Lage, mehr Belastung durch Veränderung zu absorbieren und trotzdem intakt zu bleiben.

Jonas ist ein Schulkind, das einer schamdominierten Familie angehört. Auf dem Heimweg von der Schule wird er eines Tages von einem »brutalen« Klassenkameraden verspottet und geschlagen. Dieses Unrecht ist eine beschämende Erfahrung, die jedem Kind aus jeglichem Familiensystem zustoßen kann. Jonas hat durch sein System gelernt, sich selbst und seine Erfahrungen als gut oder schlecht zu beurteilen. Er fühlt sich seiner Würde beraubt und glaubt, schlecht zu sein. Als er nach Hause kommt, erzählt er niemandem von dem Vorfall. Seine Reaktion ist für seine Entwicklung schädlich, nicht weil er spürt, wie weh es tut, gemein behandelt zu werden, sondern weil er den Vorfall und seine Gefühle geheimhält. Würde er sie preisgeben, so würde er seine Verletzbarkeit zeigen und sich der erneuten Beurteilung durch andere aussetzen. Durch die Geheimhaltung vertieft sich seine Scham, weil er keine Unterstützung durch die Familie kennenlernt.

Im Gegensatz dazu erlebt David ein Familiensystem, das respektvoller und offener ist und das Selbstwertgefühl eher verbessert. Auf dem Heimweg von der Schule macht er dieselbe Erfahrung. Er stürmt nach Hause und schreit: »Mir ist etwas Furchtbares passiert!« David reagiert mit Entrüstung auf den Angriff, und indem er das tut, empfindet er gleichzeitig die Vorteile unterstützender Beziehungen und kann sie erweitern und vertiefen. Tatsächlich vertreibt er die Scham, die er empfindet, und reift in seinen Beziehungen.

## Dimensionen von Respekt und Scham

Familiensysteme lassen sich in ein Kontinuum einordnen, das verschiedene Schattierungen zwischen Scham und Respekt aufweist. Ein System mit Interaktionsmustern, die darauf beruhen, Menschen so zu akzeptieren, wie sie sind – und nicht wie sie sein »sollten« – mit offener Kommunikation und Verantwortlichkeit wird dem Bereich des Respekts zuzuordnen sein, und seine Mitglieder werden im allgemeinen ein erfüllteres Leben führen und emotional gesund sein. Die gestörtesten Familien weisen extreme Schamgefühle auf und fallen ihnen am stärksten zum Opfer. Vermutlich gibt es keine Familien, die den absoluten Polen des Kontinuums zuzuordnen sind. Alle Familien stellen eine Mischung dar. (In Tabelle 1 sind die Systeme des Respekts und der Scham gegenübergestellt.)
Wir unterscheiden zwischen Systemen des Respekts und der Scham in dreierlei Hinsicht.

### 1. Verletzung von Werten im Gegensatz zur Verletzung der Person

*Schuld im respektvollen Bereich ist auf das Bewußtsein zurückzuführen, die eigenen Werte, Normen oder Regeln verletzt zu haben.* Dieses schmerzliche Gefühl bestätigt: »Ich bin ein Mensch, der sich an diesen Wert hält. Ich habe mein Wort oder meine Abmachung gebrochen, meine Wertvorstellung verletzt, und ich muß es in Ordnung bringen, wiedergutmachen, die Verantwortung übernehmen oder jemand muß mir verzeihen.« *Der Ursprung der Scham liegt in der Verletzung oder Herabsetzung der Persönlichkeit.* Wir arbeiteten in der Therapie mit einem Patienten, der von starken Schamgefühlen geplagt war, und als er einige Fortschritte gemacht hatte, sprachen wir darüber, wie schwer es ihm zu Beginn der Therapie gefallen war, sich wie ein guter Mensch zu fühlen. Er gab eine sehr prägnante Antwort: »Wie ein *guter* Mensch, verdammt! Ich habe mich nicht einmal wie ein *Mensch* gefühlt! Ich weiß nicht, wie ich mich gefühlt habe, ob ich mich wie irgendein Tier gefühlt habe – doch sicherlich nicht wie ein menschliches Wesen!« Darin kommt eine Erfahrung zum Ausdruck, die viele Leute machen, die chronisch von Schuldgefühlen beherrscht werden. Sie ist noch tiefgreifender als das Gefühl, einsam oder von anderen abgeschnitten zu sein.

Tabelle 1. Respektvolle und schamgebundene Systeme im Vergleich

| *Respektvolle Systeme* | *Schamgebundene Systeme* |
|---|---|
| Verletzung der Werte führt zu Schuldgefühlen. | Verletzung der Person führt zu Scham. |
| Das Selbst ist abgegrenzt und Bestandteil eines größeren Systems. | Das Selbst weist verschwommene persönliche Grenzen auf. |
| Regeln verlangen Verantwortlichkeit. | Regeln verlangen Perfektionismus. |
| Beziehung ist Dialog. | Beziehung ist immer in Gefahr. |
| *Erzeugen Menschen, die:* | *Erzeugen Menschen, die:* |
| Verantwortungsgefühl, die Fähigkeit, etwas wiedergutzumachen, und Entschlossenheit besitzen; | sich immer mehr schämen und verzweifelt sind; |
| ihre Wertvorstellungen im Lauf der Zeit vertiefen und modifizieren; | zunehmend rigide werden; |
| immer mehr Einfühlungsvermögen entwickeln; | Entfremdung und Distanz zeigen; |
| ihr Selbst und ihre Persönlichkeit als Ganzes entwickeln. | ein Image und Kontrolle entwickeln. |

Aus der Perspektive der Scham hat ein Mensch das Gefühl, sich von den anderen qualitativ zu unterscheiden und kein wirklich vollwertiges Mitglied des Menschengeschlechts zu sein. March (1967) berichtet eine Geschichte, die eine gute Metapher für Scham darstellt: Das kleine Mädchen war »von Natur aus« anders als andere Kinder und für den Sozialisationsprozeß unzugänglich. Unabhängig davon, was die anderen taten, mußte seine grundlegende Schlechtigkeit ans Licht kommen. Eine Erfahrung von Scham, die nicht ganz so überwältigend ist, kommt in dem Begriff »Bürger zweiter Klasse« zum Ausdruck, das heißt, man hat nicht dasselbe Recht, Fehler zu machen und Privilegien zu beanspruchen, wie alle anderen.

*2. Das abgegrenzte Selbst als Bestandteil eines größeren Systems im Gegensatz zum Selbst mit verschwommenen Grenzen*

*Das Familiensystem im respektvollen Bereich des Kontinuums vermittelt seinen Mitgliedern eine Perspektive des Selbst, das sich in Beziehung zu anderen und als Bestandteil des Universums erlebt.* Kinder wachsen in eine Kultur hinein, die diese Perspektive vermittelt, da sie sich in einem Netz von Beziehungen entwickeln. Darin inbegriffen ist ein Platz, wohin man gehört – nicht der Mittelpunkt, doch ein Platz innerhalb einer Vernetzung von Beziehungen des Gebens und Nehmens. Es ist festgestellt worden, Demut bestehe darin, seinen Platz zu kennen und einzunehmen. In diesem Sinne hilft das System seinen Mitgliedern, eine Demut der Selbstachtung zu entwickeln. Die Mitglieder dieser Familie nehmen an der Welt um sie herum Anteil. Sie pflegen in der Nachbarschaft, am Arbeitsplatz, in der Schule und in ihrer Glaubensgemeinschaft persönliche Beziehungen.

In diesem System setzen die Eltern den Kindern klare Grenzen, die zeigen, wie sie sich nicht verhalten dürfen, und geben ebenso klar die Erlaubnis, die andere Verhaltensweisen legitimiert. In diesem System lernen die Kinder den Austausch mit der Welt. Das Kind wird weder als Held noch als Eigentum betrachtet, sondern als Mitmensch, der seine Reise durchs Leben macht.

*Das Familiensystem, das im Bereich der Scham auf dem Kontinuum angesiedelt ist, vermittelt seinen Mitgliedern verschwommene oder verzerrte Definitionen der persönlichen Grenzen, die die Entwicklung eines reifen Selbst verhindern.* Mitglieder dieses Systems konzentrieren sich meist stark auf sich selbst. Die persönliche Reife und Stärke sind unentwickelt. An die Stelle des Systems, das ein reifes, starkes Selbstgefühl fördert, treten die Scham, die eine solche Entwicklung untergräbt, und ein Kompensationssystem der Extreme und der Verleugnung. Wir finden hier entweder rigide, flache oder breiige, undefinierte Grenzen.

Im Schamsystem mit rigide definierten Grenzen wird die Entwicklung des Selbst früh abgebrochen. Die Kinder lernen, einen trotzigen Individualismus höher zu schätzen als den fortgesetzten Dialog in der Beziehung. Einige Familien aus dieser Gruppe sind »liberal« und vertreten Werte der Offenheit, in der Praxis würden wir sie jedoch als pseudooffen bezeichnen, denn indem sie die Nichteinmischung in die Belange anderer praktizieren, lassen sie menschliche Bedürfnisse nach Abhängigkeit außer acht und wehren sich gegen echte Nähe in Beziehungen. Folgende Werte haben hohe Priorität: im Denken und Handeln Unabhängigkeit zu beweisen, niemanden zu brauchen, Toleranz bis zum Extrem des »alles ist erlaubt«. Insbesondere die Kinder leiden Mangel bei der Entwicklung ihres Selbst. Sie erhalten die Botschaft, selbst zu denken, bevor sie es durch Nachahmung lernen konnten. Diese Kinder bekommen keine Gelegenheit, Vorbilder zu verinnerlichen, wie es durch die intime Kenntnis anderer, nahestehender Menschen möglich wird. Das sind die Kinder, die später, im Rückblick sagen: »Ich glaube, mein Vater mochte mich, doch ich habe ihn nie richtig kennengelernt.« Wir haben in unserer Praxis Kinder aus solchen Familien gesehen, die Zorn und Trotz oder egoistische, unverschämte Forderungen äußerten, während ihre verwirrten Eltern sich verstärkt bemühten, ihren Individualismus zu fördern. In den Augen dieser Kinder sieht man oft den Blick verlorener, orientierungsloser Waisen.

Virginia Satirs (1975) Konzept des Dilemmas zwischen dem Selbst und den anderen ist hilfreich, wenn man diese Familien verstehen will. Das Dilemma bezieht sich auf den menschlichen Konflikt zwischen den eigennützigen Bedürfnissen und dem Bedürfnis, mit anderen in Beziehung zu stehen. Menschen, die den Individualismus überbewerten, werden nie lernen, das Dilemma zu lösen. Sie entwickeln nie ein elastisches, tiefes Selbstgefühl, weil der Wert des Individualismus eine herausragende Stellung in ihrem Leben einnimmt und die naturgegebene Spannung gegenüber der normalen, menschlichen Abhängigkeit durch Verleugnung vermieden wird. Wenn ein Familiensystem sowohl Individualismus als auch Abhängigkeit zulassen kann, führt der Dialog des Dilemmas zwischen dem Selbst und den anderen in der Beziehung zu einer Lösung, die wir persönliches Wachstum nennen.

Verzerrte Grenzdefinitionen kann eine schamdominierte Familie auch in einer Weise entwickeln, die von Bowen (1978) beschrieben und als undifferenzierte Familien-Ich-Masse bezeichnet wurde. Hier wird die Eigenständigkeit des Individuums geleugnet und die Abhängigkeit hat uneingeschränkt Vorrang. Die Beteiligten gehen davon aus, ein Recht oder Bedürfnis zu haben, sich in das Leben der anderen einzumischen. Ein Mann, der seine Mutter in einer entfernten Stadt besuchte, stellte fest, daß sie versuchte, seine Pläne zu bestimmen, welche Freunde er sehen und welche Freizeitaktivitäten er unternehmen wollte. Sie sagte zum Beispiel: »Ich weiß, daß du diese Leute nicht sehen willst, aber ich meine, es ist sehr wichtig, daß du unsere alten Freunde besuchst. Dieses Museum ist nicht so interessant; du hast sowieso nur so wenig Zeit, das kannst du vergessen!« Er protestierte und meinte, er werde seine Pläne schon selbst machen und sie solle ihn nicht »nerven«. Darauf erwiderte sie: »Mach dich nur nicht so selbständig!« Dies demonstrierte ihm die Grenzverletzungen, die er in seiner Herkunftsfamilie erfahren hatte.

Das Thema Grenzen wird in Kapitel 4 ausführlicher besprochen.

*3. Verantwortung im Gegensatz zu Perfektionismus*

*Eine Familie, die Selbstachtung fördert, vermittelt ihren Mitgliedern ein System der Verantwortung, das für Verbindlichkeit, die Erfüllung von Verpflichtungen, das Wiedergutmachen von Fehlern und Verzeihen sorgt.* Wenn eine Frau ihrem Mann verspricht, ihn um halb sechs zum Essen zu treffen, die Verabredung vergißt und erst um halb sieben erscheint, so wird in dieser Familie nicht in Frage gestellt, daß sie ihn tatsächlich versetzt hat. Vermutlich ärgert er sich über sie, und sie hat wahrscheinlich mit Schuldgefühlen zu kämpfen, weil sie etwas zugesagt und nicht eingehalten hat. Doch dieses System geht davon aus, daß Menschen unvollkommen sind.

Es versteht sich von selbst, daß der Mann mit Fug und Recht erwarten konnte, daß seine Frau kommt, wenn sie es versprochen hat, und daß sie nun verpflichtet ist, es wiedergutzumachen, um das Gleichgewicht von Geben und Nehmen in der Beziehung wiederherzustellen. In diesem Fall kann die Wiedergutmachung einfach in einer Entschuldigung und mehr Pünktlichkeit bei zukünftigen Verabredungen bestehen.

Der entscheidende Unterschied ist hier, daß das System zwar erwartet, daß begangene Fehler zugegeben und wiedergutgemacht werden, der Wert der Person jedoch nicht angezweifelt wird. Wenn Mutter oder Vater dem Kind eine Aufgabe übertragen und das Kind ausweicht, so machen die Eltern in diesem System das Kind dafür verantwortlich, die Aufgabe zu Ende zu bringen. Die Balance zwischen Geben und Nehmen ist solange ungelöst, bis das Kind die Aufgabe erledigt. Die Eltern beweisen dem Kind Respekt, indem sie ihm eine altersgemäße Verantwortung übertragen und es zur Rechenschaft ziehen. Die Wiedergutmachung sorgt für Selbstachtung, während die unterbliebene Wiedergutmachung, im Falle, daß Vater oder Mutter die Aufgabe erledigen, Scham einflößt. Einfacher gesagt, es löst Scham aus, wenn Eltern eine vernünftige Erwartung, die sie in das Kind gesetzt haben, fallenlassen. *Die in Scham befangene Familie ist perfektionistisch.*

Der absolute Perfektionismus läßt keine Wiedergutmachung zu. Es gibt nur zwei Kategorien von Menschen: vollkommene und unvollkommene. Entweder gehört man zur Kategorie der Vollkommenen oder man fällt nicht darunter und ist nicht akzeptabel. Der entscheidende Punkt ist hier, daß es in diesem System keinen Ausweg gibt, eine Wiedergutmachung ist nicht möglich oder irrelevant. Ein Schlag gegen dich bleibt für alle Ewigkeit ein Schlag gegen dich. In diesem System kann es vorkommen, daß einem Menschen Fehler noch Jahre, nachdem er sie begangen hat, vorgeworfen werden. Unrecht wird kaum oder gar nicht ausgeglichen, das Gleichgewicht in Beziehungen nicht wiederhergestellt. Fehler und Verletzungen sind in engen Beziehungen nicht zu vermeiden, doch hier wird man sie scheinbar nicht los. Sie häufen sich, begleitet von Machtkämpfen, Ärger und Unmut.

In einem solchen perfektionistischen System wird oft großer Wert darauf gelegt, Kontrolle auszuüben und alles richtig zu machen. Die Menschen sind dabei sehr ängstlich und nervös, da sie vor der Anforderung stehen, gut zu sein und richtig zu handeln, und entsprechend kontrolliert werden. Das System kann unter dem Motto stehen »Alles, was man anpackt, sollte man auch richtig machen« oder »Wenn ich will, daß etwas richtig gemacht wird, muß ich es selber tun« oder »Ich kann es sowieso nicht richtig, also versuche ich es erst gar nicht«. Alles wird durch die Brille der moralischen Beurteilung betrachtet. Essen, Saubermachen, Schulnoten, Körperpflege, ob man Geld hat und wie man es verwendet, sogar die körperliche und geistige Gesundheit werden der moralischen Überwachung gemäß der perfektionistischen Norm unterworfen.

In einem System perfektionistischer Normen, müssen die ihm zugrundeliegenden Erwartungen nicht explizit ausgesprochen werden. Man trifft immer wieder Familien, in denen die »perfekte« Norm nur als verschwommenes »sollte« auftritt. In diesen Familien kann die Norm, so starr sie ist, nicht einmal als Erfolgsrezept im Wertesystem der Familie dienen, weil sie so schwer zu entschlüsseln ist. Die Kinder erfahren nicht genau, was von ihnen erwartet wird, sie bereiten nur ständig Enttäuschungen. Im Gegensatz dazu machen bestimmte Familien deutlich, was erwartet wird, und auch wenn die Regeln rigide sind, bieten sie dem Kind in ihrer Klarheit wenigstens eine Anleitung, wie es in dieser Familie erfolgreich werden kann. Ein Fallstrick, in den perfektionistische Familien häufig geraten, ist, daß die Erwartungen zwar klar formuliert, jedoch so zahlreich sind, daß sie so stark überwacht werden oder so widersprüchlich, paradox und unrealistisch sind, daß sie keine sinnvolle Verhaltensrichtlinie abgeben, sondern nur dazu dienen, andere zu verurteilen.

In der Regel besteht zwischen den Eltern ein Konflikt um die Normen und Erwartungen in bezug auf das Verhalten der Kinder. Der Konflikt kann offen ausgetragen oder verdeckt sein, er bleibt jedoch häufig ungelöst und lähmt die Eltern bei ihren Erziehungsaufgaben. Minuchin und seine Kollegen haben diese Dynamik in dem Buch *Psychosomatische Krankheiten in der Familie* (1981) beschrieben. Eine Familie kam in unsere Praxis, weil sich die Eltern um ihren achtzehnjährigen Sohn sorgten, der Alkoholprobleme hatte und trotz überdurchschnittlicher Intelligenz in der Schule in den meisten Fächern versagte. Rigider Perfektionismus, Scham, Ärger und die Unfähigkeit, Meinungsverschiedenheiten beizulegen, prägten das Leben der Eltern. Die Mutter war Vollzeithausfrau und widmete sich ihrer Aufgabe akribisch und gründlich; der Vater hatte sich bei seiner Tätigkeit als Computerdesigner dem Detail verschrieben. Die Mutter war ständig »enttäuscht«, weil der Sohn sein Zimmer nicht besonders sauber hielt, die Kleidungsstücke, die sie sorgfältig bügelte, nicht aufhängte und allgemein schlampig war. Sie beklagte sich jedoch kaum. Sie äußerte niemals mit Bestimmtheit ihre Erwartungen, und zwar teilweise deshalb, weil ihr Mann meinte, sie sei viel zu pingelig in der Haushaltsführung, und die Partei des Sohnes ergriff.

Der Vater äußerte eigentlich nie, daß er etwas von seinem Sohn erwartete. Er hatte, was Regeln anbelangte, vor sechs Jahren eine Wendung um 180 Grad vollzogen, als ein anderer Sohn von einem Auto überfahren und getötet wurde, als er die Straße überquerte. Der Vater hatte dem Sohn befohlen, um halb drei zu Hause zu sein, und der Unfall ereignete sich um zwei Uhr fünfundzwanzig, als der Sohn auf dem Heimweg war und offensichtlich pünktlich ankommen wollte. Aus dem Unfallbericht war zu ersehen, daß der Sohn beim Überqueren der Straße unvorsichtig gewesen und vor das Auto gelaufen war. Der Vater schloß daraus, sein Sohn hätte sich beeilt, um rechtzeitig nach Hause zu kommen, da der Vater großen Wert auf Pünktlichkeit legte. Es handelte sich ganz offensichtlich um eine demoralisierte Familie. Die Eltern waren in ihren Erziehungsaufgaben bewegungsunfähig geworden, hielten jedoch für das eigene Leben weiterhin an ihren perfektionistischen Normen fest.

Im Grunde fehlten dem Sohn klare Richtlinien, die besagten, wie er in den Augen seiner Eltern Erfolg beweisen könnte. Die einzige Alternative, die ihm offenstand, war zu versagen.

Die chaotische Version dieses Systems hält keine Normen aufrecht und äußert keinerlei Erwartungen. Die Familienmitglieder können ihr Selbst nur wenig entwickeln, weil keine Struktur existiert, die dem Wachstum eine Richtung geben könnte. Man könnte dies als Familie ohne Kern bezeichnen. Die Beteiligten glauben, ihr Verhalten sei nur für sie selbst relevant. Alles spielt eigentlich keine Rolle. Die Menschen kommen und gehen, ohne Anerkennung zu bekommen und ohne explizit zu äußern, daß sie einander etwas bedeuten. Vereinbarungen werden nach Belieben eingehalten oder gebrochen. Hier handelt es sich um Extremfälle desorganisierter Familiensysteme. Verantwortlichkeit existiert nicht, weil sie nicht erwartet wird und weil Zusammenhalt und Beziehungen kaum entwickelt sind. Diese Familien sind offenbar das Ergebnis von situationsbedingt und strukturell überwältigenden Belastungen, die lange Zeit, vielleicht schon seit Generationen, wirksam sind und denen nur begrenzte Möglichkeiten, Streß zu absorbieren gegenüberstehen. Als Familientherapeuten kommen wir oft nur kurz mit solchen Familien in Kontakt, wenn sie einer besonderen Belastung ausgesetzt sind, wenn ein Gerichtsbeschluß es verlangt oder wenn sie sich den Strukturen anpassen müssen, die durch Institutionen wie Schule, Krankenhaus oder Jugendgefängnis auferlegt werden. Die Scham der Menschen aus diesen Familien steht in Beziehung zur mangelnden Entwicklung des Selbst. Eine grundlegende Prämisse ist die Annahme: »Ich bin nicht so gut wie andere Leute.« »Ich bin als Person irrelevant.« »Ich bin kein Bestandteil eines größeren Ganzen, meiner Gruppe, Gemeinschaft und so weiter.« »Auf meine Versprechen kommt es nicht an, und mein Verhalten ist eigentlich für niemanden von Bedeutung.«

*Die Beziehungserfahrung im respektvollen System ist vom fortgesetzten, über längere Zeit währenden Dialog und von Zuverlässigkeit und Beständigkeit geprägt.* Die Tatsache, daß jeder Mensch anders ist, wird im respektvollen System angemessen berücksichtigt, ebenso wie die Tatsache, daß jeder Mensch Fehler macht. Es ist unmöglich, eine enge Beziehung mit einem anderen zu haben und ihn nie zu verletzen. Wir alle haben unsere Schwachpunkte und unsere dunkle Seite. Mißverständnisse gehören zum Prozeß der Beziehung. Wenn sie in einem überwiegend respektvollen System auftreten, werden sie als Problem aufgefaßt, mit dem man fertig werden kann, und lösen sich im Verlauf des fortgesetzten Dialogs auf. Es handelt sich um ein System, in dem langfristig die Verpflichtung eingegangen wird, alles, was anliegt, durchzuarbeiten und ehrliche, aufrichtige Lösungen zu suchen. Das heißt nicht, daß es nie zu heftigen, ärgerlichen Auseinandersetzungen kommt. Zu einem echten Beziehungsdialog gehören Gefühle, die »aus dem Bauch« kommen. Das bedeutet, daß eine gegenseitige Verpflichtung besteht, aufrichtig zuzuhören und zu reagieren, ohne Drohungen, das Gespräch oder die Beziehung abzubrechen.

Der emotionale Kontakt und die Zugänglichkeit bleiben innerhalb der Beziehung auf einem relativ stabilen Niveau. Das heißt, wenn Mann und Frau heute eine enge, herzliche Beziehung haben, können sie damit rechnen, daß diese auch morgen noch weitergeht. Wenn sie heute eine Krise erleben, verschwindet sie nicht morgen auf mysteriöse Weise nur durch einen Stimmungswechsel. Es herrscht Kontinuität und es findet ein Prozeß des Dialogs, der Problemlösung und der Wiedergutmachung statt. Die Mitglieder dieser Familie rechnen damit, daß die Beziehung im Fluß bleibt und sich von einem Augenblick zum nächsten im Sinne eines Prozesses weiterentwickelt; dies vermittelt den einzelnen ein Gefühl der Sicherheit.

*Das Erleben von Beziehungen im schamdominierten System ist geprägt von tatsächlicher oder angedrohter, wiederholter Ablehnung, Bestrafung oder Verlassenwerden, manchmal im Wechsel mit Gefühlen intensiven Kontakts.* Ein gemeinsamer Nenner von Beziehungen im Schamsystem ist, daß sie scheinbar keinen Sinn ergeben. Oft besteht kein Zusammenhang, der Kontinuität, den Austausch von Gefühlen und Geben und Nehmen garantiert. Die Sinnlosigkeit ist für Außenstehende oft deutlicher erkennbar als für Mitglieder des Systems. Die Beteiligten haben sich wahrscheinlich bereits an den sinnlosen Prozeß gewöhnt und nehmen ihn nicht wahr. Die

Anpassung erfolgt, indem man sich Schamgefühle suggeriert, zum Beispiel durch folgende Botschaften:»Wenn ich gescheiter wäre, würde ich das verstehen.« Oder:»Ich muß verrückt sein, daß mich das aufregt.« Andere gewöhnen sich an die Verhältnisse, indem sie einfach keine Kontinuität erwarten. Es hat sie nie gegeben und man rechnet nicht damit. Wieder andere passen sich mit Hilfe grandioserer oder ausgefeilterer Erklärungen an:»Ich bin der Stärkere, also muß ich akzeptieren, daß sie so unreif ist.« Oder:»Er wird zwar gewalttätig, wenn er sich ärgert, aber im Grunde hat er ein weiches Herz.« Oder:»Er sagt zwar manchmal schlimme Gemeinheiten, aber er meint es gar nicht so.«
Ein Gefühl der Geborgenheit fehlt in diesem System weitgehend. Einige in Scham befangene Familien kennen Momente, in denen sie wunderbare Verbundenheit und Gemeinsamkeit erleben. Hierbei kann es sich um die Höhepunkte der Stimmungsschwankungen in der Familie handeln, die die Beziehung zusammenhalten, so kurz oder selten diese Augenblicke auch sein mögen. Doch diese Zeiten der Verbundenheit, die zwar gute Gefühle vermitteln und die Familie in gewissem Sinne»ernähren«, erlauben den Mitgliedern nicht, ein Gefühl der Sicherheit aufzubauen, da sie so schnell wieder verschwinden, wie sie gekommen sind. Den einen Tag kann die Familie eine extreme Krise erleben. Die Familientherapeuten erhalten an diesen Tagen beunruhigende Telephonanrufe, und aufgrund der Krise entsteht das Gefühl, es handle sich um einen dringenden Notfall. Doch die Diskontinuität in diesem System erweist sich, wenn die Familie zum nächsten Termin erscheint und nicht mehr oder kaum noch zugibt, daß zur Zeit der Krise, als der Telephonanruf erfolgte, die Existenz der Familie auf dem Spiel stand oder eine andere extreme Gefahr drohte.
Einen solchen Anruf erhielten wir eines Tages von einer Mutter, deren halbwüchsige Tochter gerade das Haus verlassen und gedroht hatte, nicht wieder nach Hause zu kommen. Dem vorausgegangen war ein wütender Streit mit dem Stiefvater. Nachdem wir am Telephon besprochen hatten, wie die erregte Mutter mit der Situation umgehen könnte, kamen wir überein, uns wie geplant drei Tage später mit der ganzen Familie zu einer Sitzung zu treffen. Als die Familie zu

dem Termin erschien und einen ganz gefaßten Eindruck machte, fragten wir, welcher Prozeß von der Krise zu relativem Frieden geführt hatte. Eine solche Frage nach dem Prozeß machte in dieser Familie keinen Sinn. Die Therapeutin war in ihren Augen albern oder »pingelig«, weil sie darauf beharrte, eine Frage über eine inzwischen irrelevante Krise zu klären. »Ach so, die Geschichte! Ich glaube, die Gemüter haben sich jetzt einfach abgekühlt.« Es entwickelte sich keine Lösung und niemand hatte das Gefühl, daß es von einem Augenblick zum nächsten eine fließende Verbindung gab.

Aufgrund dieser Eigenschaft werden solche Familien häufig »krisenorientiert« genannt. Unserer Meinung nach sind sie nicht notwendigerweise motiviert, Krisen zu erleben (obwohl das manchmal der Fall sein kann), sondern chaotisch und unfähig, Extreme zu vermeiden. Der daraus folgende, individuelle Streß ist in diesen Familien sehr hoch.

## Gegenüberstellung aus der individuellen Perspektive

Wir treffen zwischen den beiden Systemtypen vier Unterscheidungen, die auf der persönlichen Entwicklung der einzelnen Familienmitglieder beruhen.

### 1. Verantwortung, Wiedergutmachen und Problemlösung im Gegensatz zu verstärkte Scham, Verzweiflung und Entmutigung

Das auf Respekt orientierte System bringt Menschen hervor, die für sich und ihr Verhalten Verantwortung übernehmen. Seine Mitglieder leben in einer intimen Vernetzung, wobei sie im allgemeinen erwarten können, daß Fehler wiedergutgemacht und Meinungsverschiedenheiten beigelegt werden und Beziehungen ein Gefühl der Kontinuität vermitteln. Kinder wachsen in diesem System mit der Sicherheit auf, daß auch bei Belastungen Kontinuität herrscht und wagen deshalb, Risiken einzugehen und Fehler zu machen. Die Erwachsenen müssen keinen Eiertanz aufführen, um ihre Beziehungen aufrechtzuerhalten.

Scham erzeugt Scham. Im schamdominierten System kann jede Erfahrung so ausgelegt werden, daß die Person allmählich zugrundegeht und noch stärkere Scham empfindet. Es ist ein Krebsgeschwür, das sich ausweitet: zunächst fühlt man sich in bezug auf die eigene Person schlecht, dann interpretiert man neutrale oder unpersönliche Erlebnisse so, daß sie einen persönlich verächtlich machen. »Ich hätte wissen können, daß es genau dann, wenn ich wirklich welche brauche, keine weißen Trauben gibt.« »Ich kann niemandem erzählen, wie weh mir mein Knie tut, sie würden mich nur auslachen, weil ich hingefallen bin.«

Wir beobachten einen Prozeß, den wir als Metascham bezeichnen, das heißt Scham über die Scham, durch die das Selbstbewußtsein noch tiefer verschüttet wird. Vielleicht gehen die Betroffenen davon aus, daß man eine gute Meinung von sich haben sollte oder daß »gute« oder »normale« Menschen viel von sich halten. »Daß ich so an mir leide, ist ein Hinweis darauf, daß ich nicht wie die anderen oder unerträglich bin. Nun muß ich verbergen, daß ich mich wie ein unerträglicher Mensch fühle.« Die Scham darüber, daß man sich schämt, vermehrt das Gefühl der Entfremdung und die Person tendiert dazu, noch mehr Empfindungen zu verleugnen.

Wenn ein Mensch immer mehr Aspekte des Selbst ablehnt und immer mehr Gefühle verleugnet, tendiert er dazu, die abgelegnten Teile auf andere Leute zu projizieren (Becker 1978). Eltern sehen unrealistisch positive Eigenschaften in ihren Kindern, Eheleute interpretieren das Verhalten der Partnerin oder des Partners unangemessen, Angehörige entwickeln unvernünftige Erwartungen und Abhängigkeiten, um das Loch zu füllen, das durch die eigene Verleugnung und Selbstentwürdigung geschaffen wurde.

Während dieser Prozeß abläuft, werden andere innerhalb des Netzwerks durch widersprüchliche Botschaften beeinflußt. Ein Kind übernimmt die Projektion der Eltern, es sei im Vergleich zu anderen Leuten etwas besonderes, und daraus wächst das Gefühl, entfremdet und anders als die anderen zu sein. Eheleute empfinden es als belastend, die Forderungen des Partners, der Vollkommenheit oder die sichere Befriedigung von Abhängigkeitsbedürfnissen verlangt, wiederholt zu enttäuschen, und sie fragen sich insgeheim: »Was stimmt mit mir nicht?« Die Drohung, den anderen zu verlassen, und tatsächliche Ablehnung und Rückzug durch »Heimlichkeiten« sowie Trennungen sind die Regel. Diese Tendenz des Schamprozesses, ein System in einen sich progressiv verstärkenden Strudel hineinzuziehen, meinen wir mit dem Satz: »Scham erzeugt Scham.«

*2. Die Vertiefung und Abwandlung von Werten durch Lebenserfahrung im Gegensatz zu zunehmender Rigidität*

Wenn Menschen in einem respektvollen System leben, wird ihr stetiger, menschlicher Reifungsprozeß gefördert. Sie sammeln Lebenserfahrung, machen Fehler und lernen daraus. Werte werden verinnerlicht, doch nicht um andere zu verurteilen, sondern um Richtlinien für das eigene Verhalten zu gewinnen und persönliche Integrität und Ganzheit zu erleben. Diese Werte entwickeln sich im Lauf der Zeit und werden abgewandelt. Einige schlagen tiefere Wurzeln, andere bleiben oberflächlicher, während im Lauf der Jahre der Erfahrungsschatz wächst. Im respektvollen System haben die einzelnen die Möglichkeit weiterzulernen und zu wachsen. Sie haben nicht von Anfang an Vollkommenheit vorausgesetzt, und sie leben stets mit der Unsicherheit, keinen Anspruch auf die absolute Wahrheit zu haben. Mit dieser Unsicherheit Frieden zu schließen oder sich wenigstens damit abzufinden, hat den Vorteil, daß die Menschen weiterlernen.

Zu den unzufriedensten Klienten, die wir kennengelernt haben, gehören Leute, die nie gelernt haben, wie man durch Lebenserfahrungen oder von anderen Menschen etwas lernt. Für Lernerfahrungen empfänglich zu sein, etwas von anderen zu bekommen, scheint solche Unsicherheit zu erzeugen oder berührt so sensible Schamgefühle, daß es nicht toleriert werden kann. Ein Beispiel dafür ist jemand, der alles verstandesmäßig angeht und sich nicht auf die therapeutische Beziehung einlassen kann, weil er das Gefühl hat, das wäre entwürdigend.

Ein Ergebnis des Schamsystems sind starre, rigide Werte. Da Erfahrungen meist die Schamgefühle der Mitglieder des Systems verstärken und vertiefen, haben sie kaum die Möglichkeit, graue Aspekte der Lebenserfahrung in individueller, kreativer Weise zu interpretieren. Alles, was einen ganz allein betrifft oder kreativ ist, bedeutet größere Verletzlichkeit und wird gemieden. Die Menschen gehorchen dem Buchstaben des Gesetzes, doch dessen Geist ist ihnen fremd. In einem Fall von sexuellem Mißbrauch von Kindern berichtete die Staatsanwältin über ihr Gespräch mit der angeklagten Mutter. Die Mutter hatte beschlossen, der Staatsanwältin die ganze Wahrheit zu sagen, und beschrieb anschaulich und detailliert Genitalstimulationen und sexuelle Kontakte, in die sie ihre Kinder verwickelt hatte. »Sex mit Kindern ist schön«, meinte sie und sagte, sie könne wegen einem so »wunderbaren Erlebnis« keine Schuldgefühle empfinden. Schuldig fühlte sie sich wegen einer anderen Sache, und darüber zu sprechen fiel ihr schwer. Es ging darum, daß sie mit dem Bruder ihres Mannes eine Affäre gehabt hatte, und sie fühlte sich schuldig, weil sie damit gegen die Zehn Gebote verstoßen hatte. Dies ist ein klares Beispiel für die Rigidität der Wertestruktur einer schamdominierten Familie. Therapeuten, die mit betroffenen Familien arbeiten, wissen nur zu gut, daß ein solches Familiensystem in der Regel vom Dogmatismus fundamentalistischer Religionen angezogen wird. Der ausschlaggebende Faktor, den wir betonen wollen, ist, daß diese Familien Regeln und Richtlinien für die Lebensführung zu unflexiblen, unmenschlichen Urteilen verzerren. Die Gesetze werden ritualisiert und ohne Zusammenhang mit dem übrigen Leben angewandt. Die beteiligten Menschen werden verletzt, nur um die Prinzipien zu wahren.

*3. Verstärktes Einfühlungsvermögen in persönlichen Beziehungen im Gegensatz zu Entfremdung und distanzierten Beziehungen*

Wenn Leute in einem respektvollen System Lebenserfahrung sammeln, lernen sie, was es heißt ein Mensch zu sein. Dazu gehört auch, daß sich ein Gefühl der Demut herausbildet – das Gefühl, »einer unter vielen« zu sein. Weise Menschen wissen, wie wenig sie wissen. Ein offener Mensch in einem respektvollen System irrt. Manchmal besteht der Irrtum in einer peinlichen Fehleinschätzung oder in einem Vergehen gegen die Richtlinien, die man sich gesetzt hat. Im respektvollen System akzeptieren die Beteiligten die Tatsache, daß sie Schwächen haben. Niemand ist in jeder Hinsicht stark. Weil wir Fehler machen und sie akzeptieren, werden wir anderen gegenüber toleranter. Folglich wächst und vertieft sich unser Einfühlungsvermögen. Die menschliche Existenz ist ein Geheimnis, das sich langsam entschlüsselt, und wenn wir dies bei uns selbst akzeptieren, empfinden wir mehr Nähe zu unseren Freunden und Angehörigen und lernen aus ihrer Erfahrung.

Im Gegensatz dazu finden sich Menschen im schamdominierten System nicht damit ab, unvollkommen zu sein. Sie verurteilen sich deshalb und versuchen die Tatsache zu verleugnen und zu ignorieren. Zu einem von starken Schamgefühlen gequälten Patienten sagte Virginia Satir bei der Therapie einmal: »Sie glauben wohl, Sie hätten schon bei Ihrer Geburt Kleider tragen, herumlaufen und richtig sprechen sollen!« Da sie ihre eigene Unvollkommenheit ablehnen, entwickeln die Menschen nicht die Fähigkeit, sich in andere hineinzudenken. Deshalb werden die Opfer der Scham so leicht zu Tätern und sorgen dafür, daß die Schamgefühle weiterleben.

Obwohl zwischen perfektionistischen und Laisser-faire-Familien viele Unterschiede bestehen, beobachten wir gewisse ähnliche, emotionale Auswirkungen auf die Mitglieder. In beiden Fällen wird es versäumt, den Mitgliedern durch Unterstützung und Anleitung zu zeigen, wie man echte Beziehungen aufbaut und was es heißt, eine Persönlichkeit zu werden. Im perfektionistischen System gibt es kein Verzeihen. Im Laisser-faire-System gibt es keine Verantwortlichkeit. In beiden Fällen bleibt der menschliche Prozeß, die eigenen Grenzen aufrichtig einzugestehen und zu akzeptieren, unabgeschlossen. Die Folge ist, daß die Intimität in Beziehungen erstickt wird. Wenn man die eigenen Grenzen nicht wahrnimmt und bejaht, kann man sie auch bei anderen nicht akzeptieren.

In schamdominierten Systemen finden wir Menschen, die sich »abgeschnitten« fühlen, Nähe suchen, jedoch enttäuscht werden und einsam und entfremdet bleiben. Bowen (1978) spricht von »emotional abgeschnittenen« Familienbeziehungen, bei denen die Beteiligten keinen emotionalen Dialog mehr führen. Erwachsene Geschwister können Monate oder Jahre zubringen, ohne sich etwas Nennenswertes über das Leben, das sie führen, mitzuteilen und ihre Beziehung dadurch zu bestätigen. Erwachsene Kinder ziehen an Orte, die Tausende von Kilometern vom Wohnort ihrer Eltern entfernt sind, und behaupten: »Meine Familie ist heute für mein Leben nicht mehr relevant.« Wenn sie sich doch treffen, reden sie vielleicht über Sport oder über die Kinder. In solchen abgeschnittenen Beziehungen hat der Austausch sinnvoller Mitteilungen über echte Erlebnisse aufgehört. Manchmal wird die Beziehung abrupt abgeschnitten, weil man wütend oder verletzt ist. Manchmal geht das im Stillen vor sich und wird nicht zugegeben. Wenn der fortlaufende Dialog der ursprünglichen Beziehung erlahmt, wächst die Wahrscheinlichkeit, daß Scham an dessen Stelle tritt. Um festzustellen, wie tief die Scham verwurzelt ist, fragen wir manchmal, wieviele früher wichtige Beziehungen heute abgeschnitten sind. Zur Familientherapie mit erwachsenen Patienten gehört häufig die Wiederbelebung von Beziehungen zu den Eltern und Geschwistern. Das heißt, daß ein neuer, zeitlich unbegrenzter Dialog über echte Lebenserfahrungen aufgenommen wird. Manchmal bedeutet es, daß die ganze Herkunftsfamilie vorübergehend in die Therapie einbezogen wird; manchmal reicht es aus, wenn die Patienten Familienbesuche machen mit konkreten Plänen, die Beziehung aufzutauen.

*4. Ganzheitliches Wachstum des Selbst im Gegensatz zum Aufbau eines Image und Selbstkontrolle*

Ein Mensch im respektvollen System hat die Freiheit, Wachstumsmöglichkeiten zu ergreifen, die sich aus seinem Umfeld entwickeln, und dabei bewußt zu erkennen, was es heißt, ein Mensch zu sein. Er oder sie lernt die Dilemmas, Leiden und Überraschungen des menschlichen Daseins immer besser kennen und respektieren. Im Gegensatz dazu läßt sich ein Mensch im schamdominierten System nicht auf die Erfahrung der Reifung zur ganzen Persönlichkeit ein. Er oder sie ist scheinbar in einem Entwicklungsstadium stekkengeblieben, das sich auf die äußere Erscheinung konzentriert.

»Welchen Eindruck mache ich auf andere?« »Was werden die Nachbarn denken?« »Wie kann ich mich den Spielregeln anpassen?« »Wie kann ich mich vor den Regeln drücken und heimlich nehmen, was ich brauche?« »Wenn ich nur so wäre wie der oder die, dann wäre ich glücklich.« Dieses System bringt Leute hervor, die enorme, hartnäckige Kraft aufbringen, um das eigene Verhalten und das der anderen zu kontrollieren. Anders als Menschen, die ein eigenes Selbstgefühl aufbauen, geraten sie immer mehr in einen Kreislauf von Kontrolle und Sucht. Was Kontrolle, Manipulation und Konzentration nach außen betrifft, werden sie gewandter und erfolgreicher, doch ihre eigenen, persönlichen Erlebnisse nehmen sie weniger bewußt wahr, und sie verfallen häufiger und heftiger in ritualisiertes, stereotypes und zwanghaftes Verhalten.

# 3 Ursachen und Fortdauer der Scham

Scham zeigt sich in einer Vielzahl von Erregungszuständen; der Scham die Stirn bieten heißt Gefühle wahrnehmen. Doch häufig sind echte Gefühle nicht zugänglich – sie werden abgewehrt, verdrängt oder verleugnet. Wenn wir Scham antreffen, wird uns klar, daß wir es häufig mit überlagerten Affekten zu tun haben und daß wir hinter die Maske blicken müssen, um den Menschen zu finden. Wir haben festgestellt, daß die Demaskierung leichter fällt, wenn wir die Ursprünge oder Ätiologie der Scham der Betroffenen oder deren Familien durchschauen. Dies geschieht, indem wir die Familiengeschichte aufdecken, nach einzelnen, schamerzeugenden Ereignissen forschen, und gegenüber einer manchmal »unsympathischen« Person Einfühlungsvermögen entwickeln.
Von therapeutischem Wert für die Patienten ist die Entdeckung, daß ihr Bewältigungsverhalten in der Familie erlernt wurde und daß sie nicht die »Ursache« der schamdominierten Interaktionsmuster sind, die zum Abbruch zwischenmenschlicher Beziehungen geführt haben. Sie können sich von den schamerregenden Ereignissen abgrenzen. Indem sie diese Ereignisse benennen, sehen die Patienten ein, daß sie als kleine Kinder kaum die Macht hatten zu entscheiden, wie sie mit der Welt interagieren sollten.
Sabine kam zur Therapie, weil sie durch ihre unguten Gefühle beunruhigt war, die sich einstellten, wenn sie mit ihrer Familie zusammen war. Sie war kürzlich zurück in ihre Heimatstadt gezogen und versuchte, wieder Kontakt mit ihren Angehörigen aufzunehmen. Sie klagte, die Ehe ihrer Eltern mache einen trostlosen Eindruck und

daß sie sich leer fühle, wenn sie mit ihnen Verbindung aufzunehmen versuchte. Sie erklärte, daß die innere Verbindung abgerissen sei, seit sie ihr Studium aufgenommen hatte. Seit sie die Heimatstadt verlassen hatte, war sie mit einer Reihe von Leuten, die andere benutzten und mißbrauchten, Beziehungen eingegangen, sie wurde schikaniert und wie ein Gegenstand behandelt. Sabine meinte, in der Familiengeschichte habe es nie Mißbrauch gegeben, und fragte sich, was mit ihr »nicht stimmte«. Zur Zeit hatte sie keine vertrauten Beziehungen und wenig Hoffnung für die Zukunft. Ihr Versuch, eine »Heilung durch Ortswechsel« herbeizuführen, war gescheitert; sie mußte immer noch mit ihren unerledigten Angelegenheiten zu Rande kommen. Und daß sie so lange ferngeblieben war, hatte dazu beigetragen, die Geheimnisse des Systems zu hüten.

Immer wenn sie über ihre Familie sprach, wurde sie von Gefühlen überflutet und schluchzte unkontrolliert. Das machte ihr Angst, weil sie seit ihrer frühen Kindheit nicht mehr geweint hatte. Als wir ihre Familiendynamik näher untersuchten, entdeckte sie, daß ihre Familie viele Geheimnisse barg und sich loyal an das »So-tun-als-ob« der leistungsfähigen Familie hielt. Die Mitglieder dieser leistungsfähigen Familie hatten ihren Schmerz bewältigt, indem sie nach der Einstellung handelten: »Wir werden diese Familie besser machen; *wir werden beweisen, daß wir etwas wert sind!*«

Als sie in ihrer Herkunftsfamilien-Sitzung vor allen offen darüber sprach, wie sie dort groß geworden war, erfuhr sie, daß ihr Großvater ihre Mutter mißbraucht hatte und daß sich alle im Stillen geschworen hatten, es geheimzuhalten. Bei dieser Sitzung kamen noch andere Geheimnisse zutage, zum Beispiel, daß ihr Vater und ihr Bruder Selbstmordversuche unternommen hatten. Der Bruder der Patientin erzählte dem Vater, welchen Schrecken es ihm eingejagt hatte, als dieser wiederholt nachts anrief und von seinem Selbstmordversuch berichtete. Sabines Bruder, David, fühlte sich überwältigt und durcheinander. Er hatte nicht gewußt, was er tun sollte, da der Vater gesagt hatte, die Mutter wisse nichts davon.

Während die Familiengeheimnisse herauspurzelten, saßen die Familienmitglieder bewegungslos und starr vor Scham da. Sabine konnte deutlich erkennen, wie die Loyalität zu der Sprich-nicht-Regel ein affektives Erbe erzeugt hatte, von dem sie zutiefst geprägt war. Der unausgesprochene Schmerz hatte sich im Lauf der Jahre angestaut, und sie erlebte ihn als schwammartige Reaktion, mit der sie die verdrängten Affekte der Familie absorbierte und wieder losließ. Das Nichterlaubte war weitergegeben worden, trotz all der Versuche es »wegzukontrollieren«. Als Sabine allmählich die Verbindung zwischen ihrem affektiven Leid und der Verdrängung in der Familie wahrnahm, konnte sie ein kognitives Verständnis ihres »makellosen« Erbes gewinnen und wußte, daß sie das nicht allein entwickelt hatte. Natürlich versicherten wir ihr, daß es einen Ausweg gäbe – indem sie die Familienregeln brach und die Wirklichkeit ansprach, ihre Gefühle ausdrückte und den Familienmitgliedern von ihrem wirklichen Leben erzählte.

Sabine war gegenüber der Familienregel, Schmerz zu blockieren, loyal gewesen, indem sie ihr kognitives Selbst stärkte und Bewältigung durch intellektuelle Leistung versuchte. Dieses Blockieren wirkte nicht wie Verdrängung; es nahm die Form der Eindämmung an. Die kollektive Maske der Familie suggerierte den Eindruck: »offensichtlich bei guter Gesundheit«. Darunter lagen jedoch Schichten von Scham und Schmerz, fest verpackt in Verleugnung.

Sabines Geschichte zeigt die drei charakteristischen Elemente des Ursprungs und der Fortdauer der Scham: 1. äußere, schamerregende Ereignisse (Mißbrauch und Selbstmordversuche); 2. die vererbte, mehrere Generationen umfassende Scham, die an Familienmitglieder weitergegeben wurde (Mutters Künstlichkeit, Vaters Starrheit), als die schamauslösenden Ereignisse und die Gefühle, die sie hervorriefen, verleugnet wurden; und 3. die aufrechterhaltene Scham, die Sabine in ihrer persönlichen Sphäre und in ihren zwischenmenschlichen Beziehungen am Leben hielt (indem sie die Opferrolle annahm). Solange Sabine dieser Scham nicht die Stirn bot und sich damit befaßte, hatte sie nicht die Freiheit, sich selbst als menschliches Wesen anzunehmen.

Wir untersuchten die Ätiologie von Sabines Scham, indem wir auf ihre Herkunftsfamilie zurückgriffen, um soviel wie möglich über die Familiengeschichte zu erfahren – das heißt die Ereignisse, die ihre Scham verursachten. Diese kognitive Umstrukturierung der

Elemente der Scham ist für den therapeutischen Prozeß grundlegend, damit die Patientin, indem sie die Realität hinter den Familienmythen kennenlernt, die zur Veränderung notwendige Einsicht gewinnen kann. Sabine erkannte daß sie ein Bestandteil einer ganzen Familie war, in den Worten Carl Whitakers ein »Familienfragment«, das seinen Anteil am Schmerz und der Stärke der Familie trägt.

## *Äußere oder traumatische Scham*

Externe oder traumatische Scham stellt sich ein, wenn der Körper, die Gedanken oder Gefühle eines Menschen in einer Weise verletzt werden, daß er oder sie sich wie ein Objekt oder Ding fühlt und in der Folge auch so behandelt wird. Wenn Familienmitglieder ihre Geschichte erzählen, bitten wir sie die Ereignisse aufzuzählen, die für sie traumatisch waren. Manche Erwachsene erinnern sich an eher alltägliche Ereignisse, zum Beispiel einen Krankenhausaufenthalt oder körperliche Übergriffe, denen sie sich als Kinder machtlos ausgeliefert fühlten. Die Verabreichung eines Klistiers, ein Verbandwechsel oder andere, die Intimsphäre verletzende medizinische Eingriffe, die ohne Vorwarnung oder Erlaubnis durchgeführt wurden, haben zur Folge, daß man tief im Innern weiß, wie es sich anfühlt, eine so qualvolle »Invasion« über sich ergehen zu lassen.

Eine andere Ursache externer Scham sind sexualisierte Berührungen. Kinder, die solchen Erlebnissen ausgesetzt sind, empfinden eine sexuelle Energie, die ihnen Angst macht, obwohl die Worte und das Verhalten an sich nicht sexueller Natur sind. Viele Kinder sind sexualisierter Zuneigung zum Opfer gefallen, die sie mit eigenen Worten etwa als »das lästige Gegrapsche von meinem Onkel« oder »die überschwenglichen Küsse meiner Tante« beschreiben. In diesen Fällen wußten die Kinder nicht, daß sie der sexuellen Bedürftigkeit und Zudringlichkeit anderer ausgesetzt waren. Nichtsahnende Eltern haben sogar häufig die Kinder solchen Verwandten in die

Arme getrieben und nicht auf die kindlichen, nonverbalen Signale der Ablehnung geachtet. Dadurch haben sie die Kinder noch mehr verwirrt. Solche Szenarien führen natürlich dazu, daß ein Kind seine eigenen Gefühle verleugnet, um sich denen eines Erwachsenen anzupassen (Miller 1979).

Das deutlichste Beispiel externer Scham ist der Inzest. Das Opfer kennt die Ursache seiner Scham; die Betroffene weiß, der Täter gehört der engeren oder weiteren Familie an, und wegen der Familienloyalität wird das Ereignis verdrängt oder verleugnet. Sie hat nur undeutliche Vorstellungen davon, was eine liebevolle Beziehung bedeuten kann und was Respekt in Beziehungen heißt. Heute wissen wir, wie häufig Inzest in Familien vorkommt (Meiselman 1978). Weniger bekannt ist die Wellenwirkung des schamerzeugenden Ereignisses – die durchdringende Scham, die alle Familienmitglieder beeinflußt, und die Loyalität gegenüber dem Geheimnis. Das Opfer fühlt sich in seiner Scham auch noch für die Ehe seiner Eltern verantwortlich und befürchtet, die Eltern würden sich scheiden lassen und die Familie zerfallen, wenn sein »Geheimnis« enthüllt würde.

Nicht alle Ereignisse, die externe Scham wecken, hängen mit Ausdrucksformen scheinbarer Zuneigung zusammen. Auch Vergewaltigung wirkt als externer, gewalttätiger Angriff traumatisch. 60 Prozent aller Vergewaltigungen finden innerhalb der Familie oder im Bekanntenkreis statt – das heißt, der Täter ist dem Opfer nicht unbekannt. Dieser Prozentsatz ist seit Beginn der achtziger Jahre alljährlich gestiegen (Chester 1985). Rechnet man noch den hohen Anteil von Vergewaltigungen in der Ehe hinzu, ist die Zahl der Frauen und Kinder, die von sexueller Gewalt betroffen sind, schwindelerregend (Russell 1984). Nicht wenige Frauen meinen, sie seien an der Vergewaltigung »schuld« und schämen sich, weil sie »zugelassen« haben, daß es geschieht. Viele Frauen sagen: »Hätte ich nur nicht das Seidenkleid angehabt...« oder etwas ähnliches und akzeptieren damit den Mythos, sie seien für die sexuelle Gewalt von Männern verantwortlich. Indem sie die Scham über die Vergewaltigung auf sich nimmt, internalisiert und verewigt die Frau, oft insgeheim, ihre Schamgefühle.

Wieder eine andere Art der Zudringlichkeit geht von Eltern aus, die eine Verführerrolle spielen und in den persönlichen Freiraum des Kindes eindringen, indem sie sich unpassenderweise nackt zeigen. Alfred erzählte, wie durcheinander er als Jugendlicher war, als seine Mutter, mit einem hauchdünnen Nachthemd bekleidet, jeden Abend mit ihm zusammensaß und über ihr Privatleben mit dem Vater sprach, ihn umarmte und mit feuchten Lippen küßte. Für einen Teenager, der um seine sexuelle Identität kämpft und sich gegenüber der »Zuneigung« seiner Mutter loyal verhält, war ihre Botschaft verständlicherweise verwirrend. Sie liebte ihn, doch Liebe hieß in diesem Fall sexuelle Liebe und Grenzverletzung. Er wußte nicht, daß er zu seiner Mutter »nein« sagen konnte, und stellte fest, daß er mit dreiunddreißig immer noch durch dieses starke, unsichtbare Band an sie gebunden war.

Die häufigste klinische Präsentation dieser Art von Grenzverletzung ist Verwirrung und Angst in bezug auf Nähe und Intimität in Beziehungen. Alfred konnte enge Beziehungen zu jungen Frauen aufbauen, die bis zu einem gewissen Punkt gingen, und dann erstarrte er vor Angst. Er ahnte nicht, daß er durch einen festen, aber unsichtbaren Faden an seine Mutter gebunden war; er war für ihre emotionalen Bedürfnisse zuständig. Im tiefsten Innern wußte er offenbar, daß er, wenn er eine gleichberechtigte Beziehung zu einer Frau haben wollte, die Verbindung mit seiner Mutter lösen mußte – das Band, das beide zusammenhielt. Alfred arbeitete lang und hart daran, diesen Knoten zu entwirren und die widersinnige Bindung tatsächlich zu lösen. Dann erst fühlte er sich frei, eine ebenbürtige Liebesbeziehung einzugehen; gleichzeitig freute er sich über seine neue Beziehung zu seiner Mutter.

Wenn Patienten das interne Netz der Scham nicht durchschauen, das in ihrer Geschichte existiert und das mit den Familiengeheimnissen in Verbindung steht, kann durch ein einziges, zufälliges Zusammentreffen ein ganzes Minenfeld der Scham erschlossen werden. Die daraus hervorgehenden, affektiven Reaktionen scheinen übertrieben. Zum Beispiel erwähnt eine Freundin im Gespräch ein bestimmtes Ereignis, das die verdrängte, schamerfüllte Geschichte der anderen erschließt. Die Betroffene reagiert extrem, weiß oft nicht warum, und beide stecken in einem verwirrenden Durcheinander. Die Reaktion scheint in keinem Verhältnis zu dem Ereignis zu stehen. Durch solche peinlichen Situationen wird die zwischenmenschliche Verbindung unterbrochen, und die Beteiligten wissen keinen Ausweg.

Derart starke Reaktionen entstehen oft durch Projektionen aus der Vergangenheit. So war eine junge, berufstätige Frau, Janina, in vielerlei Hinsicht den Zudringlichkeiten ihrer Eltern ausgesetzt gewesen. Als Einzelkind in einer verstrickten Ehe, war sie von Mutter und Vater benutzt worden, um deren emotionale und physische Bedürfnisse zu befriedigen. Beide hatten ihr bei der Toilette »geholfen«, indem sie beide ins Badezimmer kamen, während Janina auf der Toilette saß, und sie nach dem Stuhlgang sauberwischten, außerdem verabreichte ihr die Mutter häufig Einläufe. Sie wurde das »Ding«, mit dem die Eltern ihr Intimitätsvakuum füllten. Janina verdrängte diese Kindheitsgeschichte weitgehend; die Szenen kamen erst wieder zutage, nachdem sie einen Erziehungsfilm über die kindliche Entwicklung gesehen hatte.

Als Janina in die Gruppentherapie kam, reagierte sie extrem, wenn jemand sie in irgendeiner Weise berührte. Wenn man auch nur sanft die Hand auf ihre Schulter legte, wurde sie ungehalten, wütend und beinahe körperlich aggressiv. (Eine verdrängte Erinnerung war, daß sie mit elf Jahren ihre Eltern zusammengeschlagen hatte.) Für die anderen war offensichtlich, daß sie vor jeder Berührung Angst hatte; Berührungen ließen ihre Geschichte von schamerregenden, sexualisierten, unpassenden Berührungen wiederaufleben. Sie wußte nie, wann diese innig verflochtenen Schamgefühle ausgelöst würden; deshalb wollte sie immer die Lage unter Kontrolle haben. Bevor sie zur Therapie gekommen war, hatte sie ihr Verhalten für normal gehalten. Tatsächlich ist es ja normal, sich zu verteidigen, doch sie richtete den Zorn, der eigentlich für ihre Eltern bestimmt war, gegen die Welt, und weil sie emotional so stark reagierte, entfremdete sie sich von anderen ebenso wie von sich selbst.

Eine andere Form der Scham haben wir in einer Familie beobachtet, in der eine Pseudogemeinsamkeit gelebt wurde und der Vater ein »netter Kerl« war, der alles um jeden Preis »nett« haben wollte.

Keiner in der Familie wußte, welches Leid er erlebt hatte; er war ein gemütlicher, beeinflußbarer Mensch und offensichtlich entschlossen, so zu bleiben. Sein Sohn kam in die Therapie, weil er unter Angstgefühlen litt, nachdem er im Wohnheim seiner Studentenverbindung angegriffen worden war (man hatte ihn schlafend aus dem Fenster geworfen, zusammengeschlagen und ihn wieder durch das Fenster hineingezerrt). Der Sohn fühlte sich mit seiner Geschichte allein, da seine Eltern sein Erlebnis nicht zur Kenntnis nahmen. Sein Vater meinte nur: »Jetzt weißt du, daß das Leben einem übel mitspielen kann. Brauchst du für das Sommersemester noch ein paar neue Sachen?« Diese Sätze fielen innerhalb einer Minute – mehr Aufmerksamkeit konnte der Patient von seinem Vater nicht bekommen. Seine Mutter saß schweigend, mit schmerzlichem Gesichtsausdruck, dabei.

Der Angstschrei des Patienten war schmerz- und wuterfüllt; doch weder Vater noch Mutter hörten ihn. Im College bekam er Hilfe und wurde medizinisch versorgt, und seine Mutter war auf den Campus gefahren und hatte mit den zuständigen Beamten gesprochen, doch als er nach Hause kam, war es, als wäre nichts vorgefallen. Die Botschaft hieß: »Leiden ist hier nicht erlaubt, also tun wir so, als wäre nichts passiert.« Bevor er in die Therapie kam, hatte er den Schmerz angenommen und sich geschämt, daß er seinen Eltern solche Sorge bereitete. In der Therapie konnte er eine realistische Einschätzung gewinnen und erhielt Gewißheit darüber, daß er *zweimal* mißhandelt worden war – das erste Mal im College und das zweite Mal, als seine Eltern den Vorfall für nichtig erklärten.

Häufig sorgen posttraumatische Syndrome für eine Fortdauer der Scham. Ein Beispiel aus der jüngsten Zeit betrifft die Überlebenden und Heimkehrer aus Vietnam. Viele Veteranen haben wegen ihrer Teilnahme an einem solchen Krieg öffentlich und privat Schimpf und Schande geerntet. Viele dieser Männer, aber auch Krankenschwestern und andere in der medizinischen Versorgung Tätige (Van Devanter & Morgan 1983), wußten nicht wohin mit ihren Erinnerungen an das Grauen, das sie dort erlebt hatten. Es dauerte mehrere Jahre, bis die amerikanische Öffentlichkeit ganz begriff, welchen Einfluß der Krieg auf diese Männer und Frauen ausgeübt hatte.

Einige Veteranen leben ständig mit dieser Scham. Robert Bly (1985) berichtet von Ärzten in Texas, die sich mit Träumen von heimkehrenden Veteranen befaßt haben. Einige der befragten Männer schilderten den Ärzten, daß sie in ihren Träumen das Grauen so wiedererlebten, als seien sie am vorhergehenden Tag im Gefecht gewesen, so daß sie nie Erleichterung und Vergessen fanden. Die Schamdynamik zeigte sich im Ausschalten von Gefühlen und der Abhärtung gegenüber dem Schmerz des Grauens. Ein Veteran erklärte mit stählernem Blick seine Einstellung zum Leben nach Vietnam. In einer Gruppe von Ehepaaren äußerte er: »Ich starb 1967, als alle meine Männer aus dem Hinterhalt überfallen und getötet wurden; jetzt warte ich nur noch darauf, daß der Tod praktisch eintritt.« Der Mann konnte weder seine Scham noch irgendein anderes Gefühl spüren. Seine Rüstung war intakt; er überlebte. Sich einzufühlen fiel ihm, selbst in bezug auf seine Kinder, schwer. Wenn sein Sohn hinfiel, meinte er nur: »Das kommt schon in Ordnung, sei ein Mann und paß selbst auf dich auf.« Der Vater gab seine defensive Identität an den Sohn weiter. Wenn solche Kriegsveteranen ihre Scham durcharbeiten, geht es langsam voran und sie erleben große Ängste. Häufig hat man dabei das Gefühl, daß ein Fluß einen Damm durchbricht und seinen Lauf nimmt, bis alle verdrängten Affekte freigesetzt sind. Und damit kommt die Freiheit weiterzuleben.

Ein Überlebender des Zweiten Weltkriegs kam mit seiner Familie in die Therapie; seine Frau und seine Töchter stellten ihre Forderungen und wollten ihn endlich kennenlernen. Beim zweiten Interview erzählte er, daß er in letzter Zeit unter Angstzuständen und Alpträumen litt. Er war der einzige Überlebende seiner Kompanie; die Erinnerungen an die Schlacht kehrten wieder und er hatte schreckliche Angst. Er biß die Zähne fest zusammen, als er sagte: »Damals beschloß ich, nichts mehr an mich heranzulassen.« Jetzt quälte er sich damit, sein Versprechen zu halten.

## *Vererbte, generationsübergreifende Scham*

Wie sehen Familien aus, die ein Erbe der Scham antreten? Die aussichtsreichsten Kandidaten sind diejenigen, die ihre Geschichte durch Geheimnisse, Rätsel und Mythen schützen.
Wenn Geschichten vererbter Scham ans Licht kommen, stößt man auf Armut infolge von Bankrott, Selbstmorde, Todesfälle und Unfälle von Kindern, an denen sich die Eltern schuldig fühlen (oder für die sie bestraft wurden), oder Geheimnisse um Schwangerschaften, Geburten und Adoptionen. Die Regeln des schamdominierten Systems bringen mehrere Generationen hervor, die ihre Affekte verdrängen. Die Familienmitglieder meinen häufig, daß sie speziell eine Art »Fluch« geerbt hätten und leiden unter Beklemmungen und Ängsten, ja sogar Phobien, im Zusammenhang mit der mächtigen Regel, die es verbietet, über die Scham zu reden und sie damit abschirmt.
Therapeuten können vererbte Scham erkennen, indem sie mit den einzelnen Patienten im Kontext ihrer Familie arbeiten. Häufig ist die Abwehr so stark, daß sich die Patienten als sehr leistungsfähige, kompetente Menschen darstellen, die gar keine Sorgen haben; die gegenwärtigen Beschwerden sind scheinbar abnorm. Diese Selbstdarstellung verändert sich jedoch drastisch, wenn die Betroffenen ihren Platz in der Herkunftsfamilie einnehmen, wobei sie oft wieder die Rolle des Schamerfüllten übernehmen. Wie festgefahren der Patient ist, wird in seinem ursprünglichen Kontext klar erkennbar; der Kliniker kann die Familienregeln beobachten und den Patienten dabei unterstützen, sie zu brechen.
Johannes und Lore waren Inhaber eines erfolgreichen Kleinunternehmens, die in mittleren Jahren in die Therapie kamen, weil sie ihre Ehe »satt hatten«; sie wollten ihre Beziehung verbessern oder beenden. Im Lauf der Therapie sollten beide ihre Eltern einbeziehen. Johannes, der sehr ruhig und reif wirkte, wurde in Gegenwart seiner zierlichen, vierundachtzigjährigen, weißhaarigen Mutter »klein«. Er stellte die Füße nach innen, sank auf seinem Stuhl zusammen und sprach leise. Wir sahen, wie er feststeckte, und gaben die notwendige Unterstützung, so daß er Familienregeln brechen

und über Probleme reden konnte, die er mit seiner Mutter nie besprochen hatte. Es handelte sich um dieselben Probleme, die seine Beziehung zu seiner Frau beeinträchtigten, insbesondere seine Angst vor Konflikten und seine daraus resultierende Unaufrichtigkeit.

Unbewältigter Kummer kann ebenfalls Schamgefühle erzeugen. Susanne, die eine therapeutische Beratungsgruppe bei uns besuchte, stellte der Gruppe ihren Familienstammbaum vor, auf dem sie zwei Generationen »ausgeixt« hatte, die im Holocaust ermordet worden waren. Sie quälte sich mit der Idee, mit ihren Eltern darüber zu reden, ebenso wie mit dem Gedanken an ein eigenes Kind. Sie fühlte sich dafür verantwortlich, das Fortbestehen der Familie zu sichern, und empfand als Überlebende gleichzeitig tiefe Schuldgefühle – verdiente sie es, zu leben und Leben zu geben, während die anderen vor ihr alles verloren hatten? Nachdem sie an einer Gruppe für Überlebende des Holocaust teilgenommen hatte, konnte sie zu ihren Eltern und ihren Schwestern eine neue Beziehung finden.

Was all diese Familien verbindet, ist die Verpflichtung aller Familienmitglieder, die Geheimnisse zu bewahren, indem sie sich an strikte Regeln halten, die festlegen, über was gesprochen werden darf und über was nicht. Diese Regeln verhindern Spontaneität in den Familienbeziehungen, denn durch Spontaneität könnten echte Gefühle und Tatsachen ans Licht kommen.

Familienmitglieder schaffen mächtige Mythen um ihre Geschichte, wobei die schmerzlichen, historischen Ursachen der Scham häufig weggelassen werden. Die Kinder aus solchen Familien verhalten sich loyal, indem sie keine Fragen über die Vergangenheit stellen und damit im heimlichen Einverständnis mit den Familienregeln handeln.

Familienmythen

Alle Familien erklären Ereignisse aus ihrer Geschichte durch Familienmythen. In der schamdominierten Familie entstehen Mythen durch Verzerrung und Selbsttäuschung und fungieren durch Loyalität als Barriere für die Familienscham.

In den zwanziger Jahren erkrankte und starb eine Mutter von vierzehn Kindern. Der Vater hatte ein Inzestverhältnis mit seiner Tochter; sie, die älteste Tochter, bekam das fünfzehnte Kind, das nicht wußte, daß die »große Schwester« eigentlich seine Mutter war. Die älteste Schwester, Emilie, spielte ihre Rolle gut und schirmte die vererbte, generationsübergreifende Scham ab – und zwar so weit, daß sie beschloß, die Rolle der Heiligen zu spielen, um immer hohes Ansehen zu genießen. Als Jugendliche und Erwachsene opferte sie sich in jeder Hinsicht für andere auf – sie sorgte für einen Ehemann, der Alkoholiker war, »schützte« die Kinder vor seinen gewalttätigen Ausbrüchen, arbeitete ehrenamtlich für die Kirche und glaubte, Gott werde sie retten, wenn sie »gut genug« wäre. Ihr Sohn erbte natürlich den »Messias«-Komplex und wurde, zum Entzücken seiner Mutter, Pastor. Er heiratete später ein mißhandeltes Inzestopfer mit geringem Selbstwertgefühl; die Frau stärkte sein Selbstbild als Gegenleistung dafür, daß er sie »rettete«. Nachdem die Interaktionsmuster rund um das Geheimnis über drei Generationen weitergegeben waren, war die Abwehrrüstung stark; im Dialog zeigte sich keinerlei Affekt. Der Pastor, Elias, der unser Patient wurde, ließ niemanden zu nah an sich heran, und seine Rolle bestärkte den Abstand.

Im Rahmen einer familientherapeutischen Ausbildung hatte Elias seine Herkunftsfamilie aufgesucht, um Informationen zu sammeln, und gerade von dem Inzest gehört und erfahren, daß seine Tante seine Halbschwester war. Er war damals wegen der Enthüllung seiner Mutter wie betäubt und ganz durcheinander. Doch nicht einmal diese Information reichte aus: sein Charakterpanzer schützte ihn immer noch. Er konnte die Geschichte erzählen, ohne das geringste Gefühl zu zeigen. Der Schmerz war gut versteckt, und in seiner Rolle würde es ihm wahrscheinlich gelingen, die Scham noch eine weitere Generation abzuschirmen. Jetzt war sie wenigstens als Information verfügbar; doch ihre Freiheit würde die Familie erst finden, wenn die Gefühle ans Licht kämen.

Das Ausschalten von Gefühlen angesichts vererbter, generationsübergreifender Scham führt zu einer ähnlichen Dynamik wie in suchtmittelabhängigen Familien. Während wir die letzteren als

»s.a.« Familien bezeichnet haben, nannten wir die hier beschriebene »k.a.« Familie – *kognitiv* abhängige Familie. Während die suchtmittelabhängige Familie Drogen als Organisationsprinzipien benutzt, setzt die kognitiv abhängige Familie nur Kenntnisse (faktisches, in der linken Gehirnhälfte angesiedeltes Wissen) ein.

## Aufrechterhaltene Scham

Die Scham schlummert und wartet darauf, aktiviert zu werden. Mitglieder schamdominierter Familien finden Mittel und Wege, die Scham zu verewigen, um ihr ihren Platz im System zu sichern. Wir haben gesehen, daß Scham Scham »erzeugt«. Scham sucht ihr Spiegelbild in den anderen im selben Magnetfeld. Bei manchen Leuten entstehen durch die Loyalität zur Scham so fest verankerte Abwehrstrukturen, daß sie sich nur noch im Hinblick auf die Scham verletzbar fühlen. Wenn Gefühle ausgeschaltet werden und Empfindlichkeit dringend benötigt wird, greifen einige Leute auf Mechanismen zurück, die erforderlich sind, um wenigstens in irgendeiner Hinsicht empfindsam zu bleiben – das heißt, sie halten die Scham und *irgendeine* Verletzbarkeit, *irgendeine* affektive Erfahrung aufrecht, auch wenn sie negativ ist. Die Selbstverachtung, die man empfindet, wenn man sich schämt, ist ein starkes Gefühlserlebnis, und dieser Affekt dient dazu, die Scham aufrechtzuerhalten.
In der klinischen Praxis beobachten wir die verschiedensten Szenarien, die sich daraus ergeben, daß »Scham Scham sucht«. Ein Beispiel ist Georg, der serienmäßig Beziehungen eingeht und jedesmal aufrichtig glaubt, diesmal sei es »die Richtige... Jetzt habe ich gefunden, was ich brauche.« Außenstehende wundern sich: »Wie kann man sich nur auf so was einlassen?« »Das sieht doch jeder, daß sie nichts für ihn ist?« »Er weiß doch, daß sie ihren Mann verlassen hat und ihre Kinder schlägt!«
Wenn Freunde ihn zur Rede stellen, argumentiert Georg vernunftmäßig, zusammen würden sie es anders anpacken, und behauptet: »Wir haben unser Leben im Griff!« Gerade diese Kontrolle ist der

Aspekt ihrer Beziehung, der zu Übergriffen oder Suchtverhalten führt und damit die Scham aufrechterhält. Wir baten Georg eine Beziehungsgeschichte aufzuschreiben, in der alle Frauen vorkamen, mit denen er kurzfristige Beziehungen eingegangen war; er zählte 82 auf. Als die Therapie weiter fortgeschritten war, gab er zu, daß er in Wirklichkeit überzeugt war, nicht liebenswert zu sein, und daß eine Frau, die er an sich heranließe, merken würde, was für eine »Null« er eigentlich sei.

In einem anderen Szenario kam eine Familie zur »Untersuchung« zu uns. Den Anstoß dazu gab Marie, die sich große Sorgen um die Gewichtszunahme ihrer heranwachsenden Tochter machte. Kurt, der Vater, meinte, er sei auch beunruhigt, er »halte sich da aber raus«. Marie sorgte sich, was »eigentlich« mit ihrer Tochter los sei; sie hatte Gymnastikschallplatten gekauft, Tanz- und Gymnastikkurse belegt (und die Tochter aufgefordert mitzukommen) und beim Essen ihre Kommentare abgegeben (»das Brot macht wirklich dick, ich sag's dir«). Natürlich bestand sie darauf, nur helfen zu wollen. Während Marie erzählte, zeigte Katrin, die Tochter, durch ihre Körperhaltung, daß sie sich schämte – sie ließ den Kopf hängen und weinte leise. Als wir sie befragten, meinte sie, sie wolle durchaus etwas tun, um abzunehmen, sie brauche jedoch nur Unterstützung und kein Management durch ihre Mutter. Katrin wurde klar, daß sie die Mutter »einlud«, das Management in die Hand zu nehmen; sie wurde regelmäßig passiv, zog sich zurück, verhielt sich träge und machte durch ihre Hilflosigkeit so auf sich aufmerksam, daß Marie das Gefühl hatte, nicht widerstehen zu können. Sie behauptete zu *wissen*, daß ihre Tochter Hilfe brauchte. Katrin lernte, wie sie mit der Mutter umgehen und ihr sagen konnte: »Ich komme schon zurecht; danke für die Hilfe, Mama.« Als sie lernte, sich um sich selbst zu kümmern, und verantwortlich zu handeln, konnte sie Marie klar machen, daß sie kein kleines Mädchen mehr war, das besondere Aufsicht brauchte. Ihre Aufrichtigkeit und ihr verantwortungsvolles Verhalten überzeugten Marie, daß sie »gefeuert« worden war und ihre Tochter nicht mehr zu kontrollieren brauchte. Gleichzeitig sprachen wir mit Kurt und Marie darüber, wie einsam sie sich in der Ehe fühlten.

Diese Szenarien erinnern daran, daß Familien oft in festgefahrene Situationen geraten, wenn Änderungen im Lebenszyklus eintreten und gleichzeitig Fragen der persönlichen Entwicklung anstehen (der Eintritt in die Adoleszenz). In diesem Szenario stieß ein Problem des Lebenszyklus (Adoleszenz mit sich ändernden Eltern-Kind-Beziehungen) mit der Frage der persönlichen Entwicklung der Tochter zusammen. Da sie in dieser Dynamik steckenblieben, wurde die Scham aufrechterhalten: Marie und Kurt fühlten sich als Versager und Katrin haßte sich wegen ihrer Figurprobleme.

Ein weiteres Szenario, das Scham aufrechterhält, ist zu beobachten, wenn Schüler oder Studenten Prüfungen ablegen müssen. Schamdominierte Menschen mit unklaren Grenzen neigen dazu, die Ergebnisse zu internalisieren. Das heißt, wenn sie eine Prüfung machen und durchfallen, halten *sie sich* für Versager. (Sie würden nie in Erwägung ziehen, daß sie einfach schlecht abgeschnitten haben oder nicht richtig vorbereitet waren.) Dadurch verstärkt sich der Perfektionismus und das Streben nach Kontrolle, um das persönliche Versagen nicht zu spüren und die Scham aufrechtzuerhalten.

Zu lernen, sich selbst und die Ergebnisse, ob von Gesprächen, Beziehungen oder Ereignissen, getrennt zu sehen, erfordert Zeit und Erfolge. Da sie verwischte Grenzen haben, neigen schamdominierte Menschen dazu, ihr gesamtes Selbst mit anderen Personen oder Aktivitäten zu verschmelzen; alles, was sich in der Außenwelt abspielt, wird sehr persönlich genommen und verinnerlicht. So ist häufig bei der Paartherapie zu beobachten, daß beispielsweise der Mann äußert: »Also mir geht es jetzt besser, weil wir uns gegenseitig nicht mehr so beschimpfen. Das hat mich wirklich die ganze Zeit sehr belastet.« Seine Partnerin unterbricht ihn und ruft: »Das ist wieder typisch, daß du mich dafür verantwortlich machst, wie es dir geht; ich hab wirklich die Nase voll davon, daß du mir das immer unterjubelst!« Solche Internalisierungen sind der Schamdynamik inhärent; einem schamdominierten Menschen fällt es schwer einzusehen, daß ein anderer vielleicht nur eine Aussage über sich selbst macht. Das heißt nicht, daß es nicht auch manipulative Aussagen gibt, die gibt es mit Gewißheit. Doch der schamdominierte Mensch muß sich sehr darum bemühen, anderen zuzuhören und durch Training und Erfahrung zu lernen, daß andere Leute, wenn sie reden, Aussagen *über sich* machen. Die Verhaltensmuster, mit denen man sich selbst schädigt – Selbsthaß, Ablehnung und Selbstentfremdung – metastasieren, erfüllen allmählich das ganze Selbst und ersetzen die Identität des Menschen. Die Betroffenen verstärken durch diese Verhaltensmuster die Abwärtsspirale im Kreislauf der Scham (siehe Abbildung 2).

Wenn der Kreislauf der Scham unterbrochen und das damit verbundene zwanghafte Verhalten deutlich wahrgenommen wird, erleben die Betroffenen, daß ihr Selbstwertgefühl steigt, das ist das erste Anzeichen echter Hoffnung. Sie haben viele von falscher Hoffnung getragene Versuche durchlebt, als sie sich schworen, es nicht mehr zu tun; jetzt, indem sie mit Hilfe anderer den Verhaltensmustern mutig begegnen, beginnen sie die verinnerlichte Scham abzustoßen.

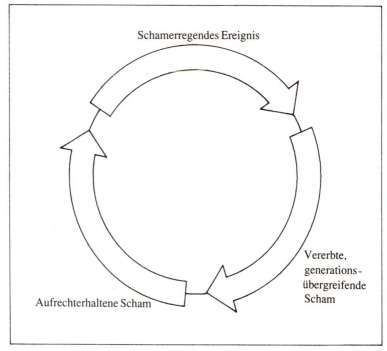

*Abbildung 2* Ursprung und Fortdauer der Scham

Allmählich sind die Betroffenen in der Lage, nach außen zu schauen und außer sich selbst noch andere Menschen wahrzunehmen. Durch kleine Verhaltensänderungen und indem sie selbstschädigendes Verhalten einstellen, sehen die Betroffenen einen Ausweg. Eine Patientin sagte uns: »Ich wäre nicht hierher gekommen (in die Praxis), wenn ich nicht geglaubt hätte, daß noch ein kleines Stück von mir lebendig ist. Ich mußte das Risiko eingehen.« Indem sie das zwanghafte, angstgetriebene Verhalten einstellte, konnte sie einen Genesungsprozeß beginnen und mit sich selbst und anderen Verbindung aufnehmen. Sie war dabei, ein Mensch mit hohem Selbstwertgefühl zu werden. Da ihr Selbstwertgefühl stieg, konnte sie tiefere Einsichten gewinnen und mehr über sich selbst lernen.

Wenn Patienten intensiver an Problemen der Nähe arbeiten, stoßen wir auf gewisse Widerstände, die wir als Angst interpretieren, dorthin zu gehen, wo sie noch nie gewesen sind. Dieser Widerstand ist auch in Form abgeschnittener Beziehungen zu beobachten. Als inhärentes Merkmal der Schamdynamik nährt das Abschneiden zwischenmenschlicher Beziehungen Gefühle der Einsamkeit und Isolation. Das Abschneiden erfolgt als physisches oder psychologisches Verlassen und in unvollständigen Transaktionen mit anderen. Die Leute, die mit schamdominierten Personen in Interaktion treten, fühlen sich verlassen oder zumindest vorübergehend im Stich gelassen. In diesem psychologischen Abgang zeigt sich die Loyalität, mit der die Scham aufrechterhalten wird, indem man auf ihre »abgespaltene Stimme« hört.

Diese abgespaltene Stimme entsteht, weil die kritische innere Stimme der Selbstprüfung vom Selbst abgetrennt wird; das ist die Stimme, die fragt: »Was die anderen wohl von mir denken?« Oder: »Ob sie mich wohl für dumm halten?« Diese innere Überprüfung aller Interaktionen erfolgt so beharrlich und unaufhörlich, daß viele Leute glauben, das sei normal. Wenn Menschen nicht in der Lage sind, im Zusammensein mit anderen wirklich anwesend zu sein, fühlen sich die Leute, die ihnen nahestehen, verlassen und ausgeschlossen. Diese Stimme trägt oft die Maske eines falschen Selbst, in dem die Scham wohnt. Diese »Über-Stimme« hält die Angstmaschine in Gang, die den Schammechanismus antreibt.

Das falsche Selbst wird zur sicheren Fassade, hinter der sich die Scham verbirgt. Da sich Scham selten in Rohform zeigt, wenn Patienten zur Therapie kommen, sind wir zunächst mit den Fassaden der aufrechterhaltenen Scham konfrontiert.

## Die unzähligen Masken der Scham

Wenn wir der Scham begegnen, erleben wir die Masken und Vortäuschungen einer Familienpersona. Familien verbergen ihre Scham meist, indem sie sich ein falsches Familienselbst zu eigen machen. Niemand kommt zur Therapie und sagt: »Ich möchte mit meinen Schamgefühlen fertig werden und ehrlich zu mir selbst sein.« Statt dessen hören wir eine Stimme hinter einer Maske, die um Hilfe ruft. In der Regel zeigt sich Scham durch Anzeichen von geringem Selbstwertgefühl: Ausschalten von Gefühlen, zusammengesackte Haltung, niedergeschlagene Augen, Erröten und gleichgültiger Blick. Die Scham zeigt sich zwar oft in diesem Erscheinungsbild, doch am Anfang nehmen wir das nicht wahr. Um die schmerzliche Scham zu verbergen, lernen viele Menschen Masken zu entwickeln. Die Scham trägt nicht eine Maske, sondern unzählige.

### Die Märchenfamilie

Manche Familien, die diese »So-tun-als-ob«-Qualität aufweisen, haben eine »Persona« angenommen, eine Familienpersönlichkeit, die *anscheinend* gesund ist. Sie kopieren Verhaltensweisen aus Filmen, von anderen Familien, aus Zeitschriften, den herrschenden sozialen Mythen und vor allem von den gekünstelten gesellschaftlichen Kreisen, die dasselbe Spiel spielen. Das Spiel geht so: »Ich verhalte mich so, wie du es von mir in dieser gesellschaftlichen Situation erwartest; ich halte mich an die Regeln. Ich kleide mich passend, ich trete dem Country Club (In Amerika Sport- und Gesellschaftsclub auf dem Lande, dem Städter angehören. A.d.Ü.) bei, ich schicke meine Kinder auf Privatschulen und schließe mich bestimmten, statusträchtigen Organisationen an.« Mit anderen Worten, sie bauen ein Rollenverhalten auf, das sich bequem mit Hilfe bestimmter Dinge übernehmen läßt – zum Beispiel wissen sie, welche Autos man fährt, welche Kleider man trägt, welche Speisen und Weine man serviert, welche Bücher man liest, wo man Urlaub macht, in welche Kirche man geht.

Nach außen hin werden solche Familien oft von anderen Leuten beneidet. Sie führen ein »So-tun-als-ob«-Leben, das heißt, sie tun, als gäbe es eine bestimmte, vorschriftsmäßige Lebensweise für Familien. Indem sie sich so entschlossen und angestrengt um Leistung bemühen, können sie hoffen, ihre Scham zu überwinden. Die Botschaft bleibt unausgesprochen, aber wirkungsvoll: »Wenn du nach unseren Regeln lebst, wird alles gut.« Niemand darf anderen, die nicht zur Familie gehören, erzählen, wie leer und einsam sich die Familienmitglieder fühlen. Eine innere Stimme ruft: »Vielleicht muß ich mich nur noch mehr anstrengen, und dann bin ich wie die anderen. Niemand darf wissen, wie unzulänglich ich mich in diesen Rollen und gesellschaftlichen Situationen fühle.«

Da gibt es sogar einen Gemeinschaftssingsang: »Was haben wir für ein Glück...!« Glück wird gekauft, erarbeitet und bleibt äußerlich. Diese »So-tun-als-ob«-Dimension zu akzeptieren, heißt, sich auf des Messers Schneide zur Verleugnung zu bewegen, die dazu dient, die schmerzlichen Geheimnisse erträglich zu machen. Tatsächlich werden sie noch stärker verdrängt, und das Schema des Spiels gerät zur Überaktivität. Wenn die Familienmitglieder plötzlich damit aufhörten, müßten sie den Schmerz spüren. R.D. Laing (1972) beschreibt in seinem Buch *Knoten* die Regeln:

Sie spielen ein Spiel. Sie spielen damit, kein Spiel zu spielen. Zeige ich ihnen, daß ich sie spielen sehe, dann breche ich die Regeln, und sie werden mich bestrafen. Ich muß ihr Spiel, nicht zu sehen, daß ich das Spiel sehe, spielen.

Manchmal werden solche Familien zu »vergessenen Familien«. Den Familien, die hohe Leistungen erbringen, gestatten die anderen oft nicht, irgendwelche Leiden zu zeigen; sie machen auf alle Außenstehenden (und jeder steht außen) einen guten Eindruck. Sie leisten ihren Beitrag für die Gemeinschaft und genießen oft großes

Ansehen. Was jedoch den anderen entgeht, ist, daß diese Familien als Individuen und als Gruppe ihre Identität verlieren würden, wenn sie ihr arbeitssüchtiges Verhaltensmuster und ihre Geschäftigkeit aufgeben würden. Deshalb kontrollieren die Eltern ihre Kinder, um sicherzugehen, daß auch sie Leistungen erbringen, sich anpassen und so tun als ob. Wenn auch nur ein Kind entkommen würde, könnten sämtliche Familiengeheimnisse ausgeplaudert werden – daß Vater und Mutter seit 15 Jahren getrennte Schlafzimmer haben, daß Mutter eine sehr enge, intime Beziehung zu einer Freundin hat oder daß Vater oft abends lange alleine aufbleibt und zuviel trinkt. Natürlich werden uns häufig Sündenbockkinder zur Therapie geschickt, damit wir sie wieder »in Ordnung bringen«.

Wenn Mitglieder solcher Familien in die Therapie kommen, haben sie oft bereits dicke Schichten von »So-tun-als-ob«-Verhalten aufgebaut. Die Person dahinter ist verschwunden. Die Identität, die sich die einzelnen und die Familie geschaffen haben, ist eng verschmolzen mit den äußerlichen, heuchlerischen Verhaltensmustern – das heißt, nur das äußere Selbst ist bekannt. Die fehlende Identität führt zu Abhängigkeit; alle sind in die Präsentation des Familienimages verwickelt. Viele junge Erwachsene klagen, daß sie ihre Eltern nicht kennen. Dies ist darauf zurückzuführen, daß die Eltern sich selbst nicht kennen. Sie geben, was sie geben können, zum Beispiel das, was ihnen herausrutscht, wenn sie unter großem Druck stehen. Diese Augenblicke der Echtheit oder Authentizität geben den Familienmitgliedern Hoffnung, daß es noch mehr geben könnte, wenn sie sich stärker darum bemühen. Ehepaare aus diesen Familien kommen oft in mittleren Jahren mit der Frage in die Therapie: »Soll das alles gewesen sein, gibt es sonst nichts?«

*Die beziehungslose Familie*

Die »Heilung durch Umzug« charakterisiert diese Art der Familienbeziehung. Häufig verlassen die Familienmitglieder ihre Heimatstadt und »adoptieren« eine Familie, die die Herkunftsfamilie ersetzen soll. Im Grunde haben sie sich voneinander abgewandt, um mit dem Schmerz fertigzuwerden. Manche Familien gehen so weit, alle

Rituale aufzugeben (Geburtstage, wichtige Lebenseinschnitte wie Schul- oder Universitätsabschluß, Firmung, Konfirmation und so weiter); die Mitglieder wissen dann häufig nicht, wie alt ihre Angehörigen oder die Kinder ihrer Geschwister sind. Verwandte gehen »verloren« und hören jahrzehntelang nichts voneinander.

Manchmal begegnen uns Familien, von denen die eine Hälfte Kontakt hält, während die andere Hälfte beziehungslos ist, keine Verbindung hält und höchstens im Krisenfall erreichbar ist – und manchmal nicht einmal dann. Erwachsene, die in einer solchen Familie aufgewachsen sind, setzen ihr teilnahmsloses Verhalten in der nächsten Generation fort, sie interessieren sich nicht dafür, was ihre Kinder in der Schule erleben, halten keinen schriftlichen oder telephonischen Kontakt mit ihren Angehörigen und so weiter. Im klinischen Kontext zeigt sich manchmal eine durchschlagende therapeutische Wirkung, wenn die Patientin oder der Patient Angehörige anruft und sie bittet, zu einer familientherapeutischen Sitzung zu kommen.

Eine andere Form der Beziehungslosigkeit tritt in Familien auf, in denen die Eltern ihre Rolle aufgegeben haben und mit den Kindern gleichberechtigt zusammenleben. Sie haben in gewissem Sinne den Bezug zu ihrer eigentlichen Rolle verloren. Hier liegt die Sache anders als in Familien, wo die Kinder die Elternrolle übernommen haben. Beispiele dafür finden wir in Familien, in denen der Vater physisch und/oder psychisch abwesend ist und die Mutter ihre Rolle aufgegeben hat und mit ihren Töchtern und Söhnen wie eine Schwester zusammenlebt, wobei eigentlich niemand die Verantwortung für die Familie übernimmt. Da in diesen Familien die Kontinuität fehlt, fällt es erwachsenen Kindern schwer, ihre Geschichte klar zu erfassen und zu erzählen. Sie drücken sich in bezug auf die Familie unklar aus und nehmen die damit zusammenhängenden Gefühle nur undeutlich wahr. Die Kinder lernen, »allein mit dem Leben fertigzuwerden«, und suchen sich, wenn sie erwachsen sind, häufig Partner, bei denen die Familienverhältnisse ebenfalls verworren sind.

Patienten aus solchen Familien sind oft überrascht, wenn sie Geschwister und Eltern zu Herkunftsfamilien-Sitzungen einladen und Zusagen erhalten. Dies ist häufig ein entscheidender Bestandteil der Therapie – das Risiko einzugehen, andere zu bitten, für einen dazusein, und dabei zu wissen, daß man eine abschlägige Antwort bekommen kann. Die Familienloyalität funktioniert in diesen Familien sehr wirkungsvoll; häufig ändert sich jedoch mit zunehmendem Alter die Lage, wenn den Geschwistern klar wird, daß ihnen vielleicht nur wenig Zeit bleibt, um die Verbindung aufzunehmen.

*Die rauhe, harte Familie*

An der Maske der Rauheit hält diese Familie standhaft fest. Die Geschlechterrollen sind häufig extrem stereotyp, der Mann ist ein Macho und die Frau klischeehaft passiv. In der Familie herrscht ein rauher Umgangston – »Beweg deinen Hintern vom Stuhl, damit sich deine Mutter hinsetzen kann.« Das Familienskript lautet: »Das Leben ist hart; wir werden's überstehen.« Familienmitglieder, die diese Maske tragen, schieben sich gegenseitig und dem Rest der Welt die Schuld zu; die Regeln drehen sich um Schuldzuweisung (»er ist schuld«, »sie ist schuld«, aber nie »ich bin schuld«). Und die Regeln sind klar: In dieser Familie darf man nicht traurig, allein, bedürftig oder zärtlich sein. Die Maske dient dem Überleben; man ist zurechtgekommen, indem man mehrfach Zäune errichtet hat, um die schmerzliche Scham abzuweisen. Der Kommunikationsstil ist mit einem Panzer aus Grobheiten und Zoten gewappnet. Der Schmerz liegt oft so tief begraben, daß die Familienmitglieder allmählich meinen, solches Verhalten sei normal.

Nach einer intensiven Gruppentherapiesitzung, bei der mehrere Leute Verletzbarkeit zeigten, fragte ein junger Mann aus einem Rehabilitationszentrum für Straffällige seinen Freund: »Na, was meinst du, Kumpel, ob wir so reden könnten, wenn wir wieder mit den Jungs aus dem Zentrum zusammenkommen?« Die Herausforderung ist immens. Die persönliche Entwicklung mußte in diesen Familien verkümmern. Wie Grashalme, die aus dem Boden schießen, wurden die Entwicklungsansätze immer wieder abgemäht; gesundes Wachstum war nicht möglich, weil es durch persönliche Angriffe ständig »niedergemäht« wurde.

Man schiebt sich gegenseitig den schwarzen Peter zu – »Ich bringe dich zuerst in Verlegenheit, dann kannst du mich nicht in Verlegenheit bringen.« Dies ist eine wesentliche Komponente der Beziehung zwischen groß und klein. Die Situation eskaliert und entlädt sich in gegenseitigen Beschimpfungen. Diesen Familien führen wir oft vor, wie man Grenzen setzt, indem wir demonstrieren, daß unsere Spielregeln gelten – in unserem Bereich sind Schimpfworte nicht erlaubt. Sie können »Batakas« schwingen (gepolsterte Keulen), sie können auf Kissen schlagen und alle Gefühle ausdrücken – aber ohne Schimpfworte zu gebrauchen.

Viele Leute, die aus diesen Familien kommen, haben Angst vor ihrer Sexualität; sie fürchten sich so vor ihrer eigenen Verletzlichkeit und Weichheit, daß sie Männer, die Zärtlichkeit empfinden, für homosexuell halten. Sie reißen Witze über Sexualität, betreiben rassistische Verleumdung und behandeln Frauen verächtlich. Sie spüren ihre eigene Verletzlichkeit und unterstellen anderen, sie seien weich.

Die Frauen in solchen Familien sind häufig von ihren »Männern« abhängig und wurden, ebenso wie die Männer, als Kinder schikaniert. Oft neigen sie zum Extrem: entweder tragen sie die Maske der Härte und Rauheit oder sie verhalten sich sehr unterwürfig (»er ist hier der Chef«). Sie dulden, daß man sexistische Bemerkungen und Witze über sie macht und haben oft keine Achtung vor Frauen, weil sie die Frau in sich nicht respektieren.

*Die liebe, nette Familie*

Diese Familienmaske ist gekennzeichnet durch liebe, freundliche – oft Übelkeit erregend nette – Affekte und Lächeln, Lächeln und nochmals Lächeln. Die Familienmitglieder behandeln sich gegenseitig oft wie Kinder und opfern sich füreinander auf. Eine Regel lautet: »Wenn du mich liebst, gerätst du nie mit mir in Konflikt.« Die Kinder sind ziemlich verwirrt, weil die Eltern sie mit Liebe »überhäufen«, indem sie Kontrolle ausüben. Häufig wird versucht, durch Beeinflussung und Überredung etwas zu erreichen, der Umgangston ist immer indirekt, zum Beispiel: »Weißt du, Hannas Mutter hat mir gesagt, daß Hanna *jeden* Sonntag zum Gottesdienst geht.« Die Manipulation ist verdeckt; Aufforderungen erfolgen selten direkt – sie werden mit Zuckerguß serviert. Wut kann nicht offen ausgedrückt werden. Kürzlich fragten wir eine Frau, wie sie ihren Zorn gegen ihre Eltern zum Ausdruck gebracht habe, und sie erwiderte, ohne zu zögern: »Ich habe einen Mann geheiratet, den sie nicht mochten.« Ein Mann berichtete, er habe seine Mutter nie »Mutter« genannt; sie wurde von Freunden und Verwandten nur »Schätzchen« gerufen. Solche an Bedingungen geknüpfte Liebe erzeugt Anpassung; den Erwachsenen ist häufig nicht klar, daß diese Art von »Fürsorglichkeit« Ausbeutung ist.

Die geschilderten Familien sind oft streng religiös; die Kirche gibt die Regeln vor und soll den »lieben« Affekt der Familie rechtfertigen. Die Dynamik besteht vor allem darin, Gefühle und Gedanken »wegzugeben«. Die Folge ist, daß der Mensch hinter der »netten« Maske überhaupt keine Ahnung hat, was er in Wirklichkeit von Leuten und Dingen hält. Mitglieder solcher lieben-netten Familien haben Angst vor Konflikten und passen sich, aus blinder Loyalität gegenüber der Familie, anderen an.

Die oben beschriebenen Strukturen erhalten die Scham aufrecht. Sie scheinen vielleicht ein wenig übertrieben, doch das heißt nur, daß auch die Familiendynamik den Bogen überspannt. Hinter den verschiedenen Masken steht als gemeinsames Merkmal die Scham. Durch schamdominierte Regeln und überhandnehmende Kontrolle werden schamerzeugende Ereignisse endlos fortgesetzt und treiben den Kreislauf weiter an – aus der ererbten Scham entsteht die aufrechterhaltene Scham, die zur Grundlage der nächsten traumatischen, schamerregenden Ereignisse wird und dafür sorgt, daß die Geschichte der nächsten Generation im Zyklus der Scham abläuft.

Wenn Familien ihre Scham erkennen und die Regeln, die sie aufrechthalten, brechen können, sind sie in der Lage, ihre Masken abzulegen und ihr menschliches Gesicht zu zeigen. Die Masken haben sie zum Überleben gebraucht; wir können sie nicht abnehmen, solange wir nicht wissen, warum sie aufgesetzt wurden. Menschen ohne definierte Grenzen mußten das falsche innere Selbst durch eine Maske ersetzen. Diese Masken und das dazugehörende Rollenverhalten ermöglichen solange die notwendige Bewältigung, bis die Betroffenen der Scham die Stirn bieten und eine Identität und Grenzen aufbauen.

# 4 Das Selbst und die Grenzen

Als wir anfingen, uns mit gestörten Grenzen zu beschäftigen, gingen wir von unserer Erfahrung mit alkohol- oder suchtmittelabhängigen Familien aus. Wir beobachteten die Dynamik anderer Familien und haben dadurch unseren Blickwinkel erweitert. Als wir an der University of California einen Workshop über »Abhängigkeit in Familiensystemen: Das Geschenk der Krise« anboten, waren wir etwas überrascht, daß Kinderärztinnen, Sozialarbeiter, Psychologinnen, Schulpsychologen, Krankenschwestern *und* Familientherapeuten teilnahmen. Was diese Leute verband, war, daß sie mit Schizophrenie, Bulimie, Anorexie und Ausreißern ebenso zu tun hatten wie mit Suchtmittelabhängigen.

Während in der Literatur das »bulimische Familiensystem«, das »schizophrene Familiensystem« oder das »Familiensystem von Ausreißern« beschrieben wurde, gingen die Kliniker offenbar davon aus, daß die grundsätzlichen Merkmale des von Abhängigkeit geprägten Familiensystems auf alle genannten Fälle zutreffen. Dadurch wurden wir angeregt, unsere Interpretationen weiter zu fassen, denn ebenso wie die Abhängigkeit war in allen Familien Scham anzutreffen. Jeder Familien»typ« hatte eine andere, besondere Geschichte. Doch die Familiendynamik war *nicht* unterschiedlich und sie reflektierte das, was wir als schamdominiertes System bezeichnen. Und insbesondere von der Problematik der persönlichen Grenzen waren alle betroffen.

Als die Familienforscherin Pauline Boss (1984) den Begriff der »Grenzambiguität« einführte, erörterte sie, was geschieht, wenn ein Vater zwar physisch abwesend ist, psychisch aber anwesend bleibt; dies führt dazu, daß in der Familie zweideutige Grenzen entstehen.

Sie definierte Grenzambiguität als »Zustand, in dem Familienmitglieder nicht sicher erfassen, wer zur Familie gehört und wer nicht und wer welche Rollen und Aufgaben innerhalb des Familiensystems übernimmt« (Boss 1984: 536). Wir stellten hier eine Parallele zur suchtmittelabhängigen Familie fest, wo wir oft das Umgekehrte beobachteten – *physische Anwesenheit* und *psychische Abwesenheit* –, und konnten den Begriff der Grenzambiguität auf das schamdominierte Familiensystem anwenden.

Wir untersuchten Grenzen auf der strukturellen, auf der intrafamiliären und auf der intrapsychischen Ebene und stellten fest, daß alle Ebenen für das Verständnis der Familienscham Bedeutung haben.

## Familiengrenzen

Der *Brockhaus* definiert Grenze als »Trennungslinie zwischen zwei Gebieten«. Wenn wir von Familiengrenzen sprechen, meinen wir die unsichtbare Trennungslinie, die mehr oder weniger rigide oder durchlässig den Familienmitgliedern Schranken setzt. Diese Grenzen werden durch Familienregeln erzwungen. Zum Beispiel gestatten bestimmte Familien Außenstehenden kaum Zutritt, während es anderen schwerfällt, Familienangehörige gehen zu lassen. Manche Familien pflegen offene Interaktion mit anderen, externen Systemen, und manche meiden solche Kontakte. Natürlich gibt es hier kulturell bedingte Unterschiede, wir konzentrieren uns hier jedoch darauf, wie klar die Grenzlinien definiert sind.

Im Familienleben entwickeln sich stets stillschweigend anerkannte Regeln, nach denen sich das Kommen und Gehen von Verwandten und Bekannten richtet; diese Strukturen werden selten offen besprochen, sie haben jedoch festgefügte Verhaltensmuster zur Folge. Wir erkennen die Strukturen leicht daran, wie oft und wieviele Gäste in der Regel in die Familie zum Essen kommen (eingeladene oder »hereingeschneite«). Manche Familien halten sich an die Regel »je mehr, um so lustiger«, während andere nach der Devise »Zutritt nur für Mitglieder« leben. Wieder andere kennen offenbar keine stren-

gen Regeln; es spielt einfach keine Rolle, wer in der Familie ein- und ausgeht.
Viele Familientherapeuten haben sich mit den Familiengrenzen beschäftigt. Kantor und Lehr (1975) beschreiben den »Raum der Einheit« sowie die Dicke seiner Grenzwände. Wenn man innerhalb einer Einheit interagieren und sich auf Informationen über Unterschiede und Ähnlichkeiten verlassen kann, bildet die Einheit im Verhältnis zu anderen Einheiten (anderen Familien) eine Identität. Eine solche Familiengrenze entwickelt sich aus den Regeln, die von der Teileinheit der Eltern festgelegt werden und die sich in den verschiedenen Entwicklungsstadien des Familienlebens ändern können. Wie klar die Grenzen sind, die eine Familie zwischen sich und dem Rest der Gesellschaft zieht, hängt natürlich von den Teilsystemen ab.
In einer Untersuchung über »gesunde Familien« befaßte sich das Timberlawn-Team mit der Familienstruktur. Sie haben festgestellt, daß in gesunden Familien die Grenzen nicht verwischt sind (Lewis, Beavers, Gossett und Phillips 1976). Auch Bell kam zu dem Ergebnis, daß in pathologischen Beziehungen, die sich über mehrere Generationen hinziehen, labile Grenzen entstehen.

*Generationsgrenzen*

Viele namhafte Familientherapeuten haben betont, wie wichtig klare, interne Grenzen zwischen den Teilsystemen der Familie sind – also den Teilsystemen Mann-Frau, Eltern-Kind und Geschwister. Lewis et al. (1976) haben gezeigt, daß in gesunden Familien ein festes Bündnis der Eltern besteht, dem keine offen konkurrierende Eltern-Kind-Koalition gegenübersteht.
Minuchin (1990) hat sich darauf konzentriert, Familienstrukturen durch die Arbeit mit den Teilsystemen neu zu ordnen, wobei die Grenzen entweder durchlässiger gemacht oder unterstützt wurden. Durch die Stärkung der Koalition der Eltern (oder des Teilsystems der Eheleute) klärt der Kliniker die Grenzlinie für das Teilsystem

der Kinder. Stanton und Todd (1982) haben festgestellt, daß in den nicht funktionierenden Familien von Drogenabhängigen die Grenzen zwischen den Generationen zu durchlässig sind. Zu ihrem Behandlungsprogramm gehört die Neustrukturierung und Schaffung von Grenzen.

Whitaker (1959) betont immer wieder, wie wichtig es ist, daß zwischen den Generationen einer Familie ein Unterschied bleibt. Um die Bedeutung klarer Grenzen zu untermauern, bezieht er oft das Teilsystem der Großeltern ein, um im Teilsystem der Eltern Änderungen herbeizuführen. Whitaker erörtert den »Kampf um den Bereich« und hilft Eheleuten, ihren Bereich zu definieren und abzugrenzen.

In verschiedenen Untersuchungen wurden folgende gestörte Grenzstrukturen festgestellt:

1. Sexualisierte Beziehungen zwischen Mutter und Sohn oder Vater und Tochter (die Abgrenzung innerhalb einer Generation ist stärker als zwischen den Generationen) (White 1959; Satir 1988).
2. Verführerisches Verhalten des Kindes (Morris 1982).
3. Eheleute, die nicht zusammenpassen, mit feindseligen, abhängigen Beziehungen, in schizophrenen Familien (Haley 1959).
4. Ängstliche Bindung und Erfüllung der Intimitätsbedürfnisse der Eltern.
5. Schwierigkeiten mit Loslösung-Individuation (Mahler 1972).

Bei der Durchsicht dieser Literatur sind wir auf Parallelen gestoßen. Nicht funktionierende Ehen mit frühzeitiger, ängstlicher Bindung bilden die Grundlage für abhängige Beziehungen. Zwar projizieren wir alle bis zu einem gewissen Grade, doch die Kinder aus solchen Ehen wählen häufig Partner, die nicht deutlich sichtbar sind; sie projizieren ihre idealisierten Phantasien, aber auch unerledigte Angelegenheiten auf den Partner oder die Partnerin. Die Kinder sind nicht frei; sie müssen die Intimitätsbedürfnisse von Vater oder Mutter befriedigen und haben nie die wechselseitige Eltern-Kind-Beziehung erlebt, die während der Loslösung-Individuation notwendig ist.

Die durchgesehene Literatur bestätigt zweifelsfrei unsere Beobachtung, daß Stärke und Durchlässigkeit der Grenze zwischen den Eheleuten die intrapsychischen oder Ich-Grenzen der Kinder unmittelbar beeinflussen.

## *Innerpsychische (Ich-) Grenzen*

Der Säugling unterscheidet in den ersten Lebensmonaten noch nicht zwischen Ich und Nicht-Ich. Indem es erkennt, wo es aufhört und die Mutter anfängt, entwickelt das Kleinkind, etwa im Alter von drei Jahren, allmählich eine Identität (Mahler, Pine und Bergman 1984). Wenn die Eltern in der Lage sind, normal für das Kind zu sorgen und das Kind die Liebe der Eltern internalisiert, erfolgt die Trennung zwischen »Ich« und »Nicht-Ich« (Davis und Wallbridge 1983).
Wilber (1987) stellte fest: »Die Grenze zwischen Selbst und Nicht-Selbst ist die erste, die wir ziehen, und die letzte, die wir ausradieren. Sie ist die Urgrenze all unserer Grenzen.«
Er sagt außerdem, es sei schwierig, Grenzen *zwischen* Dingen zu erkennen, wenn wir uns selbst noch nicht *von* den Dingen abgrenzen. Zwischen dem 18. und dem 36. Lebensmonat entwickelt das Kind allmählich das Gefühl, ein eigenständiges, getrenntes Wesen zu sein. Wenn die Eltern jedoch mit ihren eigenen undefinierten Grenzen zu tun haben, sind sie emotional nicht verfügbar und können das Kind auf dem Weg zur Individuation nicht lobend unterstützen und versorgen. Wenn die Loslösung des Kindes durch eine ausgeglichene emotionale Verfügbarkeit der Eltern erleichtert wird, bilden sich die Ich-Grenzen heraus, das Selbst differenziert sich vom Rest der Welt und die Identität gewinnt Gestalt (Polansky 1982).
Unsere Definition der Ich-Grenze lautet: *eine Abgrenzung des Ich, die den Innenraum einer Person schützt; das Mittel, das benutzt wird, um die Außenwelt zu prüfen und zu interpretieren und um ihre Interaktion mit der Welt anzupassen und zu lenken.* Ein Mensch, der mit klaren Grenzen aufwächst, kann ein reifes, angemessenes Selbst ausbilden; eine Identität kann ohne klar definierte Grenzen nicht aufgebaut werden.

## *Das Beziehungsvakuum*

Bei vielen Ehepaaren, die zur Therapie kommen, sind die Grenzen verschmolzen, weil ihre Ich-Grenzen undefiniert sind. Obwohl ihre

Grenzen verschmolzen sind und sie sehr sensibel aufeinander reagieren, empfinden die Partner keine Nähe. Eine solche Verschmelzung ist nicht mit dem starken ehelichen Bündnis zu verwechseln, das notwendig ist, um klare Grenzen zwischen Eltern und Kindern zu schaffen. In vielen Familien, insbesondere in solchen mit Abhängigkeitsproblemen, sind Eltern-Kind-»Ehen« verbreitet, die auf das Beziehungsvakuum zwischen den Eheleuten zurückzuführen sind. Solche Eltern-Kind-»Ehen« sind bilateral; das heißt, wenn ein Partner die Liebe »auf der gleichen Ebene« nicht erwidert und sich Beziehungen außerhalb der Ehe zuwendet, geht auch der andere Partner nach außen. In traditionellen Familien ist es nicht unüblich, daß der Vater die engste Beziehung zu seiner Arbeit aufbaut und den affektiven Bereich seiner Frau überläßt. Da der Mann psychologisch abwesend ist, fühlt sich die Frau allein und nicht ausgefüllt. Sie sucht die Nähe dann bei einem Kind und drängt es damit in eine Position, die nicht angemessen ist. Das Kind geht unbewußt in die Falle, es möchte der Mutter einen Gefallen tun, schämt sich jedoch, weil es den Platz des Vaters erobert. Wenn außerdem der Vater in regelmäßigen Abständen seine Rolle wiedereinfordert, wird das Kind über die Generationsgrenze hinweg hin- und hergezogen und -gestoßen; die Folge ist, daß es keine Klarheit über seine Stellung in der Familie gewinnt und unter Schuldgefühlen leidet. Diese Dynamik ist nicht geschlechtsgebunden; der Mann kann ebenso wie die Frau stärker dem Gefühlsbereich zugeordnet werden.

Wenn Kinder aufwachsen und heiraten, aber noch an die einsame Mutter (oder den Vater) gebunden sind, ist es nicht unwahrscheinlich, daß die Ehe scheitert, sofern sie sich nicht von den Eltern »scheiden lassen«. Das Beziehungsvakuum wird mit Alkohol, zwanghaftem Verhalten oder einer neuen, die Generationsgrenze verletzenden Beziehung gefüllt. Die Möglichkeit, eine reife Beziehung aufzubauen, wurde in jeder Generation abgeschnitten.

Dieses Problem stellt sich häufig bei der Scheidungsberatung. Manche Familientherapeuten sagen, sie wollten sichergehen, daß sich die Scheidungswilligen vom »richtigen« Partner trennen. Denn das eigentliche Problem liegt möglicherweise in der Generation der Eltern.

Kürzlich suchten uns Hannes, ein Therapeut, und seine Frau Janna auf, um über die anstehende Scheidung zu sprechen. Hannes und Janna klagten beide, daß sie keine Nähe und Intimität erlebten. Wir vereinbarten, daß wir zunächst ihre Ehe untersuchen wollten, und wenn sie dann immer noch die Scheidung wünschten, gemeinsam mit ihnen auf dieses Ziel hinarbeiten würden. Als sie hörten, daß es Bestandteil der Therapie wäre, die Eltern miteinzubeziehen, reagierte Hannes heftig und meinte, das sei »Unsinn«, insbesondere seine Mutter werde das »nie verstehen« – sie hätte »noch nie einen Therapieraum von innen gesehen«!

Widerstrebend brachte Hannes seine Eltern schließlich mit. Während der Sitzung fragten wir die Mutter, ob sie wisse, warum sie hier sei, und ob sie etwas Bestimmtes von der Sitzung erwarte. Sie erwiderte: »Ich nehme an, Sie haben mich hergebeten, weil ich seit Jahren eine so enge Beziehung zu meinem Sohn habe, und wahrscheinlich wollen Sie, daß wir uns scheiden lassen.« Sie sagte, sie habe wegen ihres engen Verhältnisses zu Hannes unter Schuldgefühlen gelitten.

Als wir uns von dem Schock über das offene Eingeständnis erholt hatten, konzentrierten wir uns auf die Herkunftsfamilie und den Einfluß, den sie auf Hannes ausgeübt hatte. Hannes sprach mit seiner Mutter offen darüber, wie es gewesen war, unter ihrer erdrückenden Obhut aufzuwachsen. Er schämte sich sehr wegen seiner Beziehung zu seiner Mutter und hatte das Gefühl, zu seinem Vater gar kein Verhältnis zu haben. Hannes und sein Vater begannen, ebenso wie der Vater und die Mutter, an ihrer Beziehung zu arbeiten. Janna und Hannes blieben verheiratet und riefen unlängst an, um die Geburt ihres ersten Kindes zu melden.

Die Abbildungen 3 und 4 zeigen, wie in diesem Fall eine Ehe im Vakuum dazu führt, daß Generationsgrenzen überschritten und Ich-Grenzen verletzt werden. Das Intimitätsvakuum in der Ehe der Eltern hatte zur Folge, daß sich der Vater zwanghaft seiner Arbeit zuwandte, um Nähe und positive Gefühle zu erleben. Seine Frau überschritt die Generationsgrenze, um eine enge Beziehung mit dem Sohn aufzubauen. Ihrer Angst vor Nähe begegnete der Mann, indem er psychisch abwesend war; ihr fiel es leichter, »vertikal« zu lieben, das heißt nach unten, statt horizontal. Daraus ergab sich der unausgesprochene Ehevertrag. Durch die Übertretung der Generationsgrenze entstand eine unsichtbare Eltern-Kind-Bindung, und Hannes wurde unwissentlich das Opfer der unbewußten Verschwörung seiner Eltern. Die *physische* Anwesenheit reicht nicht aus; *psychische* Anwesenheit ist die Voraussetzung dafür, daß die Familie Nähe erleben kann. Die psychische Abwesenheit kann auch dazu führen, daß Kinder die Elternrolle übernehmen. Bateson (1981) hat festgestellt, daß die Natur dafür sorgt, daß Leerräume gefüllt werden. Das Vakuum übt eine so starke Anziehungskraft aus, daß in einer zerfallenden Familie häufig ein schneller Anpassungsprozeß erfolgt und ein Kind die Generationsgrenze nach oben überschreitet, um sich mit der Mutter oder dem Vater »zu verbinden« und sie oder ihn vor Einsamkeit und Ängsten zu schützen. Dasselbe gilt für das Alkoholikerfamiliensystem, wo ein oder sogar beide Elternteile psychisch abwesend sind und sich verweigern.

Das Vakuum kann auch dazu führen, daß Mutter oder Vater in die Kinderrolle schlüpfen und die Grenze nach unten überschreiten, statt ein Kind zu sich emporzuziehen. Von solchen Eltern hört man oft die stolze Behauptung: »Meine Tochter ist wie eine Schwester für mich.« Oder: »Mein Sohn ist mein bester Freund.«

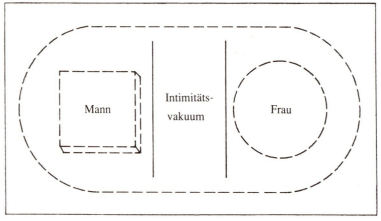

*Abbildung 3* Paarbeziehung mit unklaren Grenzen

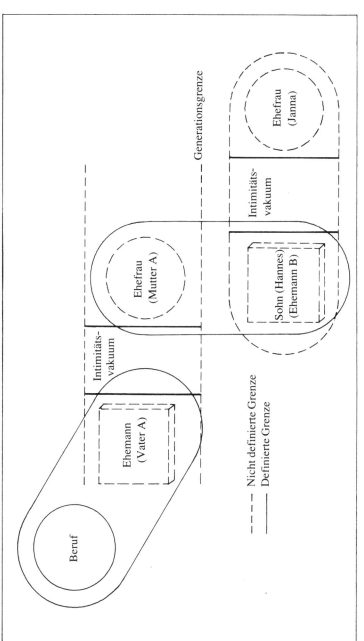

*Abbildung 4* Vertikale Beziehung aufgrund unklarer Grenzen

## *Bindung*

Viele Erwachsene mit undefinierten Grenzen sind mit unzuverlässigen Bindungen aufgewachsen; im späteren Leben haben sie deshalb Probleme mit Nähe. Offensichtlich sind Kinder aus gefährdeten Ehen Kandidaten für Bindungsschwierigkeiten. J.S. Mahler (1972) stellt fest, daß die Bezugsperson »eine sichere Basis [bietet], von der aus das Kind seine Umwelt erforschen kann«. Fachleute, die sich mit der frühkindlichen Entwicklung beschäftigen, haben erkannt, daß alle Säuglinge an die primäre Bezugsperson gebunden sind, *selbst wenn sie das Kind straft.*
Traditionell ist die Mutter die erste Bezugsperson; feministische Therapeutinnen stellen nun diese einseitige Sicht frühkindlicher Bindung in Frage. Familienforscher berücksichtigen inzwischen häufiger die Rolle, die der Vater bei der Bindung spielt. Natürlich gehört hierher auch die Adoption (durch ein oder zwei Elternteile). Wenn sich Forscher heute mit der kindlichen Entwicklung befassen, untersuchen sie vornehmlich die *Qualität* der Bindung, und weniger die *Intensität* (Morris 1982). Stevens (1982) erforschte die Bindung zwischen verwaisten Säuglingen und den Betreuerinnen und stellte fest, daß zwischen jeweils einem Baby und einer speziellen Kinderschwester eine »besondere Bindung« entstand – sie beruhte auf der allmählich aufgebauten Beziehung durch Füttern und Versorgen.
Mahler (1972) und Bowlby (1977) haben Wesentliches zu unserem Verständnis von Bindung beigetragen. Die normale Bindung bezeichnet man als Symbiose, hier bilden Mutter und Kind eine duale Einheit innerhalb einer gemeinsamen Grenze. Wir beziehen uns auf die seelische Verschmelzung zwischen Säugling und Mutter, wobei das Baby noch nicht zwischen »Ich« und »Nicht-Ich« unterscheidet. Mahler (1971) bezeichnet dies als den Boden, auf dem alle anderen Beziehungen entstehen.
Diese erste Bindung läuft jedoch nicht immer erfolgreich ab. Keine Mutter und kein Vater kann immer verfügbar oder anwesend sein, und die Nichtverfügbarkeit der Bezugsperson verstärkt sich durch Streßfaktoren wie Depression, Ablehnung oder Suchtverhalten. Bei familientherapeutischen Sitzungen oder Herkunftsfamilien-Inter-

views kommen meist unzählige Lebensereignisse also Streßauslöser zum Vorschein, die verhindern, daß Mütter und Väter Beziehungen aufbauen. Aus unerfüllten Kindern sind unerfüllte Eltern geworden. Die Begriffe der psychischen Anwesenheit beziehungsweise Abwesenheit haben wir bereits in bezug auf Eltern verwendet. Bowlby (1977) benutzt, wenn es um Bezugspersonen geht, den Begriff »gute Ansprechbarkeit« im Gegensatz zur »Nichtansprechbarkeit«. Das heißt, Vater oder Mutter bleiben ansprechbar und aufgeschlossen, auch wenn nur kurz Blickkontakt aufgenommen wird. Bowlby stellt fest, daß sich Kinder geborgen und in einer natürlichen Umgebung entwickeln können, wenn sie eine derart verfügbare Bezugsperson haben. Dazu gehört auch die affektive Bindung, die einseitige Zuwendung, die das Kind erhält. Es kann sich auf die nonverbale Kommunikation mit der Bezugsperson verlassen und Vertrauen aufbauen. Wenn dieses Vertrauen fehlt, kann der Mangel jedoch gut getarnt sein.

Ein Paar, das uns aufsuchte, Lucia und Hans, hatte mit Beziehungsschwierigkeiten zu kämpfen. Die beiden erklärten sich bereit, eine nonverbale Übung durchzuführen. Nacheinander sollte jeder vom anderen weggehen und damit andeuten, wieviel Raum erforderlich sei, um sich vom anderen getrennt zu fühlen. Lucia war in der Lage, das ganze Zimmer zu durchqueren, sie setzte sich alleine hin und fühlte sich wohl dabei (was bei Hans die Angst auslöste, verlassen zu werden). Als Hans sich von seiner Frau entfernen sollte, um sich »Raum zu nehmen«, wollte er nur einen halben Meter Abstand halten, und stellte sich so, daß er Lucia genau beobachten konnte. Er erklärte, er bräuchte sich nicht körperlich zu entfernen, um Abstand zu bekommen – er konnte »jederzeit weggehen« (psychisch), dadurch die Kontrolle über sich selbst bewahren und Lucia ständig beobachten (die sich unterdrückt, wütend und bedrängt fühlte). Dies führte uns deutlich vor Augen, wie Probleme der frühkindlichen Bindung bei Auseinandersetzungen um Verlassen(werden) und Intimität auftauchen. Seine unerledigten Angelegenheiten mit den Eltern belasteten seine Ehe. Lucia platzte schließlich heraus, sie verstände inzwischen, wie jemand sehr nahe bei einem stehen und gleichzeitig weit weg sein könne.

Die Theorie der Objektbeziehung betont die Wichtigkeit der wechselseitigen Beziehung zwischen Mutter und Kind während der Loslösung-Individuation (Miller 1979), wobei der erfolgreichen Betreuung durch die Mutter besondere Bedeutung zukommt, da sie für die gesunde Selbst-Objekt-Differenzierung und Integration Voraussetzung ist. Wenn ein Kind sich nicht gefahrlos von der Bezugsperson entfernen kann, wird eine gespannte Bindung aufgebaut; sie führt zu einem starren Muster in den Transaktionen zwischen Eltern und Kind, die von starken, unausgesprochenen Regeln beherrscht werden und die Individuation verhindern.

Kinder, die ihr Leben mit angstbesetzten Bindungen beginnen, suchen zeitlebens nach der sicheren Ausgangsbasis. Da ihnen nicht klar ist, wo sie aufhören und der Rest der Welt anfängt, entwickeln sie Abwehrmechanismen, um sich in ihrer Übersensibilität und Verletzlichkeit zu schützen. Der Schmerz wird hauptsächlich durch Verleugnung und Verdrängung bewältigt. Die Botschaft, sie seien nicht liebenswert und hätten nichts besseres verdient, wird verinnerlicht und sie leben auch als Erwachsene ihre Beziehungen nach diesem Skript. Diese Beziehungen sind natürlich von Abhängigkeit geprägt, weil die sichre Basis in einem anderen Menschen gesucht wird. Da die Geborgenheit im eigenen Inneren fehlt, sucht man sie außen. Bei der Partnerwahl wird die Wahrnehmung durch Verzerrungen und Selbsttäuschung getrübt.

Davis und Wallbridge (1983: 225) zitieren Winnicotts Forschungsarbeit über »zerstörte Grenzen«: »eine Verzerrung der Grenze [führt] zur Verzerrung des Raumes (und damit der Reifungsprozesse)«. Die betroffenen Kinder versuchen sich an andere zu binden, um Identität und Selbstwertgefühl zu gewinnen, und gehen dabei Abhängigkeitsbeziehungen ein. Es ist nur natürlich, daß Menschen auf andere »Objekte« zurückgreifen, um Erfüllung zu suchen, wenn sie nicmanden finden, der ihre Bedürfnisse erfüllt; dabei nähren sie ihre Angst durch Zwanghaftigkeit und Suchtverhalten in bezug auf Essen, Drogen, Beziehungen und so weiter.

Im Werk von Alice Miller (1979: 22) wird der Begriff Bindung noch weiter gefaßt. Sie zitiert M. Mahler: »… die inneren Empfindungen des Säuglings bilden den Kern des Selbst«. Sie bleiben »der

Mittel-, der Kristallisationspunkt des ›Selbstgefühls‹ – um das herum das Identitätsgefühl errichtet wird«. In ihrem Buch *Das Drama des begabten Kindes* beschreibt Miller ein Kind, das sich emotional abgekapselt und ein »falsches Selbst« aufbaut, weil es versucht, auf die Bedürfnisse der Eltern einzugehen. Wenn Kinder in der Lage sind, eigene Gefühle zu entwickeln und zu erleben, können sie sich später loslösen. Wenn sie jedoch die Bedürfnisse der Eltern erfüllen und sich emotional abkapseln, können sie sich nicht auf die eigenen Gefühle verlassen und werden, was Gefühle und Gedanken betrifft, erst bewußt, dann unbewußt von den Eltern abhängig. Diese Abhängigkeit wird bald auf die Außenwelt übertragen.

So war es auch bei Hans und Lucia. Die Eltern von Hans hatten ihre offensichtliche Trauer über den Tod von Angehörigen nie zum Ausdruck gebracht, und Hans hatte gelernt, seine Eltern zu schonen, indem er seine Gefühlswelt verbarg. Lucia hatte ebenfalls aufgegeben, weil ihre Mutter nie offen darüber sprach, wie sie unter ihrer Ehe mit einem Alkoholiker litt und wie traurig sie über den Tod eines Kindes war, das mit drei Jahren gestorben war. Solche unsicheren, von emotionaler Abkapselung begleiteten Bindungen rufen intensive Unzulänglichkeits- und Schamgefühle hervor.

## *Die Reißverschlußmetapher*

Die Reißverschlußmetapher beschreibt, wie die Grenze oder der Schutzschirm, der das Selbst umgibt, reguliert wird. Wenn eine schamdominierte Familie unklare Grenzen aufweist und gleichzeitig die Generationsgrenze verletzt wird, sind die Grenzen des einzelnen sehr schwach und beinahe nicht existent. Abbildung 5 illustriert die Reißverschlußmetapher: die Grenze umgibt den Intellekt, die Gefühle und den Körper, innen und außen befindet sich ein Reißverschluß (Selbstachtung und Scham).

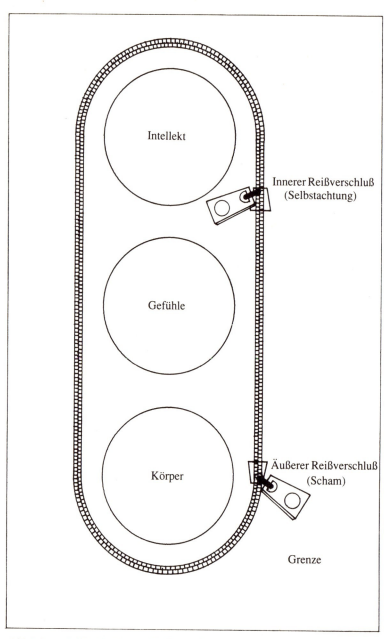

*Abbildung 5* Die Reißverschlußmetapher

## Der äußere Reißverschluß (Scham)

Menschen, die in einem schamdominierten System aufwachsen, werden mit unklaren Grenzen groß, ihr Reißverschluß ist außen; sie meinen, daß sie tatsächlich von anderen, von der Außenwelt gesteuert werden. Rotter (1966: 80) stellt fest: »... [die] Grenze an sich kann verzerrt sein, das heißt zu schwach oder zerklüftet, oder sie fehlt ganz, wenn sie gebraucht wird.« Manchmal ist dies auf eine Verletzung der Generationsgrenze zurückzuführen oder auf Krankheiten, Unfälle oder weitgehende Verarmung, die das Kind daran hindern, den natürlichen Entwicklungsweg von der Abhängigkeit zur Unabhängigkeit zu gehen. Das betroffene Mädchen hat gelernt, sich wie ein Objekt zu fühlen und läßt zu, daß man sie wie ein Ding und nicht wie eine Person behandelt.

Diese Kinder (und erwachsenen Kinder) sind den Schikanen anderer ausgesetzt, die jederzeit an sie herantreten und ihren Reißverschluß aufmachen können, sie überrumpeln und ihnen »ihr Zeug« nehmen. Diese Übergriffe haben zur Folge, daß die Patienten in ihrer Intimsphäre verletzt werden, aber dennoch durcheinander sind, weil sie meinen, etwas falsch gemacht zu haben, weil sie zugelassen haben, daß jemand »in meinen Freiraum eindringt«. Die Grenzüberschreitungen nehmen viele Formen an, vom hintergründigen über das weniger subtile Gedankenlesen bis zum Inzest zwischen Eltern und Kind. Wenn die Grenze übertreten wird, fühlen sich die Opfer wie gelähmt vor Scham. Deshalb sprechen wir davon, den Reißverschluß zuzumachen und wegzugehen oder deutlich »nein« zu sagen.

Charakteristisch für den äußeren Reißverschluß ist eine Eigenschaft, die man für fehlenden gesunden Menschenverstand halten könnte. Frauen und Männer mit undefinierten Grenzen gelangen, aufgrund ihrer unzulänglichen Interpretationsmöglichkeiten, öfter zu Fehleinschätzungen und werden von den Mitmenschen hart beurteilt: »sie bringen sich in Schwierigkeiten«. Undefinierte Grenzen, gepaart mit Verleugnung und Verdrängung, verstellen den Zugang zum eigenen Gefühl, das einem sagt, was harmlos und was gefährlich ist.

Diese »Opfer« präsentieren sich nicht unbedingt mit gebeugten Schultern, schleppendem Gang und gesenktem Blick. Sie treten oft recht aggressiv auf und stellen Selbständigkeit zur Schau, um die tiefsitzende innere Angst vor Abhängigkeit nicht zugeben zu müssen. Das »aggressive Opfer« ist der Mensch, der offensichtlich keine Grenzen kennt, der in die Praxis stürmt, sich auf eine Couch oder einen Stuhl wirft und sofort den Raum mit seiner Aggressivität »erfüllt«. Hier zeigt sich deutlich die starke Kontrolle, die die Betroffenen auszuüben versuchen, weil sie ihr Selbst nicht *wirklich* spüren.

Menschen mit unklaren Grenzen haben ihre Identität nicht voll entwickelt und suchen daher ihr Leben lang den »anderen« oder die »andere«, um Erfüllung zu finden. Ein Hinweis auf eine solche unentwickelte Persönlichkeit zeigt sich häufig im *extrem stereotypen Geschlechtsrollenverhalten* – das heißt die übertrieben hilflose, weibliche Selbstdarstellung oder der machohafte, harte Kerl. Dieses »scheinbare«, »falsche« Selbst ist der Anpassungsversuch eines Nicht-Selbst – eines Menschen, dessen Unschuld zu früh genommen wurde, der ein »Gefangener in der Kindheit« bleibt (Miller 1979), dessen Entwicklung stehenbleiben mußte, weil Gefühle verdrängt wurden, um auf die Bedürfnisse anderer einzugehen. Bei Untersuchungen über Alkoholismus wurde festgestellt, daß Männer und Frauen mit androgyner Geschlechtsrollenidentität weniger zum Alkoholmißbrauch neigen (Richardson 1981).

*Die Verzerrung der geistigen Grenzen*

Zu geistigen Grenzverletzungen kommt es, wenn Eltern die Grenze überschreiten, indem sie ihre Kinder kritisieren, ihnen Schuld zuschieben, ihre Gedanken lesen, sich in ihre Angelegenheiten mischen oder sie geistig vergewaltigen.

Gedankenlesen heißt, daß ein Mensch die Gedanken beziehungsweise die Gefühle eines anderen interpretiert, ohne sie zu erforschen. Gedankenleser meinen, sie wüßten ganz genau, was der oder die andere denkt und fühlt, und sie hätten *recht* damit. Ziel der Kommunikation ist Übereinstimmung. (»Ich weiß genau, was du davon hältst; mir kannst du nichts vormachen.«) Dies ist die Sprache des »du« – »Weißt du, du willst einfach, daß es so läuft, wie du es dir vorstellst, aber du weißt genau, daß es das letzte Mal, als du das gedacht hast, ganz anders war, und so weiter.« Das Gedankenlesen kann sich auch lieb und nett ausdrücken: »Weißt du, du fühlst dich doch immer gut, wenn du das gestreifte Hemd anhast, mein Lieber, und alle finden, daß es dir so gut steht.« Dieses Beispiel zeigt, wie Eltern ihren Kindern das Recht absprechen, selbst zu denken und zu fühlen, indem sie ihnen die Arbeit abnehmen. Es dauert nicht lange, bis das Kind glaubt, daß der Erwachsene recht hat und alles am besten weiß. Wenn eine Grenze ständig verletzt wird, entsteht ein großes Loch im Schutzschirm des Intellekts. Der oder die Betroffene leidet unter Selbstzweifeln, traut den eigenen Wahrnehmungen nicht und lernt, sich anderen zu fügen.

Diese Form der Grenzverletzung kommt häufig in Familien der oberen Mittelschicht vor. Während einer Familientherapie-Sitzung besprach ein Vater mit seiner heranwachsenden Tochter eine Familienangelegenheit; seine Stimme war gedämpft. Die Tochter sank allmählich immer mehr in sich zusammen. Er schien sie sanft überreden zu wollen, seine Worte klangen harmlos. Doch wenn man genauer hinsah, war offensichtlich, daß der Vater in das Denken seiner Tochter eindrang und versuchte, ihr seine Gedanken einzuflößen. Bach und Wyden (1976) bezeichnen diesen Vorgang als »geistige Vergewaltigung«. Als wir den Vater auf seinen zudringlichen Stil aufmerksam machten, verteidigte er sich in beinah selbstgerechter Weise und rief, bei seiner Arbeit könne er »nur so« vorgehen und gerade deshalb sei er im Geschäftsleben so erfolgreich. Er hatte tatsächlich seinen Arbeitsstil auf das Familienleben übertragen und ärgerte sich jetzt, weil er hier nicht funktionierte. Mit seinen hintergründigen Vorwürfen, seiner Kritik und Kontrolle suggerierte dieser Vater seiner Tochter ständig, sie sei nicht gut genug. Andere Eltern gehen nicht so subtil vor. Sie demütigen ganz offen, vergleichen, drohen Strafen an und so weiter. Sie setzen eine ganze Armee starker Worte ein, um das Kind klein zu machen. Oft reagiert das Kind durch negative, Aufmerksamkeit heischende Verhaltensweisen oder durch Rückzug und Verschlossenheit. Manche Kinder werden beinah unsichtbar und versuchen so dem Wortschwall auszuweichen. In solchen Familien wäre es sehr riskant, Zärtlichkeit und Zuneigung zu zeigen.

Eine andere Form der geistigen Invasion üben Eltern aus, die sich einmischen und überall herumschnüffeln – die übertrieben interessierten Eltern wollen (unter dem Vorwand der Zuneigung) *alles* über die Taten, Gedanken und Gefühle ihrer Kinder wissen. Dies ist oft ein Ersatz für echte Anteilnahme, die nicht gezeigt werden kann; es gilt die unausgesprochene Regel: »Wenn du mich liebst, erzählst du mir alles.« Dieses Verhalten ist typisch für Eltern, die starke Kontrolle ausüben und deren Bedürfnisse nach affektiver Zuwendung und Wertschätzung durch das Verhalten des Kindes erfüllt werden müssen. Damit es den Eltern gut geht, sollen sich die Kinder »gut« benehmen – deshalb müssen die Erwachsenen herumschnüffeln und das Verhalten genau kontrollieren. Diese Interaktionsform führt häufig dazu, daß das Kind zu seiner Macht findet, indem es Geheimnisse bewahrt. Tournier (1963: 20) sagt: »Geheimnisse sind wie eine Geldkassette…«

Wenn schamdominierte Kinder mit Eltern zusammenleben, die sich ständig einmischen, meinen sie, es sei ihre Pflicht, dem Vater oder der Mutter alles zu sagen, um akzeptiert zu werden. Bei einer Familiensitzung rief ein Vater: »Also, meine Tochter kann mir *alles* erzählen! Wenn sie abends nach einer Verabredung mit ihrem Freund nach Hause kommt, unterhalten wir uns lange, und das gehört sich auch so, daß sie mir so vertraut. Und ich kann ihr auch von Mutti und mir erzählen – *so gut* verstehen wir uns!« Diese unbewußte und vielsagende Enthüllung liefert ein klares Beispiel für die Dynamik, die durch unklare Grenzen und Bedürfnisse entstehen kann. Und der Tochter wird vermutlich erst einige Zeit später klar werden, daß sie ausgebeutet wird.

Wieder eine andere Form der Invasion ist das »Niederreden« – Unterbrechungen, die Korrektur von Grammatik und Wortgebrauch, das Zuendeführen von Sätzen des oder der anderen sowie überlautes Sprechen oder Schreien.

Unabhängig davon, welche Form die geistige Grenzverletzung annimmt, ein gemeinsamer Nenner bleibt – die Kinder wachsen in diesen Familien mit dem Gefühl auf, sich schämen zu müssen. Sie können nicht selbständig denken und sprechen und fühlen sich deshalb unzulänglich und minderwertig. Die zerstörte oder verzerrte Grenze liefert das Kind brutalen Übergriffen seitens anderer *außerhalb* der Familien aus, was Scham auslöst und reaktiviert.

*Die Verzerrung der emotionalen Grenzen*

Ist Ihnen je ein Geheimnis anvertraut worden und Sie haben sich anschließend gewünscht, es wieder loszuwerden? Oder haben Sie sich schon einmal unbehaglich gefühlt oder geschämt, weil Sie in die Angelegenheiten eines Freundes eingeweiht waren? Dann können Sie sich vorstellen, wie es einem Kind geht, wenn Mutter oder Vater dem Kind ein Geheimnis mitteilt, das eigentlich nur für den Partner oder die Partnerin bestimmt ist, insbesondere wenn es sich um »das Geheimnis« der Eltern handelt, nämlich die sexuelle Beziehung. Das ist emotionale Vergewaltigung und hat bleibende Auswirkungen für das Kind.

Einsame, verärgerte Eltern, die die Generationsgrenze überschreiten, um ihre persönlichen, intimen Gefühle mit Sohn oder Tochter zu teilen, binden die Kinder an sich. Eine solche starke, emotionale Verschmelzung wird in der Einzeltherapie häufig übersehen. Ein Signal für emotionale Vergewaltigung ist bei Menschen zu beobachten, die dem einen Elternteil die Schuld zuschieben und den anderen verteidigen. Oder, wie Bowen (1979) festgestellt hat: »Je stärker Sie Schuld zuweisen, um so stärker stecken Sie in Ihrer Familie fest.« Nicht selten sieht man Erwachsene streiten, um den Elternteil zu schützen, mit dem sie verschmolzen sind.

Emotionale Entbehrungen oder psychisches Verlassen führen ebenfalls zur Verzerrung der emotionalen Grenzen sowie zu selbstschädigendem Verhalten. Das Kind hat hier keine feste Person, gegen die es stoßen kann, um persönliche Grenzen auszuprobieren, was für den Aufbau einer Identität Voraussetzung ist. Da das Feedback fehlt, fühlt man sich verlassen und bekommt bereits in der Kindheit die Botschaft mit auf den Weg: »Ich muß es selbst schaffen« und »Ich kann mich nur auf mich selbst verlassen«. Darunter liegt hier die Botschaft: »Wenn ich ein besserer Mensch gewesen wäre, dann

wäre ich vielleicht geliebt worden.« Unter emotionaler Deprivation leidende Geschwister können eine starke gefühlsmäßige Verbindung aufbauen – und dabei gelegentlich eine Dynamik entwickeln, in der sich die Ehe der Eltern spiegelt.
Manche schamdominierte Menschen saugen wie ein Schwamm die Gefühle der anderen in einem Raum ein und nehmen das Leid anderer Menschen auf, als wäre es das eigene. Da ihnen nicht ganz klar ist, welche Gefühle wem gehören, können sie ihre affektiven Reaktionen nicht kontrollieren und fallen den Emotionen der anderen zum Opfer. Häufig tun sie sich mit jemandem zusammen, der seinen Kummer nicht ausdrücken kann, und erledigen die emotionale Arbeit für den Partner. Viele Opfer bemühen sich sehr, einer Familienregel loyal zu bleiben, die besagt, daß ein Elternteil seinen Schmerz nicht ausdrücken darf. Das ist die Dynamik der Abhängigkeit, die in schamdominierten Familien herrscht.
Ein weiteres Beispiel emotionaler Verzerrung liefert Horvitz (1982: 4), die den Begriff »emotionale Anämie« geprägt hat und klinisch beschreibt als »unzureichende Fähigkeit, Zuneigung, Wertschätzung und Nähe von anderen anzuerkennen und anzunehmen«. Horvitz stellt fest, daß Patienten häufig positive Rückmeldungen ignorieren und es nicht annehmen wollen, wenn andere ihre guten Seiten, ihr Wissen, ihre Fähigkeiten und Talente loben. Der Begriff emotionale Anämie ist ein Synonym für Scham. Wenn ein schamerfüllter, unter emotionaler Anämie leidender Mensch einen positiven Kommentar hört, wird er in der Regel nicht nur die Bemerkung selbst zurückweisen, sondern auch dem, der sie äußert, mißtrauen. Tief im Innern glaubt er, daß der Lobende einen Fehler begeht oder seine Dummheit beweist, weil er einem minderwertigen Wesen Komplimente macht.
Menschen mit verzerrten emotionalen Grenzen suchen häufig emotionale Höhepunkte; sie erleben auf der einen Seite starke Gefühlsschwankungen und dann wieder Phasen der Gleichgültigkeit. Auf Äußerungen anderer reagieren sie unter Umständen mit starken Gefühlen und schämen sich später für die plötzlichen, impulsiven Ausbrüche von unkontrollierbar heftigen, reaktiven Emotionen. Außer Kontrolle zu geraten ist auch eine Form der Selbstaufgabe. Dennoch

fühlen sie sich wegen des durch die aufgemachte Grenze eingedrungenen Affekts oft emotional leer, bestohlen oder ausgelaugt. Gefühlen kann man nicht trauen – nicht einmal den eigenen.

*Die Verzerrung der körperlichen Grenzen*

Verletzungen der körperlichen Grenzen in der Kindheit gehen auf sexuelle Übergriffe (Inzest) oder körperliche Mißhandlungen zurück. Die offensichtlichsten körperlichen Grenzüberschreitungen, die Kliniker beobachten, sind Inzest, Mißhandlungen und Vergewaltigung, einschließlich Vergewaltigung in der Ehe. Neuere Untersuchungen zum Thema Gewalt in der Familie zeigen, daß annähernd 1,4 Millionen Kinder Jahr für Jahr Gewalthandlungen ausgesetzt sind (Gelles und Cornell 1985). Das Problem der Gewalt in der Ehe hat sich in den vergangenen Jahren verschärft; eines von vier Ehepaaren berichtet, daß es im Lauf ihrer Ehe mindestens einmal zu Gewalttätigkeiten kam. Auch nichtverheiratete Paare berichten von gewaltsamen Auseinandersetzungen; zwischen 20 und 50 Prozent der befragten Paare haben Erfahrungen mit Gewalt gemacht (einschließlich Schläge, Fausthiebe, Fußtritte und Beißen). Henton et al. (1983) haben bei ihren Untersuchungen eine besonders beunruhigende Entdeckung gemacht: Mehr als ein Viertel der Opfer interpretierten die Gewalt als Akt der Liebe.
Da Inzest einer schmerzlichen, strikten Geheimhaltung unterworfen ist, ruft er heftige sexuelle Schamgefühle hervor und kann dazu führen, daß sich das Opfer wie ein passives, offenes Gefäß fühlt (und manchmal auch verhält). Umfragen unter jugendlichen und erwachsenen Prostituierten haben gezeigt, daß viele als Kinder sexuell mißbraucht wurden. Die Ausbeutung in der Familie hat zur Folge, daß die Frauen keine starken körperlichen Grenzen aufgebaut haben und den Übergriffen und Verletzungen durch andere ausgeliefert sind. Wenn die Unschuld verloren ist, beobachten wir oft eine emotionale Abkapselung, wobei die innere Botschaft lautet: »Ich bin nicht liebenswert, und das werde ich beweisen; auch du wirst mich verlassen.« Diese Verführungsdynamik erweckt den An-

schein, es handle sich um eine narzißtische Persönlichkeit, die annimmt, daß niemand zuverlässig lieben kann, also liebt sie sich selbst.

Sexuelle Scham entsteht häufig durch ein mangelhaftes Körpervorstellungsbild, körperbezogene Hänseleien in der Kindheit und schamerregende Badeerlebnisse. Oft berichten Patienten, sie hätten bei Mutter und/oder Vater geschlafen und sich beim »Streicheln« unbehaglich gefühlt. Körperliche Scham kann auch durch physische Schönheitsfehler hervorgerufen werden, man ist »zu klein« oder »zu groß«, »zu dick« oder »zu mager«, hat überflüssige Behaarung, zu wenig Haar, Narben, Augenfehler und so weiter. Hier handelt es sich zwar nicht um verletzte Grenzen, es kommt aber dennoch zu Schamgefühlen, weil man mit erhöhter Sensibilität auf Bemerkungen über Abweichungen von der Norm reagiert.

Wenn Kinder körperliche Gewalt, oder das andere Extrem, den völligen körperlichen Rückzug erleben, lernen sie, bei Berührungen Unbehagen oder Angst zu empfinden. Eine Alkoholikerin auf dem Weg zur Besserung berichtete, sie wolle nicht mehr zu den Treffen der Anonymen Alkoholiker gehen, weil sie sich vor Scham wie gelähmt fühlte, wenn jemand auf sie zukam und sie zur Begrüßung freundschaftlich umarmte. Ihre Freunde in der Gruppe wußten nicht, daß sie Inzestopfer war und vor *jeder* Berührung Angst hatte, auch vor freundschaftlichen, lieb gemeinten Berührungen. Weil sie die Scham als so entwürdigend und demütigend erlebte, konnte sie, erstarrt wie sie war, ihren Freunden keine Erklärung geben. Die Folge war, daß ihr die liebevolle Begrüßung durch die anderen Angst und Schrecken einjagte.

Weibliche Opfer von sexuellem Mißbrauch schildern, daß sie vor Scham »erstarren«. Das heißt, sie erleben Agoraphobie und fürchten sich auf offenen Plätzen. Ihr »abgespaltenes Selbst« und ihr »Selbst-Bewußtsein« der Scham, das heißt die Verlegenheit, sind so überwältigend, daß sie ganz in der Selbstbeobachtung aufgehen und verzerrt wahrnehmen, was andere Leute von ihnen denken könnten.

Bei diesem Vorgang beobachtet das verlegene, schamerfüllte Selbst das andere Selbst. Wenn ein Mädchen wiederholt Grenzverletzungen ausgesetzt ist, glaubt sie schließlich, sie sei ein Ding, ein Objekt, das ausgetauscht, benutzt oder beschützt wird. Die Abkapselung des Gefühlslebens hat häufig zur Folge, daß sie sich als zweigeteilt erlebt. Wenn das geschieht, ist natürlich auch die Brücke der zwischenmenschlichen Beziehungen zerstört. Da die Grundlage der Selbstachtung fehlt, können die Opfer ihren Reißverschluß nicht zumachen. Doch sie versuchen sich mit anderen Mitteln zu schützen: beispielsweise durch eine extreme Abwehrhaltung, Übergewicht oder Rauchen. Wieder andere meiden soziale Kontakte. Durch diese Verhaltensweisen wird Nähe verhindert.

Als wir im Rahmen eines Therapieprogramms erwachsene, männliche Sexualverbrecher behandelten, haben wir festgestellt, daß alle Männer in ihrer Kindheit liebevollen Körperkontakt entbehrt haben. Was ihnen verweigert wurde, haben sie sich später genommen; und dabei haben sie schließlich die Grenzen anderer verletzt. Da Körperkontakt verweigert wurde oder einer Invasion gleichkam, haben sich diese Opfer (für sie selbst) gefahrlose Berührungen bei einem verletzlichen jungen Menschen »geholt«.

Die Folgen körperlicher Grenzverletzungen zeigen sich häufig bei Paaren, die zur Sexualtherapie kommen. Oft haben frühere körperliche Invasionen (die häufig verdrängt wurden) Narben und Ängste hinterlassen, für die es nicht unbedingt offensichtliche Anzeichen gibt. Eine Patientin bemerkte frei heraus: »Ich weiß, in meinem Haus sind die Lichter an, doch es ist niemand daheim.« Die äußere und die innere Welt stimmen hier nicht überein; sie hatte sehr gut gelernt, so zu tun »als ob«, doch in ihrer Ehe, im vertrauten Umgang miteinander, fühlten sich beide leer und unerfüllt. Es scheint, daß viele Frauen und Männer als Folge der körperlichen Grenzverletzung in ihrer emotionalen Entwicklung stehengeblieben sind, und nicht wenige haben beinah die Hoffnung aufgegeben. Für viele ist Sexualität zur Ware geworden; es hat sich ein Verhaltensmuster entwickelt, bei dem man Sex als Tauschobjekt, zur Machtausübung oder zur Rache einsetzt. Manche behandeln andere ebenso wie sich selbst als Objekt.

Die Reißverschlußmetapher wird durch Rotters (1966) Arbeit mit dem »Ort der Kontrolle« illustriert. Er hat festgestellt, daß Persönlichkeitstypen, für die dieser Ort außen liegt, die Welt als unberechenbar empfinden, sie entzieht sich scheinbar jeder persönlichen Kontrolle – sie meinen, ihr Lebensweg sei schicksalhaft vorbestimmt und daß es keine Verbindung gebe zwischen ihrem Verhalten und dem Lauf, den ihr Leben nimmt. Viele haben aufgegeben. Durch die Arbeit mit der Reißverschlußmetapher können Patienten sehen, daß sie nicht allein verantwortlich sind, daß mehrere Generationen betroffen sind, daß es um zwischenmenschliche Beziehungen geht und daß es tatsächlich anders werden kann.

## *Der innere Reißverschluß (Selbstachtung)*

Wenn wir nun den inneren Reißverschluß besprechen, entsteht vielleicht der Eindruck, wir wollten den Prototyp des »idealen« Menschen darstellen. Wir wollen aber lediglich Merkmale aufzählen, die sich in der Entwicklung der gesunden Persönlichkeit zeigen *können*. In der Regel ist man davon ausgegangen, Normalität sei die Abwesenheit von pathologischen Zügen, aber wir alle haben festgestellt, daß Gesundheit weit mehr bedeutet. Wir hoffen, einige Dimensionen der normalen Entwicklung aufzeigen zu können, wie wir sie auch in unserer klinischen Praxis erkannt haben. Was normal ist, haben wir bei der Arbeit mit den Familien recht deutlich gesehen, und zwar sowohl daran, was bei unseren Patienten fehlt, als auch daran, was bei ihnen *vorhanden* ist.

Der innere Reißverschluß ist ein Regulativ für die eigenen Grenzen, für die Selbstachtung und Integrität der Persönlichkeit. Indem Sie den inneren Reißverschluß behutsam regulieren, können Sie, soweit dies möglich ist, Ihren Wertvorstellungen treu bleiben und verantwortlich handeln. In der Therapie verfolgen wir das Ziel, den Reißverschluß von außen nach innen zu verlegen.

Wenn Kinder geborgen aufwachsen und einen einseitigen Zustrom der Liebe und Wertschätzung erfahren, der ihre Gefühlswelt nährt, können sie beginnen, ein Selbst, eine Identität zu entwickeln. Wenn Kinder zuverlässige Bindungen erleben, können sie Entscheidungen treffen und Geheimnisse haben. (Das heißt, sie wissen insgeheim um ihre eigene, persönliche Welt.) Sie können den Weg zu

Selbstachtung, Individuation und Reife antreten. Wenn sie einsam, traurig, wütend oder verletzt sind, können diese Kinder ihre Gefühle zum Ausdruck bringen. Natürlich berücksichtigen wir, daß sich die Entwicklung zur Selbstachtung auf einem Kontinuum abspielt; jeder von uns ist gelegentlich mit Erlebnissen konfrontiert, die Verlegenheit und Scham auslösen.

Nähe und Intimität kommen leichter zustande, wenn der Reißverschluß innen liegt, denn wenn Menschen sich unsicher fühlen oder sich vor anderen Leuten fürchten, können sie den Reißverschluß hochziehen und sagen »Schluß damit« oder einfach weggehen. Ihre Fähigkeit, Nähe zu erleben, ist auch deshalb ausgeprägt, weil diese Menschen mit definierten, klaren Grenzen eine Identität aufgebaut haben und intuitiv wissen, wo sie aufhören und der Rest der Welt anfängt. Sie können bestimmen, wie nahe sie jemandem kommen, indem sie den Reißverschluß regulieren. Man muß wissen, daß man zur Selbstbeherrschung fähig ist, um in intimen Beziehungen die Zügel locker zu lassen. Kinder entwickeln ein Gefühl dafür und zeigen den anderen, wieviel »Raum« sie um sich brauchen, um sich behaglich zu fühlen. Später wird dadurch ermöglicht, reife Liebesbeziehungen einzugehen, Beziehungen, die sich aus dem persönlichen Überfluß entwickeln und nicht aus der Bedürftigkeit.

*Der Aufbau geistiger Grenzen*

Wenn sich der Intellekt entwickelt, kann man für das eigene Selbst denken und sprechen; in der zwischenmenschlichen Kommunikation ist die Richtigkeit der Aussagen wichtiger als die Übereinstimmung mit dem Gesprächspartner. Dies zeigt sich, wenn Kinder selbstsicher Meinungen, Gedanken oder Verblüffung äußern und unbefangen Fragen stellen können. Man kann beim Denken Neugierde zeigen und gemeinsam mit anderen Leuten Ideen unvoreingenommen untersuchen. Man lernt, offenherzig zuzugeben: »Ich habe mich geirrt, es tut mir leid, ich habe einen Fehler gemacht.« Wer so aufwächst, weiß im Innern, wie es ist, ein Mensch zu sein, und bringt andere dazu, ihn oder sie mit Achtung und Respekt zu behandeln. Dieser Mensch weiß auch, daß man keine Schuldgefühle zu haben braucht, weil man ein Privatleben hat und sich Geheimnisse bewahrt. Dieser Mensch kann auch dann für seine Überzeugungen eintreten, wenn er die Mehrheit gegen sich hat.

*Der Aufbau emotionaler Grenzen*

Wer seinen Reißverschluß innen hat, weiß, daß es ihm aufgrund seines eigenen Verhaltens gut geht. Wenn ein Mensch in der Kindheit ein breites Spektrum an Gefühlen ausdrücken konnte und mit seinen Emotionen ernst genommen wurde, wird er auch als Erwachsener ein solides affektives Spektrum mitbringen. Er hat begriffen, daß Gefühle weder gut noch schlecht sind; sie sind einfach da. Ein emotional reifer Mensch hat die Wahl, welche Gefühle er anderen zeigen will, und er hat seine Emotionen bis zu einem gewissen Grad unter Kontrolle. Er wird niemandem die Schuld zuschieben und wissen, daß seine Gefühle weder von den Handlungen anderer abhängen noch ihr Verhalten und ihre Gefühle beeinflussen. Natürlich gibt es viele Ereignisse und soziale Stimuli, die starke Emotionen auslösen. Kinder mit entwickeltem Affekt erleben, daß ihre Eltern Einfühlungsvermögen zeigen, wenn sie diese Gefühle ausdrücken. Sie können Verletzlichkeit zeigen, wenn sie sich bei anderen geborgen fühlen.

Wenn die Entwicklung des emotionalen Selbst erörtert wird, geht man meist von der Annahme aus, das Kind hätte Glück gehabt und sei in eine Familie hineingeboren, in der die Eltern ihre eigene emotionale Beziehung pflegen und deshalb dem Kind Bestätigung geben können. Wenn wir jetzt die affektive Entwicklung besprechen, unterstellen wir nicht, daß dieses Kind die Scham nicht kennt und nie beschämt wurde. In unserer Kultur macht *jeder* zwangsläufig in irgendeinem Zusammenhang schamauslösende Erfahrungen. Da der affektive Bereich eng mit den Wertvorstellungen verbunden ist, empfinden Erwachsene Scham wegen Missetaten, Irrtümern und Fehlern, doch sie werden sich auch selbst verzeihen und wieder annehmen. Sie erleben Schuld, nicht Scham im eigentlichen Sinne. Sie schämen sich nicht im Grunde ihres Wesens. Das heißt, emotional reife Menschen wissen, daß alle Leute dunkle *und* helle Seiten

haben und können mit dieser Selbsterkenntnis leben. Sie können bei einem leidenden Menschen sein, ohne dessen Gefühle zu übernehmen, und dennoch Einfühlungsvermögen und Mitgefühl zeigen. Sie wissen, daß Leiden Bestandteil des Lebens ist; es gehört zum Menschsein.
Auch die ethnische Herkunft wirkt sich auf die affektiven Ausdrucksmöglichkeiten aus. Kulturelle Regeln üben erheblichen Einfluß auf die Äußerung von Gefühlen aus und die vorgegebenen Muster werden blind eingehalten. Eine dreiundachtzigjährige Schwedin begleitete ihren zweiundfünfzigjährigen Sohn zu einer Therapiesitzung und wandte sich an uns mit der Frage:»Glauben Sie, daß eine Mutter ihrem Sohn sagen darf, daß sie ihn liebt?« Sie war eine Immigrantin der ersten Generation und hatte die Regeln ihres Heimatlandes mitgebracht; eine davon verbot ihr, ihre Zuneigung für ihren Sohn deutlich zum Ausdruck zu bringen.

*Der Aufbau körperlicher Grenzen*

Körperliche Grenzen setzen eine klare Raumwahrnehmung voraus. Wer klar definierte Grenzen hat, kann intuitiv erfassen, welche Distanz Behagen beziehungsweise Unbehagen erzeugt und dementsprechend Abstand nehmen oder anderen näher kommen. Solche Leute haben ein gutes körperliches Selbstwertgefühl. Sie sind mit Menschen aufgewachsen, die ihren körperlichen Freiraum respektiert haben und die auf ihre entwicklungsbedingten Bedürfnisse hinsichtlich Zurückhaltung und Offenheit angemessen eingegangen sind.
Wer mit»seinem Reißverschluß nach innen« aufgewachsen ist, erlebt sich als kongruent, gemäß dem Ausspruch des Philosophen Marcel (1978: 177):»Ich bin mein Körper.« Der Körper und das Selbst sind eins, und das kommt auch sprachlich zum Ausdruck. Menschen mit gesunden Körpergrenzen lernen »ich« zu sagen, und nicht»er«, wenn sie von ihrem Körperselbst reden, weil sie wissen, daß sie Personen sind (»ich«) und nicht Objekte (»er«).
Diese Menschen sind in der Lage, zu berühren und berührt zu werden, und wenden dabei natürlich ihr Unterscheidungsvermögen an.

Sie können »nährende« Zuwendung geben und nehmen. Wer über reife körperliche Grenzen verfügt, wird seinen Körper gut behandeln. Das heißt, man konzentriert sich weniger auf die Verschönerung der äußeren Fassade, sondern beweist Selbstachtung, indem man regelmäßig Sport treibt, sich ausgewogen ernährt und auf seinen Körper achtet. Da das Körperselbst lebhafte Schamgefühle hervorrufen kann, ist es wichtig, daß Kinder ihren Körper erforschen können und dabei von den Eltern mit altersgemäßen Informationen versorgt werden.

Wenn Menschen in Familien aufwachsen, wo die sexuelle Entwicklung positiv beurteilt wird, entwickeln sie ein höheres Selbstwertgefühl als Kinder aus Familien, wo auf die recht offensichtlichen körperlichen Veränderungen kein positives Feedback erfolgt. Auch Kinder, die von Geburt an körperliche Gebrechen haben, können trotz ihrer Behinderung ein hohes Selbstwertgefühl aufbauen.

Wieder werden wir an die Analogie zwischen dem Bild des inneren Reißverschlusses und dem inneren Ort der Kontrolle nach Rotter (1966) erinnert. Rotter stellte fest: Wenn Menschen glauben, die Lebensereignisse lenken zu können, sind sie auch der Überzeugung, alle Belohnungen hingen von ihrem Verhalten und/oder ihren persönlichen Eigenschaften ab. Mit anderen Worten, Menschen, bei denen »der Ort der Kontrolle« innen liegt, stellen fest, daß sich Geschehnisse recht gut vorhersagen lassen, und das hat natürlich Folgen für ihr Verhalten.

## *Vom falschen zum echten Selbst durch Konfrontation mit der Scham*

Anhand der Reißverschlußmetapher haben wir die Entwicklung des falschen Selbst bei schamdominierten Menschen besprochen. Die in der Herkunftsfamilie gelernten Verhaltensmuster sind durch starke, unausgesprochene Regeln weitergegeben worden und bestimmen das Verhalten der Erwachsenen. Wenn Menschen Scham eingestehen und erkennen und ihre Ursachen begreifen, können sie der

Scham die Stirn bieten, was ihnen auf dem Weg zur Individuation und Reife weiterhilft. Wenn die Betroffenen emotionale Deprivationen oder Invasionen ansehen und durcharbeiten können, beginnen sie ein inneres Selbst aufzubauen. Sobald Grenzen errichtet werden, bildet sich die Identität aus und das Selbstvertrauen wächst. Sie entwickeln sich von der Verlegenheit zum gewissenhaften Handeln. Wenn Menschen der Scham die Stirn bieten, ist der Genesungsprozeß zur Menschlichkeit eingeleitet; das keimende Selbst entwickelt sich zu einer Persönlichkeit, die sich durch (Selbst)Achtung und Integrität auszeichnet und enge, intime Beziehungen eingehen kann.

# 5 Die Familienregeln des schamdominierten Systems

Der Begriff »Familienregeln« bezeichnet wiederholte Interaktionsmuster, die Therapeuten bei einer Familie beobachten. Es handelt sich hier um beschreibende Metaphern (Jackson 1965), nicht um Regeln oder Vorschriften, die kraft ihrer Autorität festgelegt werden. Therapeuten leiten die Regeln aus den in einer bestimmten Familie beobachteten Interaktionsmustern ab. Die Familienregeln beschreiben die Kräfte, die innerhalb der Familie am Werk sind und das Verhalten beeinflussen. Die folgenden acht Regeln haben wir immer wieder beobachtet; sie sind für das schamdominierte System charakteristisch.

1. Kontrolle. Du mußt jedes Verhalten und jede Interaktion unter Kontrolle haben.
2. Perfektion. Du mußt immer »recht« haben. Du mußt immer »richtig« handeln. (Ford und Herrick 1974)
3. Schuldzuweisung. Wenn etwas nicht wie geplant abläuft, gib dir selbst oder einem anderen die Schuld. (Ford und Herrick 1974).
4. *Verleugnung.* Verleugne Gefühle, insbesondere negative oder Verletzbarkeit zeigende Gefühle wie Beklemmung, Angst, Einsamkeit, Trauer, Ablehnung, Bedürftigkeit.
5. Unzuverlässigkeit. Du darfst nicht erwarten, daß Beziehungen zuverlässig und konstant sind. Halte Ausschau nach dem Unvorhersehbaren.
6. Nichtvollenden. Transaktionen dürfen nicht zu Ende gebracht werden, vermeide Lösungen.

7. Sprich nicht. Sprich nicht offen und direkt über beschämende, mißbräuchliche und zwanghafte Verhaltensweisen.
8. *Verschleiern.* Wenn respektlose, beschämende oder zwanghafte Verhaltensweisen auftreten, werden sie heruntergespielt, geleugnet oder verschleiert.

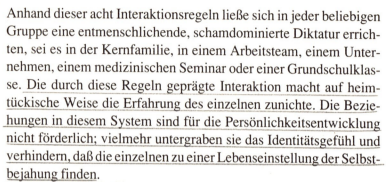

Anhand dieser acht Interaktionsregeln ließe sich in jeder beliebigen Gruppe eine entmenschlichende, schamdominierte Diktatur errichten, sei es in der Kernfamilie, in einem Arbeitsteam, einem Unternehmen, einem medizinischen Seminar oder einer Grundschulklasse. Die durch diese Regeln geprägte Interaktion macht auf heimtückische Weise die Erfahrung des einzelnen zunichte. Die Beziehungen in diesem System sind für die Persönlichkeitsentwicklung nicht förderlich; vielmehr untergraben sie das Identitätsgefühl und verhindern, daß die einzelnen zu einer Lebenseinstellung der Selbstbejahung finden.

Unsere Regelliste ist weder erschöpfend noch beschränkt sie sich auf schamdominierte Systeme. Sie soll als Arbeitsgrundlage dienen, um Strukturen zu erkennen. Wenn sich andere Beobachter mit denselben Verhaltensmustern befassen, könnten sie mit etwas anderen Begriffen ein Regelsystem aufstellen, das ebenso seine Gültigkeit hätte. Zudem finden die Strukturen in den einzelnen Familien unterschiedliche Manifestationen, und nicht alle Familien sind gleichermaßen schambeherrscht. Wahrscheinlich gibt es in jeder Familie bestimmte Aspekte, die Scham erregen und in ihren Regeln zum Ausdruck kommen. Ein extrem schamdominiertes System läßt sich anhand dieser Regeln leicht identifizieren. Manche Familien betonen vor allem ein oder zwei Regeln und benutzen die übrigen überhaupt nicht. Weniger schambeherrschte Familien werden über viele andere, positivere und menschlichere Regeln verfügen, während die schamorientierten Gebote nur unter Streß eine Rolle spielen.

Alle Menschen erleben irgendwann einmal Ungerechtigkeit, Angriffe, Grenzverletzungen und Betrug. Wir müssen unseren Familienstammbaum nicht weit zurückverfolgen oder lange überlegen, wie das Leben unserer Vorfahren aussah, um auf Mißstände und Mißhandlungen zu stoßen. Die in unserer Familie von Generation zu Generation weitervererbten Narben sind auch in unserem Familiensystem heute noch vorhanden. Die Verletzungen von gestern leben in der Scham von heute weiter, und die Scham wird durch unsere Interaktionsmuster verewigt. Wir wollen die Regeln, die diese Interaktion steuern, näher betrachten.

## *1. Kontrolle*

*Du mußt jedes Verhalten und jede Interaktion unter Kontrolle haben.* Die Kontrollregel ist die Kardinalregel des schamdominierten Systems. Alle anderen Regeln leiten sich aus ihr ab und unterstützen sie. In bestimmten Familien ist das Kontrollprinzip mit dem primitiven Trieb nach Dominanz und Unterwerfung gleichzusetzen. Befriedigung entsteht durch das Erlebnis der Macht, anderen den eigenen Willen aufzuzwingen. Da außerdem die eigene Persönlichkeit unentwickelt und das Repertoire an Beziehungsfähigkeiten sehr mager ist, liefert das Rollenverhalten von Dominanz und Unterwerfung ein primitives Schema, das ermöglicht, mit einem anderen Menschen zusammenzukommen. Eine besonders niederträchtige Form der Machtausübung in der Familie läßt nicht einmal einen Rollentausch zu. Die dominierende Rolle bleibt einem oder mehreren Beteiligten vorbehalten, die die anderen tyrannisch unterdrükken. Die machtlosen Angehörigen leben in ständiger Furcht vor den Mächtigen. Es ist traurig, aber wahr, daß auch die Machtlosen dem ungerechten System die Treue halten, da es sie ebenfalls mit einem berechenbaren Beziehungsmuster und mit verschleierter Macht versorgt.
Sowohl der Tyrann als auch das Opfer im System nehmen sich selbst nur begrenzt als Persönlichkeit wahr, ihre Beziehungsfähigkeit ist unzureichend entwickelt und sie wissen nicht, daß es Nuancen der Intimität gibt. So schmerzlich es sein mag, beide sind auf die Rollen festgelegt, die sie kennen, und bleiben ihnen solange treu, bis sie mehr Lebenserfahrung gewinnen, dazulernen und ihr Repertoire erweitern. Ein Therapeut kann nicht davon ausgehen, daß jeder

aufgrund von Lebenserfahrungen gelernt hat, wie man respektvolle, bereichernde Beziehungen gestaltet. Wir haben Menschen vor uns, die in despotischen Systemen leben und nichts anderes gelernt haben als Dominanz und Unterwerfung – Täter- und Opferverhalten. Aus diesem Grund sind kurzfristige Therapieansätze bei schamdominierten Familien nur begrenzt wirksam. In der Therapie geht es darum zu lernen, wie in Beziehungen Nähe und gegenseitige Achtung erlebt werden kann. Die Klienten lernen dies, indem sie positive Beziehungen aufbauen, und das kostet Zeit.

Im allgemeinen ist das Kontrollprinzip nicht so sehr durch den Machttrieb als durch ein Bedürfnis nach Vorhersehbarkeit und Sicherheit motiviert. Hinter dem machtorientierten, manipulativen Verhalten sehen wir meist einen angsterfüllten Menschen. Spontaneität und Überraschungen wirken in diesem System bedrohlich, und die Interaktion ist eher durch Manipulation als durch Dominanzstreben gekennzeichnet. Da das Leben im Grunde unvorhersehbar und unsicher ist, das System jedoch darauf zielt, das Unkontrollierbare zu kontrollieren, stellen sich als Nebeneffekt Fehlschläge, Streßsituationen und Verzerrungen menschlicher Erfahrungen ein. Die Familienmitglieder spezialisieren sich sehr stark auf einen bestimmten Stil der Kontrollausübung. Der eine kontrolliert durch Krankheiten, die andere, indem sie übertrieben hilfsbereit ist, ein dritter, indem er ständig das Thema wechselt, wieder eine andere, indem sie süß und verführerisch wirkt, der eine durch überragende Kompetenz oder Hochleistungen, die andere, indem sie jede Erfahrung intellektualisiert. Es gibt unzählige Variationen.

Bei diesem Vorgang sind die Menschen für ihr Verhalten im Grunde nicht verantwortlich, und wenn es noch so »gut« scheint. Da diese Kontrolltechniken indirekt wirken, kann man die Betroffenen nicht zur Rechenschaft ziehen. Wie kann ich jemanden ins Gebet nehmen, der krank ist? Wie kann ich einen Menschen angreifen, der doch nur helfen will?

In der Familieninteraktion, die sich an diese Regel hält, kommt es selten zu spontanen, echten Reaktionen. Das Verhalten ist stets darauf ausgerichtet, bei anderen eine erwünschte Reaktion zu erzielen oder einen bestimmten Eindruck zu erwecken. Jedes Familienmit-

glied pflegt sein Image, doch wie die anderen wirklich sind, weiß keiner. Die Leute beschränken sich hartnäckig und unbewußt auf eine begrenzte Auswahl von Reaktionen oder Spielen, die ständig wiederholt werden und eher dazu dienen, sich voreinander zu verstecken, statt etwas von sich zu zeigen. Nach Jahren kann jedes Familienmitglied genau vorhersagen, welche Schachzüge die anderen im Beziehungsdialog unternehmen werden, und dennoch bleiben alle in diesen Verhaltensmustern gefangen. Wenn die Kommunikation so stark mit indirekten Motiven durchsetzt ist, sind die Menschen ständig damit beschäftigt, Gedanken zu lesen und die Absichten der anderen zu durchschauen. So bleibt die subjektive Individualität der einzelnen mangels Aufmerksamkeit unentwickelt, da alle Kräfte gebraucht werden, um die Botschaften der anderen zu entschlüsseln.
Nach Leslie Farber (1976: 32) leiden Menschen, die in diesem Kontrollprinzip verfangen sind, an »gestörtem Willen«. Die Menschen aus diesen Familien erleben sich meist nicht als eigenwillig oder tyrannisch. Nach ihrem Empfinden meinen sie es nur gut, sie fühlen sich krank, sind hilfsbereit oder sonst unschuldig und leben in Übereinstimmung mit ihren Werten. In ihrem Streben nach Vorhersagbarkeit und Sicherheit verhalten sie sich wie der Spieler, der von Zeit zu Zeit gewinnt und nicht aufhören kann. Nicht bewußt ist ihnen die unwiderstehliche, indirekte Belohnung, die ihr eigenwilliges Ich lockt. Gerade weil dies unbewußt bleibt, kann die heimliche Macht ihres eigenwilligen Kontrollverhaltens gewahrt werden. Farber führt weiter aus:

Man hat unsere Zeit als »Epoche der Angst« bezeichnet. Wenn wir bedenken, wieviel Aufmerksamkeit die Psychologie, Theologie, Literatur und die pharmazeutische Industrie dem Thema gewidmet haben, nicht zu reden von Zeugnissen aus dem eigenen Leben, können wir durchaus zu dem Schluß kommen, daß wir heute stärker von Ängsten geplagt sind als früher und zudem die Angst vor der Angst größer ist als je zuvor. Nichtsdestoweniger empfinde ich bei dem Begriff »Epoche der Angst« Unbehagen, er scheint mir genauso widersinnig wie die Schlagworte vom »Zeitalter des Überflusses«, der »Herzkranzgefäßkrankheiten«, der »seelischen Gesundheit«, der »Diät«, der »Konformität« oder der »sexuellen Befreiung«, denn sie alle gehen am Kern der Sache vorbei – auch wenn sie ein Körnchen Wahrheit enthalten. Auch wenn ich diese Spielerei mit Schlagworten nicht mag, wenn ich mich entscheiden müßte... würde ich unsere Zeit als »Epoche des gestörten Willens« bezeichnen. Aus der unglaublichen Fülle der Varianten will ich nur einige Beispiele herausgreifen, die zeigen, wie unsere Willenskraft ins Leere geht und uns versklavt: wir wollen um jeden Preis schlafen, wollen schnell lesen, wollen einen gemeinsamen Orgasmus erleben, wollen kreativ und spontan sein, wollen unser Alter genießen und am dringendsten wollen wir wollen. Wenn die Angst heute stärker um sich greift als früher, so ist sie das Produkt unserer spezifisch modernen Unfähigkeit zu wollen. Auf diese Unfähigkeit, und weniger auf die Angst, würde ich die ständig zunehmende Drogenabhängigkeit zurückführen, die sich in allen Bereichen der Gesellschaft auswirkt. Drogen mildern zwar die Angst, wichtiger ist jedoch, daß sie die Illusion bieten, den Bruch zwischen dem Willen und seinen störrischen Objekten zu heilen. Das resultierende Ganzheitsgefühl mag unverantwortlich sein, doch in dieser Ganzheit scheint zumindest – ganz gleich wie gezwungen der Rauschzustand den Außenstehenden vorkommt – kurz und subjektiv ein verantwortlicher, lebendiger Wille spürbar. Das ist meiner Meinung nach der Grund dafür, daß in unserer Zeit die verschiedenen Suchtmöglichkeiten eine so große Rolle spielen.

Diese Kontrolldynamik wird intensiv und subtil in Familien ausgelebt, die Symptome psychosomatischer und phobischer Störungen aufweisen. Farber beobachtet, daß sie außerdem im Zusammenhang mit Depressionen, Selbstmord, Drogenabhängigkeit und sexuellen Problemen relevant ist.

## 2. Perfektion

*Du mußt immer »recht« haben. Du mußt immer »richtig« handeln.*
Die Tyrannei des Rechthabens kann sich in verschiedenen Formen manifestieren. In der einen Familie heißt Rechthaben, in bezug auf Kleidung, Möbel und Freizeitgestaltung stets die neueste Mode zu kennen und zu befolgen. In einer anderen Familie bedeutet diese Regel, daß die Leute »dem Materialismus und allem Bösen, was

damit zusammenhängt« ausweichen und in einer regelgebundenen, fundamentalistischen Moral eine Form der Selbstgerechtigkeit erleben. Das Regelsystem einer dritten Familie wird statt der moralischen Selbstgerechtigkeit intellektuellen Snobismus in den Vordergrund stellen. In wieder anderen Familien besteht der Perfektionismus darin, immer die richtigen Konsumgüter zu kaufen, die besten Schulen zu besuchen, zu wissen, was »in« ist oder immer die »richtige« Bemerkung auf Lager zu haben. Es geht uns hier weder um ein moralisch stimmiges Leben, noch um Freude am Wissen oder Spaß an der Mode. Diese Regel bedeutet vielmehr, daß die Menschen dem Druck ausgesetzt sind, einem perfekten, äußeren Image zu entsprechen, das manchmal unklar definiert und veränderlich ist. Diese Regel weist immer einen Wettbewerbs- oder Vergleichsaspekt auf, der oft geleugnet wird. Rechthaben heißt nie »richtig«, im Sinne von: »es paßt zu mir«. Es geht darum, besser als andere zu sein oder mehr recht zu haben als die anderen. Die Menschen vergleichen sich und konkurrieren miteinander innerhalb der Familie und mit Außenstehenden. Eine Familie, die sich an dieser Regel orientiert, kann hohes Ansehen genießen und einen glänzenden Eindruck machen, während ihre Mitglieder insgeheim unter heftigen Schamgefühlen leiden.
Häufig ist zu beobachten, daß Menschen, die die Perfektionismusregel leben, ängstlich vermeiden, was sie für schlecht, falsch oder minderwertig halten. Es hat den Anschein, daß die Angst und Vermeidung des Negativen hier ein wesentlich stärkeres Ordnungsprinzip darstellt als die schlichte Attraktivität eines positiven Ideals. Solche Familien leben wie gehetzt, in ständiger Furcht vor lauernden Schamgefühlen. In der Ethik ihres Systems existieren offenbar gespenstische Erinnerungen an Mißhandlungen und beschämende Erlebnisse, die vielleicht eine frühere Generation betrafen. Selbstmorde, körperliche Entstellung, Lernbehinderungen, rassistische Verfolgung, Verlassenwerden in der Kindheit, Pogrome, Erfahrungen im Waisenhaus können alle, auf einer bestimmten Ebene, so ausgelegt werden, als sei das Opfer selbst schuld. »Du sollst einen guten Eindruck machen, richtig handeln, recht haben«, lautet die Schlußfolgerung, die vor Scham schützen soll.

Der Vater einer Kernfamilie, die uns aufsuchte, konzentrierte sich besonders darauf, gesellschaftlich einen netten, ordentlichen Eindruck zu machen. Er ging dabei so weit, daß er sich im vertrauten Umgang mit Frau und Kindern recht oberflächlich verhielt. Der Form nach tat er das Richtige, doch ohne Herz. Wie es dazu kam, wurde leicht verständlich, als er seine Vorstadtkindheit in einer chaotischen Familie schilderte. Als Jugendlicher war ihm schmerzlich bewußt, welch geordnete Verhältnisse in der Nachbarschaft herrschten, denn sie standen im Kontrast zu seinem Zuhause, wo seine Mutter »verrückt spielte« und häufig neue »Freunde« mitbrachte, die bei ihr übernachteten. Der Sohn schilderte die Situation: »Ich habe mich gefragt, wie sie einen Kerl, den sie gerade kennengelernt hatte, so zärtlich ›Liebling‹ oder ›Schatz‹ nennen konnte. Dann fragten mich die Kinder aus der Nachbarschaft, ob meine Mutter eine Prostituierte wäre.« Diese Kindheitserlebnisse hatten ihn offenbar so tief beschämt, daß er nur noch eins kannte: einen so guten Eindruck machen, wie er ihn als Kind gerne gemacht hätte. Vor der Therapie war ihm nicht bewußt, worin das Wesentliche in echten Beziehungen besteht.

<u>Manche Familiensysteme befolgen die Perfektionsregel in scheinbar paradoxer Weise. Ihre Version lautet: »Handle richtig, dann bist du existenzberechtigt.« Dabei strahlen sie jedoch Hoffnungslosigkeit aus, sehen schwarz und wirken demoralisiert.</u> Das System ist chaotisch und Normen fehlen, da es scheinbar keinen Sinn hat, es zu versuchen. Die Perfektionismusregel zu befolgen scheint ein Ding der Unmöglichkeit, doch die Familie kann sich nicht von ihrem Joch befreien, da es immer noch die anderen gibt, deren Perfektionismus man bewundern muß. Den Familienmitgliedern fehlt der soziale Tarnanstrich der Pseudoanständigkeit, über den einige ihrer schamerfüllten Gesinnungsgenossen verfügen.

<u>Die Familie, bei der diese Regel übertrieben in den Vordergrund tritt, verkörpert alle stereotypen Werte unserer Kultur. Die Betroffenen sind intelligent, erbringen hohe Leistungen, kleiden sich nach den neuesten Trends, sind sportlich, gesellschaftlich gewandt und nach äußeren Maßstäben in jeder Hinsicht erfolgreich. Insgeheim wird jedoch die Scham aufrechterhalten.</u> Das eigentliche

Problem dieser Familie ist nach außen hin nicht sichtbar. Schwierigkeiten entstehen, nachdem sie das Stereotyp des Erfolgreichen erfüllt haben und ihre Persönlichkeitsmodelle sie doch nicht weiterbringen. Ihre Beziehungen sind bloße Form ohne Seele. Die Symptome, mit denen sie zur Therapie kommen, ob Depressionen, Phobien, Verhaltensstörungen bei den Kindern und so weiter, wirken verwirrend und haben scheinbar keinen Bezug zum Familiensystem. Wenn man die Familie unter der Perspektive des Perfektionismusprinzips betrachtet, wird die Therapie darauf abzielen, die Beziehungen zu vertiefen und eine authentische Interaktion zu stützen. (Die Therapie wird in Kapitel 8 und 9 ausführlicher erörtert.)
Die Perfektionismusregel regt zu Vergleich und Wettbewerb an, und zwar sowohl innerhalb der Familie als auch zwischen Familien. Innerhalb der Familie gibt es im allgemeinen mindestens ein Mitglied, das den Konkurrenzkampf ums Rechthaben gewinnt, und mindestens eines, das ihn verliert. Bei der Arbeit mit schamdominierten Familien gehen wir von folgendem Axiom aus: Wenn es in der Gruppe einen offensichtlich »guten« oder einen offensichtlich »bösen« Menschen gibt, wird sich das entgegengesetzte Extrem bei einem anderen Mitglied finden. Um das Problem bearbeiten zu können, muß das gesamte System von Gegensätzen herangezogen werden, und nicht nur der »böse« Teil, an dem sich die Symptome zeigen.
Dieses immer wieder anzutreffende Phänomen illustriert Batesons (1981) Konzept der Komplementarität. Der oder die »Gute« ist gut, weil er/sie die Wertvorstellungen der Familie übernimmt und sie klar und anschaulich in die Tat umsetzt, *im Gegensatz* zu einem anderen Familienmitglied, das »böse« ist. Unter den Kindern aus straffälligen Familien ist mindestens eines »gut«, während es in Familien, die alle stereotypen Werte der Kultur verkörpern, mindestens ein »böses« Kind gibt. In der Ehe zeigt sich dieses Phänomen beispielsweise in der Frau, die alle sozialen Tugenden aufweist und ihren alkoholabhängigen Mann zu bessern versucht, der den »wilden Aspekt« repräsentiert: beide Extreme brauchen das andere, um sich zu definieren.
Ein oberflächlicher therapeutischer Ansatz versucht angesichts dieser menschlichen Probleme, den »Bösen«, den Straftäter oder den

Symptomträger zu bessern, sein Selbstgefühl zu steigern oder ihn zu bewegen, die positive Seite der Polarität verstärkt auszudrücken. Ein so naives therapeutisches Vorgehen konzentriert sich auf den einzelnen und das offenkundige Symptom und übersieht dabei die Dynamik des komplementären Gleichgewichts zwischen dem einen, der erfolgreich das »Richtige« tut, und dem anderen, der erfolgreich das »Richtige« hervorhebt, indem er den negativen Kontrast liefert. Ein oder mehrere Familienmitglieder stehen quasi auf dem Podest und verkörpern, was gemäß den ausdrücklichen Werten der Familie und der Kultur »richtig« ist, während andere unterhalb des Podests bleiben und loyal auf das »Richtige« verweisen, indem sie das kontrastive negative Verhalten liefern. Alle Beteiligten, ob auf dem Podest oder darunter, sind als Persönlichkeiten unvollständig und machen verzerrte Erfahrungen. Auf diese Weise wird es allen unmöglich, eine Persönlichkeit und ein authentisches Selbstwertgefühl zu entwickeln. Um grundsätzliche Änderungen im System herbeizuführen, muß die zugrundeliegende Perfektionismusregel geändert werden.

## 3. Schuldzuweisung

*Wenn etwas nicht wie geplant abläuft, gib dir selbst oder einem anderen die Schuld.* In schamdominierten Familien und in allen Beziehungen, die eine starke Schamkomponente aufweisen, sind Schuldzuweisungen an der Tagesordnung. Der Tadel kann offen ausgesprochen werden, wie in der Botschaft: »Wenn du nicht wärst, wäre ich glücklich.« Häufig gibt sich die Schuldzuweisung für etwas anderes aus. Eine Frau meint, nur ihre Gefühle auszudrücken, wenn sie sagt: »Ich habe das Gefühl, daß du immer wütend wirst, wenn ich meine Arbeit tue, und deshalb bringe ich nichts zustande.« In Wirklichkeit äußert sie damit gar nichts über ihre Gefühle. Eine persönliche Frage nach dem »Warum?« ist in der Regel eine emotionale Falle für den anderen, der sich selbst die Schuld geben oder seine Unschuld beweisen soll. »Warum hast du…?« und »Warum

hast du nicht...?« geben sich häufig als unschuldige Fragen aus, sind jedoch mit üblen Gefühlen befrachtet. Auch in der Selbstanklage kommt die Regel unmittelbar zum Ausdruck; sie kann in Beziehungen Kontrollfunktion haben, weil sie dazu dient, erfolgreich die Initiative zu ergreifen. Selbstbeschuldigungen sind zwar schmerzlich, doch wer sich selbst anklagt, hat die Interaktion im Griff und kann Überraschungen vermeiden. In Wirklichkeit dienen die Schuldzuweisungen dazu, die eigene Scham zu verbergen und auf andere zu projizieren. Wenn ich mich darauf konzentriere, was du mir antust, wird meine Angst in bezug auf meine Person vermindert. Wenn ich dir zum Beispiel vorwerfe, daß du nie herzlich auf mich zugehst, muß ich nicht zugeben, wie einsam und bedürftig ich mich fühle, und deshalb auch nicht spüren, wie verletzlich ich bin. Wenn ich ein schamdominierter Mensch bin, kann ich mich nicht verletzlich oder bedürftig fühlen, ohne mich zu schämen. Also wird die Schuldzuweisung zum Automatismus, mit dem ich meinen tieferen Gefühlen ausweiche.
Jedes unerwartete oder ungeplante Ereignis kann Anlaß zu Schuldzuweisungen geben, ob es nun an sich negativ ist oder nicht. Eine Reifenpanne auf dem Weg zur Arbeit ist verständlicherweise negativ, und in diesem System wird man sich selbst oder einem anderen die Schuld dafür zuschieben. Wenn jedoch die Post ein Geburtstagspaket drei Tage zu früh zustellt, ist das an sich nicht negativ. Doch in diesem System wird man das Vorkommnis so deuten, als wäre der Plan des Absenders nun völlig ruiniert, und jemandem die Schuld zuweisen.
Die Schuldzuweisungsregel wird aktiviert, um das Gleichgewicht im System zu wahren, wenn die Kontrollregel nicht mehr greift. Wenn, wie in diesem Familiensystem, Sicherheit durch Kontrolle angestrebt und sogar zur zwingenden Forderung erhoben wird, weckt die Begegnung mit der Wirklichkeit, mit unvorhersehbaren, unkontrollierbaren Ereignissen, massive Ängste. Die Schuldzuweisung ist die bittere Medizin, die die Beteiligten gewohnheitsmäßig schlucken, um die Illusion der Kontrolle wiederzugewinnen. Ob man sich nun regelmäßig der Selbstanklage bedient oder anderen die Schuld zuschiebt, Schuldzuweisungen bieten immer eine siche-

re Rückzugsposition, die Kontrolle und Vorhersagbarkeit gewährleistet, wenn der erste Versuch, alles im Griff zu behalten und »richtig« zu machen, scheitert. Hier zeigt sich, wie die ersten drei Regeln – Kontrolle, Perfektionismus und Schuldzuweisung – ineinandergreifen.

Wie die ersten drei Regeln funktionieren, zeigt sich am folgenden Beispiel aus einer Therapiesitzung. Die Ehefrau und Mutter berichtet, wie sehr sie sich ihr Leben lang bemüht hat, Beziehungen aufzubauen, und wie »gut« sie mit Leuten auskommt, doch eine Freundin hat sie immer noch nicht. Die Therapeutin reagiert einfühlend und erwidert mit Herzlichkeit, die Frau sei wohl sehr »einsam«. Die Patientin ist verblüfft und sagt dann: »Das lasse ich mir nicht gefallen, daß Sie mich so schlechtmachen. Ich bin nicht einsam! Warum machen Sie mein Leben schwerer, als es ohnehin schon ist?« Hätte Sie die Einfühlung angenommen, die in der Botschaft zum Ausdruck kam, so hätte sie eine Interaktion zugelassen, die sie nicht völlig unter Kontrolle hatte, denn sie hatte die Empathie weder geschaffen noch erwartet.

Mit ihrer gekünstelten Reaktion bleibt sie der 3. Regel treu, da sie auf Schuldzuweisung zurückgreift, sobald sich etwas Überraschendes (zum Beispiel eine herzliche menschliche Begegnung) entwickelt. In dieser negativen Haltung hat sie eine zuverlässige, unbeirrbare »Freundin«, weil sie sich nie Unvorhergesehenem ausliefern und Unsicherheit und Verletzlichkeit aushalten muß. Nach dem Motto: »Nichts gewagt, nichts verloren!« Sie kann sofort und gewohnheitsmäßig auf die Schuldzuweisung zurückgreifen, so daß sie nie auch nur einen Augenblick lang Selbstzweifel spüren oder sich ihrer inneren Wahrnehmung stellen muß.

Da sich unglücklicherweise auch die Angehörigen an diese Regeln halten, entgeht der Familie die Entwicklung persönlicher Beziehungen – der Reifungsprozeß, der abläuft, wenn wir in der Interaktion Augenblicke der Angst und Unsicherheit durchstehen, ohne sofort Kontrolle und Vorhersehbarkeit anzustreben. Sie versäumen es, tiefere Beziehungen zu erleben, die spontan entstehen und sich der bewußten Kontrolle entziehen.

## 4. Verleugnung

*Verleugne Gefühle, insbesondere negative oder Verletzbarkeit beweisende Gefühle wie Beklemmung, Angst, Einsamkeit, Trauer, Ablehnung, Bedürftigkeit und Zuneigung.* In ihrer extremsten Ausprägung schafft die Verleugnungsregel ein sehr unpersönliches Beziehungssystem. Die Beteiligten gestehen auch sich selbst keine echten, persönlichen Gefühle ein. Die Familienmitglieder wissen nicht einmal, daß sie überhaupt Gefühle haben. Die Entwicklung der Muskulatur und Körperkräfte kann als Metapher für die Entwicklung emotionaler Bewußtheit und Ausdrucksfähigkeit dienen. In manchen Familien gehört es zum Alltag, Ball zu spielen oder gemeinsam körperlich zu arbeiten und sich so an der eigenen körperlichen Kraft und Beweglichkeit zu freuen. In anderen Familien werden physische Kondition, Stärke und Sport ignoriert und die Möglichkeiten liegen brach. Genauso kann der entspannte Umgang mit Gefühlen in Familien durch Erfahrung gelernt werden oder unentwickelt bleiben. Das Erleben tiefer, heftiger Gefühle gehört zur Beziehung zu sich selbst und vertieft das Verhältnis zu anderen. Gelernt wird es durch Übung und zunehmende Reife, wenn das Familienklima dies zuläßt. Jeder Mensch hat Gefühle, doch die Beziehung zu den Gefühlen kann entweder vertraut und angenehm oder von Verleugnung und Naivität geprägt sein.

Je nach Familienstil kann diese Regel unterschiedlich realisiert werden. In der einen Familie konzentriert sich die Interaktion rigoros auf Pflichten und praktische Aspekte, die Gefühle des einzelnen dagegen gelten nicht und haben keine Relevanz. Die Familie erledigt ihre Aufgaben. Die Mitglieder bewähren sich in weniger intimen Beziehungen, bei der Arbeit oder in der Schule. Gemessen an den objektiven, äußerlichen Leistungsmaßstäben unserer Kultur sind sie erfolgreich. Doch sie kennen sich nur oberflächlich. Eine persönliche Beziehung zu den eigenen Gefühlen und denen der Kinder oder des Partners oder der Partnerin hat sich in dieser Familie nie entwickelt.

In einer solchen, uns bekannten Familie spielte sich jeden Samstagabend folgende Szene ab: Ein halbwüchsiger Sohn kommt betrunken nach Hause und wird gewalttätig. Er droht alle zusammenzuschlagen; der Vater und ein anderer Sohn ringen ihn nieder und halten ihn am Boden fest, bis er im Vollrausch einschläft. Am Sonntag werden die Ereignisse des Vorabends nicht erwähnt, ja nicht einmal zugegeben, daß es etwas zu besprechen gibt.

In einer anderen Familie liegt der Schwerpunkt beispielsweise auf dem Rollenverhalten. Hier definieren die Mitglieder sich und andere über ihre Rolle als Mutter, Vater, Schwester, Sohn. »So und nicht anders verhält sich ein Vater oder eine Mutter in der Familie.« Das Rollenverhalten liefert in allen Familien sinnvolle Interaktionsstrukturen. Doch wenn die Rolle überbetont wird und nicht mehr durch individuelle Züge, Spontaneität und Gefühle überwunden werden kann, erstarrt das Familienerleben zur Form ohne Gehalt, zum Image ohne Seele. Wenn die Überbewertung der Rolle mit dem Perfektionismusprinzip zusammentrifft, versuchen die Beteiligten die perfekten Eltern und die perfekten Kinder zu spielen. Aus dieser Haltung entwickeln sich nicht nur oberflächliche, rollendominierte Beziehungen, sondern eine schizophrenieerzeugende Tyrannei. »Damit ich meine Rolle perfekt ausfüllen kann, mußt du mein komplementäres Gegenstück darstellen. Wenn ich eine perfekte Mutter (oder Vater) sein soll, bin ich davon abhängig, daß auch meine Kinder perfekt sind und mir so bestätigen, daß ich meine Rolle perfekt spiele. Daraus folgt, daß ich völlig aus dem Gleichgewicht gerate, wenn ihre Lebenserfahrungen und Leistungen nicht bestätigen, daß ich es richtig mache.« Das traurige Ergebnis ist, daß die Persönlichkeitsentwicklung der Familienmitglieder in diesem System nicht vorangeht und fruchtbaren Boden für Scham liefert.

## 5. Unzuverlässigkeit

*Du darfst nicht erwarten, daß Beziehungen zuverlässig und konstant sind.* Achterbahnartige Stimmungsschwankungen sind, wie seit langem bekannt, kennzeichnend für Drogenabhängige und Alkoholiker. Dies hat man auf Schwankungen im Chemiehaushalt des

Körpers zurückgeführt. Die prototypische Stimmungsschwankung der Abhängigen bewegt sich auf dem schamdominierten Kreislauf vom Aufbau von Spannung und Angst in der Kontrollphase, über das »Hoch« in der Lösungsphase, zur Depression oder Reue der offenkundigen Scham, die schließlich wieder zum Aufbau der Spannung zurückführt. Wenn ein gefühlsbeeinflussendes Mittel im Spiel ist, ist zu beobachten, daß diese Stimmungsschwankungen von den körperlichen Auswirkungen der Droge abhängen und nichts mit den Ereignisabläufen in der Beziehung zu tun haben. Die Veränderungen bereiten den Menschen, die mit Abhängigen in Beziehung stehen, häufig Kopfzerbrechen. Schließlich wird das Unvorhersehbare Bestandteil der erwarteten Struktur des Systems, man geht davon aus, daß »Beziehungen eben so sind«. Untersucht man die vielen Symptome schamdominierter Familien, so wird klar, daß das gesamte System in diese Widersprüche und unvorhersehbaren Stimmungsschwankungen verwickelt ist, unabhängig davon, ob Drogenprobleme bestehen.

Da im schamdominierten System die Beziehungen unreif bleiben, ziehen sich die Beteiligten immer wieder aus der emotionalen Verbindung zurück. Dieses »Verschwinden« ist manchmal durch ein heftiges, persönliches Schamgefühl motiviert: »Ich will nicht in Kontakt bleiben, weil ich nichts wert bin oder weil mein Verhalten zu peinlich war.« In anderen Fällen sind Beziehungen entstanden, in denen es immer wieder für Augenblicke liebevollen Kontakt gibt, jedoch nicht mit Kontinuität gerechnet werden kann.

In schamdominierten Familien kommt es häufig zu den von Murray Bowen (1978) beschriebenen, abgebrochenen Beziehungen. Der Beziehungsabbruch ist unserer Meinung nach auf die Scham im System zurückzuführen und erhält die Scham aufrecht, da er die vertraute Interaktion plötzlich erstarren läßt.

In den Familien, die wir behandeln, sind Stimmungsschwankungen, Unberechenbarkeit, Abbruch von und Rückzug aus Beziehungen in mehr oder minder subtiler Form bei allen Mitgliedern zu beobachten. Die übrigen haben sich nicht nur den unvorhersehbaren Stimmungsschwankungen eines Angehörigen angepaßt, sondern betrachten den »Stimmungswechsel« auch als akzeptablen Vorwand,

um andere im Stich zu lassen. Ein Beispiel sind der Mann und die Frau, die einen Tag lang große Harmonie und ein intensives Zusammengehörigkeitsgefühl erleben. Wer den beiden an diesem Tag begegnet, könnte meinen, daß sie eine gute Beziehung haben. In dem System, das wir beschreiben, kann jedoch die Harmonie unerwartet und ohne ersichtlichen Grund verschwinden. Der Mann wird vielleicht plötzlich verkrampft und übertrieben kritisch. Oder die Frau wird ohne erkennbaren Grund mürrisch und zieht sich zurück. Wenn Abhängigkeit im Spiel ist, hängt der Umschwung mit der Beziehung zur Droge zusammen, und weniger mit dem, was zwischen den beiden vorgefallen ist. In diesem Fall kippt die Stimmung des Betroffenen um, weil er von seinem Suchtverhalten, seinen Körperfunktionen oder Phobien in Anspruch genommen wird. Äußerlich ist keine Veränderung erkennbar, doch die Beteiligten machen wieder einmal die Erfahrung, wie unzuverlässig die Beziehung ist.
Wenn keine Abhängigkeit von einem Stoff vorliegt, halten die Betroffenen an dem Verhaltensmuster fest, um zu kontrollieren, wie nah sie jemanden heranlassen, oder um die Reaktionen der anderen zu manipulieren.
Wenn in dieser Familie Kinder aufwachsen, lernen sie, bildhaft gesprochen, ihren Hut durch die Tür zu werfen, bevor sie eintreten. Sie erwarten nicht, daß eine Beziehung zuverlässigen, kontinuierlichen Kontakt bietet. Dieses Verhaltensmuster wird häufig in den Familien der erwachsenen Kinder von Alkoholikern und anderen Abhängigen aufrechterhalten, obwohl sie selbst nie Alkoholprobleme gehabt haben.
Wir wollen an dieser Stelle betonen, daß diese Unzuverlässigkeit und Inkonsequenz den Anschein erwecken kann, es fehle an Zuneigung oder emotionaler Beteiligung. Dieses Phänomen wirkt sich auf Beziehungen ja tatsächlich sehr destruktiv aus. Unserer Ansicht nach ist es jedoch wichtig, daß Therapeuten das Verhaltensmuster erkennen, wenn es vorliegt, und es nicht mit Kälte oder mangelnder Zuneigung verwechseln.
Wenn Therapeuten den Betroffenen helfen, ihre Beziehung durch Scheidung zu beenden, als ließen sie damit die Schwierigkeiten hinter sich, tragen sie unbewußt dazu bei, daß das Verhalten in der

nächsten Beziehung weitergeführt wird. Da es keine Lösung gibt, macht man keine neuen Erfahrungen und lernt nichts dazu. Es fällt wesentlich leichter, die Verhaltensmuster zu ändern, wenn man sie in der Beziehung anpackt, in der die Betroffenen ihre Bindungen aufgebaut haben, und nicht nach der Trennung mit den Alleinstehenden oder in einer neuen Ehe bearbeitet.

## 6. Nichtvollenden

*Transaktionen dürfen nicht zu Ende gebracht werden.* In Familien mit Schamproblemen ist es die Regel, daß Meinungsverschiedenheiten jahrelang nicht beigelegt werden. Wenn in der Beziehung eine Entscheidung zu treffen ist, wird eine endgültige Klärung immer wieder aufgeschoben. Da Therapeuten sich bemühen, auf die von den Patienten geschilderten Probleme einzugehen, übersehen sie leicht die Tatsache, daß die gravierenden Schwierigkeiten von gestern nie gelöst wurden. Man empfindet sie heute vielleicht nicht einmal mehr als Problem, doch das kommt nur, weil sie fallengelassen wurden, nicht weil es eine Lösung gibt. Den Menschen in diesem System ist oft nicht bewußt, daß soviel ungeklärt bleibt; wenn man sie darauf aufmerksam macht, zeigt sich vielleicht, daß sie nicht wissen, wie man Lösungen findet und Transaktionen abschließt.
In dieser Situation haben wir erfolgreich Virginia Satirs Modell der drei Schritte einer vollständigen Transaktion angewandt. Beim ersten Schritt *ergreift* eine Person die *Initiative*: »Hast du Lust, das Fußballspiel anzuschauen?« Beim zweiten Schritt *reagiert* die zweite Person auf die erste: »Ich würde gerne hingehen, wenn wir einen Babysitter finden.« Beim dritten Schritt *reagiert* die erste Person auf die Reaktion: »Toll! Ich rufe unseren Babysitter an und sage dir dann Bescheid.« Der dritte Schritt ist die Lösung. Dieser Schritt steht nicht immer tatsächlich an dritter Stelle, doch er stellt den dritten Teil einer abgeschlossenen Transaktion dar. Bei Gesprächen erfolgt meist ein längerer Austausch, bevor die Beteiligten zu

einer Lösung kommen, und in dem hier geschilderten System, wird sie meist gar nicht erreicht. Durch den dritten Schritt wird deutlich gemacht, daß die Reaktion angekommen ist, denn es erfolgt eine Gegenreaktion. Die Lösung kann auch Klarheit darüber bringen, daß eine Unstimmigkeit besteht, man einigt sich, uneinig zu sein. Auch dies ist eine Entscheidung und ein Aspekt der inneren Übereinstimmung.

Wenn es nicht zur Lösung kommt, vermeiden die Familienmitglieder Meinungsverschiedenheiten oder sie verwickeln sich in endlose Streitereien, die zu nichts führen. Ausgesprochen friedliebende Familien, deren Mitglieder immer einer Meinung sind, wundern sich oft über die Symptome, die sie entwickeln, weil ihnen die Konflikte in ihren Beziehungen nicht bewußt sind. Sie wissen nicht, daß sie ohne offene Auseinandersetzung keine Möglichkeit haben, Lösungen zu finden. Meinungsverschiedenheiten laufen im Verborgenen ab und bleiben bestehen. Spannungen aufgrund uneingestandener Unstimmigkeiten werden auf andere Familienmitglieder projiziert oder auf scheinbar mysteriöse Weise ausgedrückt. So wird zum Beispiel in der Ehe immer Ruhe bewahrt, auch um den Preis, daß das Kind Symptome entwickelt.

Zu solchen »gemütlichen« Familien bekommen Therapeuten oft nur schwer Zugang. Sie werden oft herzlich und liebenswürdig behandelt. Doch die friedliche Oberfläche ist ein wirksames Mittel, das den Therapeuten und jeden anderen davon abhält, sich ein klares Bild davon zu machen, was in den Beziehungen vor sich geht.

Bei der chronisch streitenden Familie verhält es sich ähnlich, insofern als Beziehungsprobleme endlos ausgedehnt werden und keine Lösung finden; und das, was oberflächlich betrachtet im Mittelpunkt des Streits steht, dient oft nur zur Ablenkung vom Eigentlichen. Wieder steht die Therapeutin oder der Therapeut vor der schwierigen Aufgabe, die echten Probleme hinter der kriegerischen Oberfläche wahrzunehmen.

Die Menschen in einem System, das diese Regel betont, sind verwirrenden, irreführenden Erlebnissen ausgesetzt. Sie werden unter Umständen völlig davon in Anspruch genommen zu entschlüsseln, was sich unter dieser rätselhaften Oberfläche eigentlich abspielt, und sie versuchen, den Sinn im Unsinn zu erkennen. Im Gegensatz dazu akzeptieren andere Familienmitglieder die Verleugnungsbotschaften so rückhaltlos, daß sie nie einen Blick unter die Oberfläche wagen. Sie nehmen jede Botschaft beim Wort und wirken in bezug auf menschliche Beziehungen unglaublich naiv oder übertrieben unschuldig. Ob die Betroffenen nun ihre Kräfte darauf verschwenden, die tiefere Bedeutung unsinniger Interaktionen zu entschlüsseln, oder eine Weltsicht übernehmen, die Erfahrungen weitgehend verhindert, beide Gruppen werden mit ernsten Selbstwertproblemen zu kämpfen haben, weil sie mit so vielen offenen Fragen, das heißt mit soviel »Mystifizierung« allein gelassen werden (Laing 1975).

## 7. Sprich nicht

*Sprich nicht offen über respektloses, beschämendes, mißbräuchliches oder zwanghaftes Verhalten.* Diese Regel ist Familientherapeuten so geläufig, daß sie kurz als »Sprich-nicht-Regel« (no-talk rule) bezeichnet wird. Sie bezieht sich auf die Tatsache, daß das Familiensystem darauf hinarbeitet, das real vorhandene, zwanghafte, schädliche Verhalten nie direkt anzusprechen. Das System als solches dient dazu, das Symptom abzuschirmen und zu konservieren, ganz gleich, wie sehnlich einzelne Familienmitglieder wünschen, es möge aufhören. Die Regel greift auch in Familien, wo sexueller Mißbrauch stattfindet und wo die Angehörigen ihren Verdacht unterdrücken und nie Fragen stellen. Oder sie wissen, was passiert, sprechen es aber nie offen und deutlich aus.
Diese Regel ist kennzeichnend für die Familien, die wir beschreiben, und sie scheint maßgeblich an der Erhaltung des Systems beteiligt zu sein. Die »Sprich-nicht-Regel« dient nicht immer dazu, Sucht- oder Zwangsverhalten zu verbergen. Auch Familiengeheimnisse stellen zentrale Stützpfeiler im Gefüge des schamdominierten Systems dar. Wir sind oft auf alte Geheimnisse gestoßen, die eine Generation der nächsten oder ein Ehepartner dem anderen vorenthielt. Solche grundlegenden Geheimnisse enthalten immer ein be-

schämendes Element. Beispiele wären der Selbstmord, der nie als solcher zugegeben oder der nächsten Generation verheimlicht wurde, Mord, außereheliche Beziehungen, eine frühere Haftstrafe, schambehaftete Krankheiten wie Tuberkulose oder Syphilis und Vernachlässigung oder Aussetzung von Kindern.

Diese pathologische Regel darf nicht mit der notwendigen Privatsphäre verwechselt werden, die der einzelne und die Familie brauchen, um ihre Grenzen zu definieren. Die Identität einer Familie verdankt sich teilweise dem guten Einvernehmen und den gemeinsamen »Geheimnissen«, die, wie alle Familienmitglieder wissen, nicht für andere bestimmt sind. Diese Art von Geheimnis dient eigentlich dazu zu definieren, wer dazugehört und wer nicht, und vermittelt ein Gefühl der Geborgenheit und der gegenseitigen Achtung. Die »Sprich-nicht-Regel« beruht nicht auf der Entscheidung, die Privatsphäre zu wahren, sondern auf (bewußten oder unbewußten) Schamgefühlen. Oft haben die Betroffenen das Gefühl, das Geheimnis zu enthüllen sei unmöglich oder hoffnungslos.

## 8. Verschleiern

*Wenn respektlose, schamerregende, oder zwanghafte Verhaltensweisen auftreten, werden sie heruntergespielt, geleugnet oder verschleiert.* Diese Regel dient dazu, den Status quo des Systems aufrechtzuerhalten und eine durch das Verhalten bedingte Zerrüttung der Beziehungen zu vermeiden. Sie vertuscht den Bruch, der entsteht, wenn Werte verletzt werden. Wenn ein Familienwert besagt, daß man die Selbstbeherrschung nicht verlieren darf, wenn man ein Kind bestraft, und genau das geschieht, wird das Familiensystem durch Botschaften aufrechterhalten wie, das Kind sei eben schwer von Begriff oder »er hat es nicht anders gewollt«. Manche Familien machen sich einen Witz daraus zu behaupten, das mißhandelte Kind sei ein »Frechdachs«, der immer härtere Bestrafung herausfordere. In anderen Systemen besteht das Problem beispielsweise im Überfressen und wird als »Essen nahrhafter Lebensmittel« hingestellt. In

Familien, wo viel gestritten und geschimpft wird, werden die Schimpfereien mit der Behauptung abgetan: »Du mußt das schon verstehen, sie hat eigentlich ein goldenes Herz, aber sie kann es nicht zeigen.« In Familien, wo sexueller Mißbrauch stattfindet, wird die Gewalt als Zuneigung kaschiert oder der Täter als »unanständiger alter Mann« verlacht.

Die Anwendung dieser Regel verzerrt den Realitätssinn. Die Erfahrung der einzelnen wird durch das System teilweise in Abrede gestellt. Die Betroffenen stehen allein vor den Widersprüchen zwischen der Erfahrung und der Art und Weise, wie die Gruppe die Erfahrung definiert. Auf Grund dessen fühlen sie sich extrem isoliert, ihr Selbstwertgefühl ist stark beeinträchtigt und sie neigen dazu, sich immer weiter von den kulturellen Definitionen der Wirklichkeit zu entfernen.

Wenn wir die acht Regeln der schamdominierten Familie als Grundriß oder Prototyp des Systems benutzen, bringen sie uns die Schamdynamik in den tiefer liegenden Gefühlen und in der Familiengeschichte zu Bewußtsein. Auch wenn die Leute nicht deutlich zum Ausdruck bringen, daß sie Probleme mit Schamgefühlen oder zwanghaftem Verhalten haben, werden diese Regeln in ihrer jeweils individuellen Spielart klar erkennbar sein und zeigen, in welche Richtung der Therapeut oder die Therapeutin weitergehen muß.

# 6 Die Interaktion von Scham und Kontrolle

Samuel hatte ein zwanghaftes Verhältnis zum Exhibitionismus. Seit seiner Jugend lauerte er immer wieder Frauen auf und entblößte sich vor ihnen. Er verleugnete den Zwang und betrachtete jeden einzelnen Vorfall, es waren mehrere hundert, als habe er jeweils die Selbstbeherrschung verloren. Er ging regelmäßig abends aus dem Haus und sagte seiner Frau und seinen Kindern, er wolle den Hund ausführen oder im Geschäft noch ein paar Lebensmittel besorgen. Dann klapperte er seine Lieblingsstellen ab und suchte ein Opfer, dem er sich zeigen konnte. Nach dem Vorfall schämte er sich immer sehr, verspürte Selbsthaß und schwor sich, es nie wieder zu tun. Dann kehrte er in sein kontrolliertes, sozial akzeptiertes Leben zurück. Im Grunde führte er ein Doppelleben, das eine kontrolliert und »offiziell« und das andere geheim, unkontrollierbar und »inoffiziell«.
Samuel war Geistlicher geworden, weil er hoffte, wenn er sein Leben der Religion widmete, werde er die Selbstbeherrschung gewinnen, die er bewußt anstrebte. Im Rückblick trugen die Frömmigkeit und die verstärkte Kontrolle scheinbar nur dazu bei, die heimliche Lösung, wenn es wieder soweit war, um so aufregender und unwiderstehlicher zu machen. Da er nach jeder Episode Scham und Angst verspürte, versuchte er um so leidenschaftlicher, alle Aspekte seines Erlebens zu kontrollieren. Er stürzte sich in die Arbeit, machte Überstunden, verlangte mehr von sich und seinen Kollegen und ging mit Frau und Kindern kritischer um. Samuel war durchaus mit einem Rauschgiftsüchtigen zu vergleichen. Er lebte mit einer qual-

vollen Spannung zwischen der Kontrolle, die er bewußt anstrebte, und der Lösung aus der Kontrolle, die er in der sexuellen Erregung im Exhibitionismus fand.

Jeder Erwachsene kennt diese Spannung zwischen Kontrolle und Lösung, die das Potential einer gefühlsbeeinflussenden Erfahrung birgt. Wer schon einmal eine Schiabfahrt gemacht und erlebt hat, wieviel Spaß es macht, Geschwindigkeit, Beweglichkeit und Geschicklichkeit gegen die Schwierigkeiten und Gefahren des Geländes auszuspielen, kennt das Stimmungshoch, das aus dieser Spannung entsteht. Ein anderes Beispiel ist das Gefühl der Überlegenheit und Selbstbeherrschung, das ein Kind empfindet, wenn es auf einem schmalen Sims oder einem Zaun balanciert und weiß, daß es fallen könnte, aber nicht fällt. Auch wer der Ungerechtigkeit einer Autoritätsperson die Stirn bietet, empfindet häufig eine wunderbare, befreiende Erregung. Wenn man ein Musikinstrument oder einen Tanz so gut beherrscht, daß man gleichzeitig den Zwängen der Form folgen und sich gehen lassen kann, erlebt man durch die Spannung zwischen Kontrolle und Lösung Heiterkeit oder Frieden. Bei diesen Beispielen ist Scham nicht unbedingt beteiligt.

Wenn Scham oder Selbsthaß als Elemente in diesen Komplex eingehen, verändert sich das Bild auf heimtückische Weise. Kleine Beispiele für die Spannung zwischen Kontrolle und Lösung mit Scham wären, an einem Schorf zu kratzen und weiterzumachen, nachdem man sich vorgenommen hat aufzuhören, oder an den Fingernägel zu kauen, bis sie weh tun, oder zu schnell Auto zu fahren, nur um den Geschwindigkeitsrausch zu erleben.

Wenn Scham dem Zyklus von Kontrolle und Lösung zugrundeliegt, werden offenbar beide Seiten der Spannung verstärkt. Die Kluft zwischen Kontrolle und Lösung wird größer. Durch Scham wird die Kontrolldynamik erbarmungsloser und rigider in ihren Forderungen und die Lösungsdynamik selbstzerstörerischer. Je intensiver die Kontrolle, um so notwendiger wird der Ausgleich durch die Lösung, und je schädlicher und selbstzerstörerischer die Lösung, um so unverzichtbarer wird die Kontrolle.

Das Diagramm des schamdominierten Zyklus im ersten Kapitel liefert ein graphisches Modell für diesen sich wiederholenden Vorgang, der dem Familientherapeuten nur allzu gut bekannt ist (siehe Abbildung 6).

Diesen schamdominierten Zyklus kann man sich als Rad vorstellen; mit der Drehung des Rades bewegt sich der oder die Betroffene von der Kontrolle zur Lösung zur Kontrolle zur Lösung und so weiter, wobei die Scham die Radnabe darstellt. Die Scham wird von den einzelnen an verschiedenen Stellen im Kreislauf unterschiedlich erlebt. Nach der Lösung empfindet man offenkundige Schamgefühle, so wie bei der Reue am Morgen nach einem Alkoholgelage. In der Kontrollphase ist die Scham wahrscheinlich verborgener, überdeckt durch Selbstgerechtigkeit oder Reizbarkeit.
Dieser Zyklus ist kein gemäßigter Vorgang. In der Kontrollphase verhalten sich die Betroffenen extrem, denn sie versuchen sowohl sich selbst als auch die Reaktionen der anderen zu kontrollieren. Die Lösungsphase bedeutet nicht einfach Entspannung oder Kontrollverlust. Sie ist ein Ausbrechen, eine Flucht vor den Zwängen der Kontrolle und Scham. Auf diese Weise entwickelt sich eine heftige Schwankung. Es handelt sich um einen reaktiven Prozeß, der sich verselbständigt und kaum in Kontakt zum Persönlichkeitsgefühl steht.
Je angestrengter die Kontrollversuche, um so unausweichlicher das Bedürfnis nach Lösung. Je mehr man in die Lösungsphase flüchtet, um so unkontrollierter fühlt man sich und um so intensiver versucht man, dies durch verstärkte Kontrolle zu kompensieren. Die Lösung erfolgt bei verschiedenen Menschen in unterschiedlichen Zeitabständen. Manche halten die Kontrolle lange Zeit, über Monate oder gar Jahre, aufrecht, während sich bei anderen die Spannung mehrmals täglich entlädt. Unabhängig von der Häufigkeit ist das Zusammenspiel von Kontrolle und Lösung bezeichnend.
In einer normalen Familie erfüllen Beschränkungen eine sinnvolle Funktion und durch Kontrolle wird Berechenbarkeit und Sicherheit, aber auch ein gewisses Maß an Frustration, gewährleistet. Dadurch wird Kindern und Erwachsenen ermöglicht, in einer im Grunde unsicheren Welt eine gewisse Geborgenheit und Stärke zu erleben. Doch in der schamdominierten Familie sind Beschränkungen und Kontrollen oft die einzige Antwort auf alle Ängste und Seelenqua-

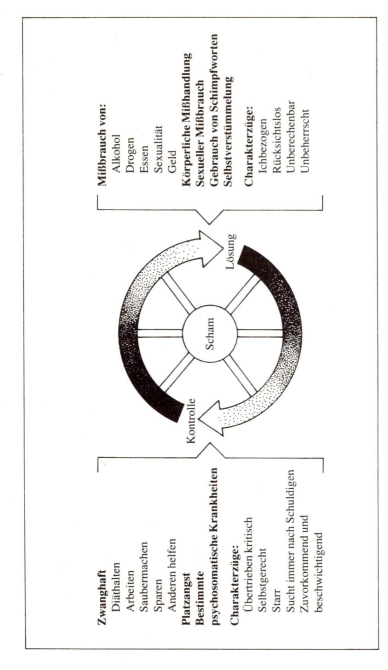

*Abbildung 6* Der schamdominierte Zyklus

len.»Mach es besser!«»Sorge dafür, daß keine Probleme auftauchen!«»Leiste etwas!« Daß Bewegung und Prozesse im Leben auch Gutes bewirken, ist kaum bekannt. Leute aus solchen Familien sagen selten:»Die Sache wird sich schon entwickeln!« Beschränkungen und Kontrollen als einzige Antwort wirken erdrückend, erstickend, sogar tödlich.

Bateson (1981: 402-4) wurde bei seiner Arbeit mit Alkoholikern auf diese Schwankung aufmerksam und stellt der »Nüchternheit« die Trunkenheit gegenüber,»so daß letztere als eine angemessene subjektive Korrektur für erstere gesehen werden kann«. Er beobachtet:

Die Freunde und Verwandten des Alkoholikers drängen ihn gewöhnlich, »stark« zu sein und»der Versuchung zu widerstehen«. Was sie damit meinen, ist nicht ganz klar, es ist aber bezeichnend, daß der Alkoholiker selbst – wenn er nüchtern ist – mit ihrer Sicht seines»Problems« übereinstimmt. Er glaubt, daß er der»Kapitän seiner Seele« sein könnte oder zumindest sein sollte. Es ist aber ein Klischeebild des Alkoholismus, daß nach»jenem ersten Schluck« die Motivation, mit dem Trinken aufzuhören, gleich Null ist. Typischerweise wird die ganze Sache als ein Kampf zwischen [dem]»Selbst« und»Petrus Boonekamp« offen dargestellt. Insgeheim kann der Alkoholiker seinen nächsten Suff schon planen oder Vorräte dafür anlegen, aber es ist fast unmöglich [im klinischen Kontext], den nüchternen Alkoholiker dazu zu bringen, seinen nächsten Rausch offen zu planen. Er kann anscheinend nicht der»Kapitän« seiner Seele sein und seine eigene Trunkenheit öffentlich wollen oder steuern. Der»Kapitän« kann die Nüchternheit nur befehlen – und dann die Gefolgschaft verweigert bekommen.

Bateson (1981: 405) meint, die»Nüchternheit des Alkoholikers« sei »durch eine außergewöhnlich verheerende Variante des cartesischen Dualismus charakterisiert... der Spaltung in Geist und Materie oder, in diesem Fall in bewußten Willen oder ›Selbst‹ und den Rest der Persönlichkeit«.

Wir haben diese kreative Einsicht über Alkoholismus auf die vielen Probleme übertragen, bei denen Kontrolle und Lösung im Konflikt stehen. Durch das Element der Scham ist die»außergewöhnlich verheerende« Natur dieses Dualismus zu erklären, den Bateson beim Alkoholismus erkennt (und den wir nun bei allen anderen

Abhängigkeiten und Zwängen feststellen, die in der psychotherapeutischen Praxis zu beobachten sind). Wir alle leben in einer Kultur, die durch den erkenntnistheoretischen Bruch zwischen Geist und Natur geprägt ist, doch die Auswirkungen dieses Bruchs scheinen um so unkontrollierter und destruktiver, je heftiger das Schamgefühl der Betroffenen ist.

Bateson meint, das Zwölf-Schritte-Programm der Anonymen Alkoholiker (AA) sei so erfolgreich, weil es sich in den ersten beiden Schritten diesem Dualismus stellt. Die Anonymen Alkoholiker fordern von ihren Mitgliedern, diese halsstarrige, kontrollierende Einstellung im ersten Schritt »preiszugeben« und mit dem zweiten Schritt zu akzeptieren, daß eine größere Macht die Heilung bringen kann. Er bewundert diesen Ansatz und formuliert ihn philosophisch als Entwicklung zu einer »korrekteren Erkenntnistheorie«, die mit unseren Fortschritten in der Kybernetik und Systemtheorie besser in Einklang steht. Wenn wir die folgenden Schritte des AA-Programms untersuchen, stellt sich heraus, daß sie sich mit Problemen von Scham und Schuld, Verantwortung, Wiederherstellung von Beziehungen und Zuverlässigkeit beschäftigen, die alle für den schamdominierten Kreislauf relevant sind. Dadurch läßt sich theoretisch leichter fassen, warum das Programm der Anonymen Alkoholiker so erfolgreich ist.

## *Die Lösungsphase*

Die Lösungsphase bedeutet eine persönliche Erfahrung des Selbst»verlusts«. Sie ist eine Flucht vor den erdrückenden Regeln des Systems, bleibt ihnen aber gleichzeitig treu. Bei der Regelverletzung und beim Verlust der Kontrolle empfinden die Betroffenen eine Erschlaffung des bewußten Willens. Da die Fluchtmethode zuverlässig ist, ist sie paradoxerweise gleichzeitig mit der Regel zu vereinbaren, die Kontrolle fordert; das heißt, durch die Droge oder das ritualisierte Verhalten kann sich die Spannung zuverlässig entladen und diese Verläßlichkeit vermittelt noch in der Lösung ein Gefühl der Macht und Kontrolle.

Die Betroffenen erleben die Flucht zwar als befreiend, doch sie empfinden auch Grauen, weil sie die Kontrolle verloren – oder ihre Selbstachtung verletzt und sich selbst geschädigt haben. Dieser innerlich motivierte Selbstmißbrauch kann ebenso beschämend sein, wie Grenzüberschreitungen oder Mißbrauch und Demütigungen von außen. Wenn man erniedrigt wurde, fühlt man sich erniedrigt. Angegriffen zu werden ist beschämend, ganz gleich, ob man einem anderen zum Opfer fällt oder sich selbst schädigt, wie es etwa bei Selbstverstümmelung oder Alkoholmißbrauch der Fall ist. In bestimmten Fällen kommt die Lösung in Form eines »Gelages«, in anderen Situationen erfolgt ein sogenannter »kontrollierter Umgang« mit dem Zwang, und der Stimmungswechsel geht routinierter, kontrollierter vor sich.

Ganz gleich, ob das Lösungsverhalten in Form von zwanghaftem Einkaufen, Essen, Sex, Trinken, Wutanfällen abläuft, es löst anschließend mehr oder weniger offenkundige Schamgefühle aus. Zu diesem Zeitpunkt empfinden Betroffene die Auswirkungen einer Vergewaltigung des Selbst besonders akut. Es gibt viele Spielarten und Ausnahmen, bei denen das subjektive Schamgefühl nach der Lösung nicht offenkundig wird. Der Mensch schämt sich seiner Schamgefühle und versteckt sich deshalb auch noch vor der Wahrheit, die sich in dieser Botschaft aus den Überresten des Selbst mitteilt. In diesem Fall flieht er bereits in die Rationalisierungen und Rechtfertigungen, die die Scham verdecken sollen. Die Lösungsphase wird im allgemeinen geheimgehalten, verleugnet und heruntergespielt, wie in der Sprich-nicht-Regel und der Verschleierungs-Regel in Kapitel 5 dargestellt. Nicht selten gestehen sich weder die Betroffenen noch deren Familie ein, daß ein zwanghaftes, mißbräuchliches Verhaltensmuster vorliegt. Manchmal handelt es sich um ein Geheimnis. Die Lösung ist oft nicht einfach geheim, sondern hintergründig, unbestimmt oder undurchsichtig, und es fällt schwer, ein spezifisches, zwanghaftes Lösungsverhalten festzustellen. Therapeuten müssen bei der Suche nach solchen Verhaltensweisen vorsichtig vorgehen. Wir haben beobachtet, daß manche Fanatiker in ihrem Eifer, verborgenes, geheimes Verhalten zu entdecken, eine wahre Hexenjagd veranstalten. Therapeuten müssen soviel Welterfahrenheit mitbringen, um zu wissen, daß man zunächst oft nur die Spitze des Eisberges wahrnimmt; sie müssen bereit sein, unter der Oberfläche mehr zu sehen oder aktiv nach mehr zu suchen. Diese Weltklugheit ist jedoch nicht zu verwechseln mit dem persönlichen Engagement des Therapeuten, der jemanden »retten« will, indem er verborgene Abhängigkeiten und Mißbräuche sucht und aufdeckt. Solange kein Vertrauensverhältnis existiert, ist es eine Verletzung der Intimsphäre, von Patienten Eingeständnisse und Enthüllungen zu verlangen, zu denen sie noch nicht bereit sind.

## *Kontrollphase*

Ein Mensch in der Kontrollphase versucht, sein Leben oder einen Teilbereich davon unter Kontrolle zu bekommen. Dies kann in verschiedenen Formen erfolgen, zum Beispiel durch Arbeit, Saubermachen, Moralismus und Verurteilung anderer, Weiterbildungskampagnen, strenge Diät oder Geiz. In dieser Phase ist mit den Betroffenen »nicht gut Kirschen essen«, weil sie eine so extreme Lebenshaltung einnehmen, an ihren Mitmenschen herumkritisieren oder deren Intimsphäre durch Forderungen und Anweisungen, Manipulation oder Hilfsbereitschaft verletzen.
Die Lösungsphase wirkt sich auf Beziehungen häufig destruktiv aus, weil die Betroffenen unzuverlässig reagieren und ihren Partner im Stich lassen, doch die Kontrollphase kann ebenso destruktiv sein, weil die anderen nicht so akzeptiert werden, wie sie sind, und die Beziehung sich nicht natürlich entwickeln kann. Die Selbstwahrnehmung der Betroffenen ist gestört, und Beziehungsschwierigkeiten werden erklärt, indem sie den anderen die Schuld zuschieben. Denn schließlich bemühen sie sich doch, alles richtig zu machen, oder?
Von Erwachsenen, die von einem Alkoholiker oder einer Alkoholikerin aufgezogen wurden, hören wir, wie kritisch und anspruchsvoll der Vater oder die Mutter war. Das Kind hat fast nie das Gefühl, ohne Vorbehalte so akzeptiert zu werden, wie es ist. Der Selbsthaß,

die heftigen Reaktionen und die Angst von Vater oder Mutter werden durch endlose Forderungen und Kritik an das Kind weitergegeben.
Eine Frau, die wir wegen psychosomatischer Beschwerden behandelten, litt unter Zwangsvorstellungen in bezug auf ihre physiologischen Prozesse. Wenn sie Treppen stieg und ihre Herzfrequenz etwas höher wurde, machte sie sich Sorgen, ihr Herz werde sich nicht mehr auf natürlichem Wege beruhigen und sie werde einen Herzinfarkt bekommen. Je mehr sie sich um ihr Herz sorgte, um so mehr Herzklopfen bekam sie, und schließlich rief sie ihre Ärzte an oder begab sich in die Notaufnahme eines Krankenhauses, um ihre Herzfrequenz unter Kontrolle zu bekommen. Sie war so schamerfüllt und hatte so wenig Vertrauen in ihre physiologischen Prozesses, daß sie nicht glauben konnte, ihr Körper funktioniere so wie bei anderen Leuten. Das »Zauberwort« eines Arztes, »Es ist alles in Ordnung«, brachte sofortige Besserung.
Ein Therapeut, der mit Alkoholikern im fortschrittenen Stadium arbeitet, sagt, er habe erwartet, seine Patienten hätten jeden Versuch aufgegeben, Ordnung in ihr Leben zu bringen. Wenn er sie jedoch zu Hause aufsucht, stellt er, entgegen seinen Erwartungen, fest, daß sie beispielsweise den Boden schrubben oder Gegenstände auf einem Regal akribisch ordentlich aufstellen, um so einen bestimmten Bereich unter Kontrolle zu halten.
Alle Menschen in einem schamdominierten System haben mit diesem Zyklus zu tun, doch nicht jeder durchläuft ihn aktiv. Manche repräsentieren vor allem den Kontrollaspekt, wobei andere das Gegengewicht schaffen, indem sie die Lösung ausleben. Die Beteiligten werden von der Beziehung übermäßig in Anspruch genommen oder verschmelzen miteinander, obwohl sie das Verhalten des oder der anderen bewußt nicht unbedingt billigen. In unserem Kulturkreis neigt man dazu, den Repräsentanten der Kontrolle in Schutz zu nehmen und als Heiligen zu sehen, der ein langes Martyrium auf sich nimmt.
Die Frau des Alkoholikers zum Beispiel wird von den Nachbarn und Freunden bewundert und bemitleidet, weil sie solange geduldig gelitten hat. Diese Menschen sind jedoch ebenso loyal zum und

gefangen im System wie diejenigen, die die Lösungsphase repräsentieren. Sie werden als Co-Abhängige bezeichnet, denn obwohl sie nicht direkt von einem Lösungsverhalten abhängig sind, pflegen sie eine enge Beziehung zu jemandem, der stellvertretend die Lösung liefert.

In Familien mit stark ausgeprägter Schamdynamik zeigen sich die verschiedensten Symptome von Kontrolle und Lösung. Wenn Kinder mit Eltern aufwachsen, die Alkoholmißbrauch treiben oder anderes zwanghaftes/mißbräuchliches Verhalten zeigen, integrieren sie diesen Zyklus in ihr eigenes System, bei dem ebenfalls die Scham im Mittelpunkt steht. Sie erleben keine liebevolle Unterstützung bei der Entwicklung des Persönlichkeitsgefühls und haben kein Vorbild dafür. Wenn sie als Erwachsene selbst eine Familie gründen, wird der Zyklus in irgendeiner Form, aber häufig getarnt, fortgeführt. Die Abhängigkeit einer Generation wird so unbewußt in der nächsten durch eine andere Sucht und andere Symptome ersetzt. Wir kennen eine Familie, bei der beide Eltern eine entbehrungsreiche, leiderfüllte Kindheit durchlebt hatten. Die Familie der Mutter wurde von ihrem Vater, der Alkoholiker war, verlassen, als sie acht Jahre alt war. Die Mutter zog die Kinder unter schwierigen Umständen groß und ließ dabei eine moralische, selbstgerechte Leidenschaft walten. Mit Hilfe dieser Einstellung hatten sie überlebt, doch sie verewigte den schamdominierten Zyklus. Mit ihrer eigenen Rolle im Zyklus setzten sie sich nie auseinander und ließen ihn dadurch weiter fortbestehen. Sie meinten einfach, daß sie ohne den Vater, den »Störenfried«, besser dran seien.

Als die Familie zur Therapie kam, zeigte die vierzehnjährige Tochter (die dritte Generation, von der wir wissen) verschiedene Anzeichen von Angst auf der Kontrollseite des Zyklus, so litt sie unter Zwangsvorstellungen in bezug auf Noten und Hausaufgaben, Schlaflosigkeit und Reizbarkeit.

Viele Symptome der schamdominierten Familie sind Ausdruck der überentwickelten Kontrollphase. Anorexia nervosa, als tödliche übersteigerte Kontrolle des Essens, kann in diesem Lichte betrachtet werden. Wenn sich die verhungernde Patientin darauf konzentriert, andere Leute »hochzupäppeln«, was oft Bestandteil des Krankheitsbildes ist, sehen wir hier eine stellvertretende Lösung. Agoraphobie ist eine sehr praktische Methode, das eigene Leben unter Kontrolle zu halten, und es gewährt dem Betroffenen eine gewisse Sicherheit zu wissen, daß ihn die eigenen Ängste vor dem Kontrollverlust schützen. Wir haben mit einem unter Platzangst leidenden Patienten gearbeitet, der um so mehr Angst bekam, je weiter er sich von zu Hause entfernte. Die Anamnese zeigte, daß er, bevor er die Phobie entwickelte, für eine Regierungsbehörde tätig gewesen und viel gereist war. Er wurde jedoch, während er unterwegs war, von einem unkontrollierbaren Sexualverhalten gequält und zur Raserei getrieben. Offenbar erfüllte seine Agoraphobie eine Kontrollfunktion in bezug auf sein zwanghaftes Sexualverhalten, das zwar noch immer vorhanden war, aber wesentlich seltener ausgelebt wurde. Zwanghaftes Handeln in der Kontrollphase zeigt sich zum Beispiel auch bei Menschen, die übermäßig sparen oder Geld horten (mehrere geheime Bankkonten haben, die nicht einmal dem Ehepartner bekannt sind), übersteigert religiös sind (das heißt, eine Religion so rigide, perfektionistisch und regelorientiert praktizieren, daß sie das Leben erstickt, statt es zu bereichern), arbeitssüchtig sind (ihre Karriere oder »Geschäftigkeit« zwanghaft und besessen verfolgen, um sich Beziehungen und Gefühlen nicht aussetzen zu müssen), und bei den Eltern, die sich nur auf die Kinder konzentrieren und ihren Lebenssinn stellvertretend über das Dasein der Kinder finden. Der Kontrollphase liegen zwar massive Schamgefühle zugrunde, doch sie werden nicht offenkundig wie in der Lösungsphase. Diese Phase des Zyklus bringt die andere Seite der Münze ans Licht, nämlich Verleugnung und Selbstgerechtigkeit. Wenn es einem Menschen gelungen ist, Kontrolle über sich und/oder andere zu gewinnen, meint er, er sei der Gosse entronnen und hätte durch eigene Willensanstrengung eine überlegene Position errungen. Menschen, die in diesem Zyklus gefangen sind, haben selten wirklich ebenbürtige Beziehungen, weil sie es nicht ertragen, die Kontrolle einzubüßen. Im Kontakt mit Gleichgestellten fühlen sie sich entweder unter- oder überlegen oder versuchen so angestrengt, zu gefallen und »nett« zu sein, daß sie sich in einer Beziehung unter Gleichen nie entspannen können.

## Das Scham-Kontrolle-Modell der gestörten Familieninteraktion

Das Gitter in Abbildung 7 haben wir entwickelt, um mit Familien ihren Interaktionsprozeß durchzusprechen. Nicht selten sitzt man mit einer Familie im Therapieraum und hört von mißbräuchlichem Verhalten, das in letzter Zeit aufgetreten ist. Im Gespräch mit dem Therapeuten gibt es unter Umständen keinen offenkundigen Hinweis auf das Verhalten. Die Beteiligten versprechen aufrichtig, es werde nicht wieder vorkommen. Für Außenstehende wirken sie recht überzeugend, weil sie selbst glauben, die kürzliche Abschweifung in den aktiven Mißbrauch sei die letzte gewesen. Die Familien sind häufig überzeugt, der Kontrollverlust oder die Wut oder das erste Glas Alkohol sei das Problem. Sie sehen jedoch nicht, daß die Konstante im Prozeß ihre Scham und ihre beschämende Interaktion ist. Sie versuchen, die Selbstbeherrschung zu bewahren, doch die strengere Kontrolle ermöglicht es kaum, sich auf den anderen einzulassen. Kontrolle als einzige Antwort funktioniert nicht, wenn das System als lebendiger Organismus weiterbestehen soll. Da es kaum Möglichkeiten gibt, die Lösung und den zwischenmenschlichen Kontakt respektvoller zu gestalten, wird der aktive Mißbrauch unausweichlich wieder ausbrechen, wobei eventuell eine Person Stellvertreterfunktion hat.

Wenn wir als Außenstehende die Interaktion untersuchen, sehen wir, daß sich die Familienmitglieder eigentlich auf einem Intensitätskontinuum hin- und herbewegen – zwischen »heißer« und »kühler« Interaktion. Sie bewegen sich jedoch nicht auf dem Respekt-Scham-Kontinuum. In der Phase des aktiven Mißbrauchs schädigt einer ein anderes Familienmitglied oder sich selbst, und im kontrollierten Stadium werfen sie sich durchbohrende Blicke zu, machen demütigende Bemerkungen, stellen die Erlebnisse der anderen in Abrede, schmollen oder reden nicht miteinander. Der Prozeß wirkt für die Familienmitglieder weiterhin beschämend, wie intensiv und offenkundig er abläuft, ist jedoch Schwankungen unterworfen.

Ein Kontinuum der Interaktion zwischen respektvoll und beschämend wurde in Kapitel 2 eingeführt (S. 45). Hier ergänzen wir das

Familienprozeßdiagramm, indem wir dieses horizontale mit einem vertikalen Interaktionskontinuum kreuzen, das an einem Ende als offen, »heiß« und am anderen als kontrolliert, vorsichtig, »kühl« beschrieben wird.

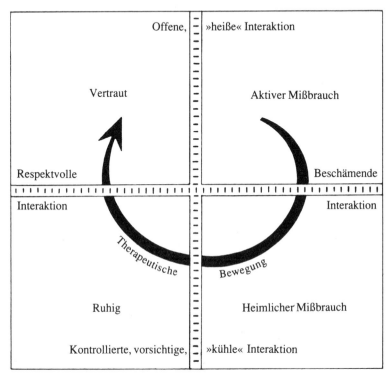

*Abbildung 7* Scham-Kontrolle-Modell mißbräuchlicher Familieninteraktion

Im respektvollen Bereich dieses hypothetischen Gitters ermöglicht die Interaktion, Gedanken und Gefühle auszudrücken, einander zuzuhören und den Austausch anzuerkennen. Respekt heißt, sich auf den anderen als getrennte Person einzulassen. Die beschämende Interaktion bedeutet genau das Gegenteil. Der andere wird als Mensch nicht anerkannt. Es werden Mutmaßungen über seine Gedanken und Gefühle angestellt, Grenzen werden verletzt und er wird gedemütigt.

Der *Quadrant des aktiven Mißbrauchs* repräsentiert das individuelle Verhalten oder die Familieninteraktion, wo es in irgendeiner Form zu offenkundigem, greifbarem Mißbrauch kommt. Es handelt sich hier um Verhaltensweisen, die gegen das Gesetz verstoßen oder körperlich und emotional exzessiv sind und den Täter oder andere schädigen. Alle Verhaltensweisen, durch die im schamdominierten Zyklus die Lösung ausgelebt wird, fallen in diesen Quadranten.
Verhaltensweisen im *Quadranten des heimlichen Mißbrauchs* können sich ebenso verheerend auf die menschliche Gemütsverfassung auswirken wie der aktive Mißbrauch. Ihre zersetzende, bedrohliche Wirkung ist weniger offensichtlich, so daß die Menschen häufig nicht wissen, warum es ihnen schlecht geht oder weshalb ihre Familie so unter Streß steht. In diesen Quadranten fällt die Drohung, den anderen zu verlassen, hierher gehören die Schuldzuweisungen und das Sichanschweigen. Es erfolgt zwar kein aktiver Mißbrauch, doch das Verhalten ist die logische Fortsetzung und ein Bestandteil des aktiven Mißbrauchs. In diesem Quadranten verbringen die meisten betroffenen Familien den Großteil ihrer Zeit. Der aktive Mißbrauch nimmt im Zusammenleben der Familie vielleicht nur einen Bruchteil der Zeit in Anspruch; die restliche Zeit wird unter kontrollierter Anspannung und mit heimlich mißbräuchlicher Interaktion verlebt. Ein Merkmal dieses distanzierten, »kühlen« Verhaltens ist, daß es offenbar das Potential für den intensiveren Kontakt aufbaut, der im Mißbrauch hervorbricht. Bestimmte Familien halten sich nur in diesem Quadranten auf, und der aktive Mißbrauch kommt nie zum Ausbruch. In diesen Familien kann sich das Explosionspotential nie durch eine Entladung Luft machen; die Spannung bleibt bestehen und wird von dem oder den sensibelsten Betroffenen als Überempfindlichkeit gegenüber Ärger, Angst vor Kritik oder Vergeltung wahrgenommen. Die kontrollierten Verhaltensweisen des schamdominierten Zyklus fallen entweder in diesen oder in den ruhigen Quadranten.
Der *ruhige Quadrant* repräsentiert ordentliches, anständiges, eventuell auch vorsichtiges oder formbewußtes Verhalten. Die Menschen sind nett zueinander, hören respektvoll zu und verletzen die Intimsphäre der anderen nicht. Wenn sich Familien zu lange in diesem

Quadranten aufhalten, stagniert die Interaktion, sie wird langweilig und erstirbt. Jeder braucht einmal etwas Neues, Unvorhergesehenes und spontanen Kontakt in Beziehungen. Dieser Quadrant stellt einen wichtigen Aspekt einer lebendigen Familieninteraktion dar, doch er ist kein Ziel, das man erreicht und dann stehenbleibt.

Wir kommen oft mit Familien in Kontakt, die früher mit Alkoholismus oder körperlichen Mißhandlungen zu tun hatten und die jetzt in diesem Quadranten steckenbleiben. Viele haben eine erfolgreiche Therapie hinter sich; andere sind in ein neues Lebensstadium getreten oder sind reifer geworden und können auf den Mißbrauch verzichten. Bei wieder anderen betraf der Mißbrauch die Generation der Eltern. Die Symptome, die sie entwickeln, gehören zum Kontrollaspekt des schamdominierten Zyklus und sind gemäßigter Natur. Wenn die Betroffenen überhaupt in die Lösungsphase kommen, so zeigen sich die weniger feindseligen und bedrohlichen Verhaltensweisen.

In diesem Quadranten bleiben Familien stecken, weil sie meinen, ihre Entwicklung sei abgeschlossen, da sie die beschämende, respektlose Lebensweise von früher hinter sich gelassen haben. Es ist beeindruckend, wie schreckenerregend der Kontrollverlust für die Betroffenen bleibt. Innerlich wird Kontrollverlust immer noch mit Leid und Mißbrauch assoziiert. Sie haben nicht gelernt, die »dunklere Seite« des Selbst anzunehmen. Respektvoller, spontaner Kontakt wurde kaum vorgelebt. Aufgrund ihrer früheren Erfahrungen nehmen sie an, wenn die Kontrollen fallen und die Leute weniger vorsichtig und bewußt handeln, müßte jemand verletzt, mißbraucht oder beschämt werden. Also halten sie in ihren Beziehungen respektvolle, kontrollierte Distanz.

Der Aufenthalt in diesem Quadranten ist eine notwendige Phase im Gesundungsprozeß einer Familie. Doch wenn die Partner nach Monaten oder Jahren immer noch keine Möglichkeit gefunden haben, Spontaneität mit gegenseitiger Achtung zu verbinden, fragen sie sich schließlich, ob ihre Ehe inhaltslos ist. Ihre Beziehungen – oder das Leben überhaupt – wirken wie abgestorben, und sie brauchen zusätzliche Hilfe, um zu lernen, wie man respektvoll und spontan miteinander spielen, Konflikte austragen und sich aufeinander ein-

lassen kann. Sie sind immer noch im schamdominierten Zyklus gefangen und müssen lernen, daß sie starke Gefühle, wie Selbsthaß und Angst, annehmen können, ohne dem Zwang zum Mißbrauch zu erliegen.
Andere kommen in die Therapie, weil sie, nach längerem Verharren in dieser Phase, Ängste oder gar Phobien entwickeln und sich innerlich leer fühlen. Sie haben Gelegenheit gehabt, eine Beziehung zu sich selbst zu finden, und dabei starke Gefühle und neue Einsichten erlebt, die ungewohnt und angsteinflößend wirken. Sie suchen Orientierung. Die Therapeuten können ihnen als »Trainer« helfen, mit den neuen Gefühlen umzugehen und sie als normalen Bestandteil der Persönlichkeitsentwicklung zu akzeptieren.
In den *intimen, spontanen Quadranten* fallen die vertraute und entwicklungsförderliche, spielerische Familieninteraktion, die Auseinandersetzung und das Austragen von Konflikten. Die Familienmitglieder haben intensiven Kontakt miteinander, und man geht von der Voraussetzung aus, daß alle geachtet werden.
Familien, die sich in diesem Quadranten aufhalten können, sind wesentlich flexibler als von Mißbrauch geprägte Familien. Im Umgang miteinander sind sie weniger verlegen und ungekünstelter. Die Familienmitglieder können sich in der Interaktion verlieren, in geborgenen, respektvollen Beziehungen loslassen. Es handelt sich hier nicht um ein ideales, störungsfreies Familienleben. Niemand erwartet Perfektion. Man macht Fehler, Leute werden verletzt und wütend, Grenzen werden überschritten, und jeder ist für sein Verhalten verantwortlich. Es gibt immer einen Ausweg. Wiedergutmachung wird erwartet, ist möglich und wird in den Beziehungsdialog eingebracht. Selbst Schamgefühle sind möglich und werden besprochen, und nicht etwa als Geheimnis abgeschirmt, verzerrt und zu destruktiven Zwecken benutzt.
Anhand von drei Beispielen – Berührung, Humor und Spitz- oder Kosenamen – werden wir die unterschiedliche Qualität der Interaktion in den vier Quadranten des Gitters veranschaulichen. Berührungen im Quadranten des aktiven Mißbrauchs sind zudringlich, tun weh (körperlich und seelisch) und die Betroffenen werden ausgebeutet oder ausgenutzt. Hier werden Menschen geschlagen, Kinder

gezwungen, sich die Finger zu verbrennen, es kommt zu sexueller Gewalt und anderen eklatanten Mißhandlungen. Die Berührung kann verführerisch, feindselig oder mit Botschaften von Dominanz und Unterwerfung befrachtet sein.

Im Quadranten des heimlichen Mißbrauchs ist die Berührung kontrollierter, vorsichtiger, straffer; es handelt sich zwar um Mißbrauch, doch er ist nicht so offensichtlich. Beispiele wären, wenn ein Mann seine Frau oder Eltern ihr Kind grob am Arm packen, wenn ein Spiel so weit getrieben wird, bis sich jemand verletzt, oder wenn zwischen Erwachsenen die Vereinbarung besteht, sich gegenseitig zu benutzen. Obwohl die Botschaften undurchsichtiger sind als beim aktiven Mißbrauch, wird auch hier die Intimsphäre verletzt, das Verhalten ist feindselig, manipulativ und von Fragen der Dominanz und Unterwerfung geprägt.

Im ruhigen Quadranten sind die Berührungen vorsichtig, kontrolliert und respektvoll. Ob es sich nun um einen Händedruck, eine Umarmung, einen Abschiedskuß oder sexuellen Kontakt handelt, man vermeidet in jeder Hinsicht Spontaneität, Risiko und Überraschungen. Die Berührung ist absolut berechenbar, manchmal ritualisiert, sogar mechanisch und scheint im Extremfall völlig nichtssagend. Sie wirkt in der Regel nicht bedrohlich, und sie spielt sich im Rahmen des Erlaubten, Schicklichen ab.

Im vertrauten Quadranten sind die Berührungen lebhaft, leicht durchschaubar und gut gemeint. In Liebkosungen und Umarmungen kommt Zärtlichkeit zum Ausdruck. Und wenn zum Beispiel durch Körperkontakt eine Richtung gewiesen wird, ist die Berührung fest und bestimmt. Innerhalb der Grenzen des Erlaubten und der gegenseitigen Achtung, kann sie auch überraschend, kraftvoll und spontan sein.

Humor besteht im Quadranten des aktiven Mißbrauchs darin, auf Kosten anderer zu lachen. Der Sarkasmus nimmt überhand. Der Humor ist feindselig, giftig und ermöglicht den Menschen in Kontakt zu kommen, indem sie jemanden in gemeiner Weise auslachen und erniedrigen.

Wenn der Mißbrauch subtiler abläuft, ist die demütigende Botschaft im Humor undurchschaubar. Das Opfer der Witze fühlt sich schlecht, weiß aber nicht genau warum, und fragt sich, ob es den Humor falsch interpretiert.

Im ruhigen Quadranten spielt der Humor eine geringe Rolle und wird, sofern vorhanden, unpersönlicher sein und niemandem weh tun. Im vertrauten Quadranten lachen die Familienmitglieder durchaus über die Schwächen der anderen oder reißen Witze über Vorlieben und besondere Charakterzüge, doch der Humor beruht auf intimer Kenntnis, Verständnis und gegenseitiger Achtung. Der Humor dreht sich um Menschliches und bringt in Altbekanntes überraschende neue Dimensionen.

Spitznamen auf der schamdominierten Hälfte des Gitters sind erniedrigend und arten leicht in Beschimpfungen aus. Am heißen Ende des Kontinuums sind sie offenkundig böse, am kühlen Ende eher heimtückisch. Solche Namen tun weh und wirken demütigend, so wie »Dummkopf«, »Fettsack«, »Schwuler« oder rassistische Verleumdungen.

Im respektvollen Bereich des Gitters verteilt man Kosenamen. Auch Namen wie »Stinkerchen«, »Dummerle« oder »Gorilla« können zärtlich gemeint sein. Die Namen können durchaus witzig oder verniedlichend sein, doch in der Art und Weise, wie sie gebraucht werden, kommt zum Ausdruck, wie gut man sich kennt und wie vertraut man miteinander ist. Sie definieren eine zärtliche Beziehung, die auf gegenseitiger Achtung beruht. Es kann jedoch respektlos und zudringlich wirken, wenn derselbe Kosename von Außenstehenden benutzt wird.

Jede Familie wird sich von Zeit zu Zeit in jedem der beschriebenen Quadranten aufhalten. Es ist sogar unwahrscheinlich, daß es viele Familien gibt, die sich in den geschilderten Verhaltensszenarien nicht wiedererkennen. Es wirkt paradox, daß gerade Familien, die häufig spontane, intime Interaktionen pflegen, ein Verhalten zeigen, das die Quadranten des Gitters recht breit abdeckt. Die intime, respektvolle Interaktion ist ja gerade so definiert, daß ein Abgleiten in die Respektlosigkeit, gefolgt von echter Wiedergutmachung, möglich ist. Eine Familie, die unter ernsten psychischen Schwierigkeiten leidet, bewegt sich nicht so leicht auf dem Gitter. Die Interaktion zwischen den

Familienmitgliedern ist eher stereotyp. Sie sind festgefahren und interagieren vor allem auf einem oder zwei der drei Quadranten, die von Scham und/oder Kontrolle beherrscht werden.

Der erste Schritt in der Therapie muß darin bestehen, dem aktiven Mißbrauch ein Ende zu setzen. In manchen Fällen wird das mißbräuchliche Verhalten durch das Arbeitsbündnis beendet, manchmal wird das Opfer durch Gerichtsbeschluß geschützt oder der Betroffene muß ins Krankenhaus eingewiesen werden.

Wenn der aktive Mißbrauch eingestellt ist, wird die Familie vorwiegend mit heimlichem Mißbrauch zu tun haben. Obwohl dem Verhalten Grenzen gesetzt sind, wird die zugrundeliegende Scham nicht ohne weiteres wahrgenommen und beeinflußt. Dem Familiensystem ist die Situation durchaus vertraut, weil die Familie in diesem Quadranten früher bereits Erfahrungen gesammelt hat. Nun beginnen Therapeut und Patienten, die unausgesprochene Scham und Verleugnung aufzudecken und respektvolles Verhalten zu lehren und zu lernen.

Wenn die Familienmitglieder ihre Scham erkennen und von gegenseitiger Achtung getragene, positive Interaktion lernen, stoßen sie sich in den ruhigen Quadranten vor. An diesem Punkt wird das Verhalten zumindest oberflächlich von Respekt bestimmt – das kann für die Familie eine völlig neue Erfahrung sein. Die Angehörigen sind jetzt soweit, daß sie nicht mehr in den vertrauten, mißbräuchlichen Fluchtversuchen Schutz suchen; sie wissen nun ein Rezept, das zeigt, wie man ein ganzer Mensch wird. Sie leben in einer Atmosphäre, die Geborgenheit schafft und die Entwicklung fördert und ermöglicht. Sie können nun ihre gegenseitige Achtung offen zeigen. Sie haben gelernt, wie man über Gefühle spricht und wie man in der Therapie miteinander umgeht. Dennoch ist das System immer noch von Kontrolle und Vorsicht geprägt.

Die Spontaneität und Intimität des nächsten Quadranten zu erleben, löst bei einer Familie, in der es früher zu Mißbrauch gekommen ist, Angst aus. Die Lösungsphase hat zwar Kontakt möglich gemacht, doch dies ging stets mit Scham, Mißbrauch und Chaos einher. Carl Whitaker hat einmal gesagt, Erfahrungen mit Mißbrauch in der Familie seien vergleichbar mit einer Allergie gegen

Giftsumach.* Wenn man sie einmal hat, bleibt man sein Leben lang überempfindlich. Über die Rezepte für seelische Gesundheit verspricht, hinauszukommen und echte, intime und produktive Beziehungen aufzubauen, fordert sowohl vom Therapeuten als auch von den Patienten Mut und Zuversicht sowie ein gewisses aktives Training.

* Der Giftsumach ist ein kleiner, in Nordamerika und Ostasien beheimateter Baum. Besonders in den Blättern und Zweigen befindet sich ein weißer, giftiger Milchsaft, der hartnäckige Haut- und Schleimhautentzündungen hervorruft (A.d.Ü.).

# 7 Sucht und Scham in der Familie

> *Es gibt kein Problem, das nicht auch ein*
> *Geschenk für dich in den Händen trüge.*
> *Du suchst Probleme, weil du*
> *Geschenke brauchst.* (Bach 1978)

Ein klar erkennbarer Aspekt der Scham in Familien ist das Suchtverhalten. Die Abhängigkeit wird ein zentrales Ordnungsprinzip des Systems, sie erhält sowohl das System selbst als auch die Scham aufrecht. Wenn wir uns mit der Sucht in einer Familie befassen, öffnen wir die Tür zur Familienschande. Wenn Familien vor einer Suchtkrise stehen, haben sie Gelegenheit, sich zu entwickeln und das System grundlegend zu ändern. Wenn sie die Regeln brechen, indem sie das zwanghafte Verhalten aufgeben, erleben sie, welche Möglichkeiten die Intimität birgt, aber auch ihre große, überwältigende Angst vor Nähe.

Das Wort »Sucht« geht uns leicht über die Lippen und wird umgangssprachlich häufig benutzt. Nicht selten hört man: »Ich bin süchtig nach Schokoladeneis (oder Büchern oder Tennis)«, wenn die Betreffenden einfach meinen: »Ich esse unheimlich gerne Schokoladeneis.« Sucht geht auf das althochdeutsche Wort *suht*, »Krankheit«, zurück. Wahrigs deutsches Wörterbuch definiert den Begriff als »krankhaft gesteigertes Bedürfnis, übersteigertes Streben«.

Zwanghaftigkeit ist zwar ein integraler Aspekt der Scham, doch nicht jedes zwanghafte Verhalten ist Sucht. Wenn die Beziehung zu einem Stoff oder einer Tätigkeit für einen Menschen Vorrang hat, sprechen wir von Suchtverhalten. Ab einem gewissen Punkt kann eine Gewohnheit oder ein Wiederholungsverhalten als Sucht bezeichnet werden. Klinisch ist oft schwer feststellbar, wann eine Gewohnheit zur Sucht wird. Wir gehen nach dem Kriterium vor: »Wenn Sie nicht kontrollieren können, wann Sie die Tätigkeit anfangen oder beenden, wenn Sie dadurch sich selbst und ihre engen Beziehungen schädigen, dann sind Sie süchtig.« (Milkman und Sunderwirth 1984: 12)

Milkman und Sunderwirth (1984) stellen fest, daß Zwanghaftigkeit, Kontrollverlust und fortgesetztes schädliches Verhalten nicht nur vorübergehende Reaktionen auf Streß darstellen, sondern daß hier genau festgelegte Stadien vorhersagbar durchlaufen werden. In den vergangenen Jahren wurden eigens Programme für verschiedene Abhängigkeiten in bestimmten Stadien entwickelt. Viele Familien haben zwar mit Erfolg eine Therapie Suchtmittelabhängigkeit, Anorexia nervosa oder Bulimie durchlaufen, doch das kontrollorientierte, schamdominierte System unterstützt weiterhin die Suchtdynamik. In Familien, die unter starken Schuldgefühlen leiden, zeigen sich oft mehrere Abhängigkeiten. Nicht selten treten bei einem oder mehreren Familienmitgliedern neben der Drogenabhängigkeit zwanghaftes Überfressen, Hungern oder Arbeitssucht auf.

Eine außerordentlich wichtige Ergänzung zur Suchttherapie sind Selbsthilfegruppen. Die Gruppe trifft sich regelmäßig und konzentriert sich auf ein Einzelproblem, zum Beispiel Alkoholismus, Bulimie, Rauschgift, Überessen und so weiter; die einzige Bedingung für die Teilnahme ist der Wunsch, das zwanghafte Verhalten aufzugeben. Die Anonymen Alkoholiker sind die bekannteste und waren die erste Selbsthilfegruppe, die nach dem Zwölf-Schritte-Programm arbeitet. Andere sind die Anonymen Raucher, die Anonymen Overeaters, die Anonymen Spieler und die Anonymen Sexsüchtigen. Für Angehörige und Freunde von Süchtigen gibt es vergleichbare Gruppen, die sich darauf konzentrieren, wie machtlos man dem Verhalten des süchtigen Partners gegenübersteht. Zum Beispiel Al-Anon (für Angehörige von Alkoholikern), Al-Ateen (für die Kinder von Alkoholikern).

Die Teilnehmer sprechen offen und ehrlich über ihre Erfahrungen und lernen voneinander. Hier erleben sie das Gegenteil der heimlichtuerischen, schamdominierten Zwanghaftigkeit und Abwehr. Die

Klienten setzen sich mit der eigenen Machtlosigkeit auseinander, werden von der Gruppe unterstützt und akzeptiert. Die Teilnehmer können Verletzlichkeit zeigen und »loslassen« und auf diese Weise über das Paradox der Kontrolle hinausgehen. Im Zwölf-Schritte-Programm wird dies als seelische Genesung bezeichnet – eine Genesung, bei der sich die menschliche Seele (die durch das zwanghafte Verhalten niedergedrückt wurde) allmählich entfaltet und die es dem Klienten ermöglicht, auf einem gefühlsmäßigen, menschlichen Niveau mit anderen Gruppenmitgliedern in Kontakt zu kommen. Die zwölf Schritte beziehen sich auf Grundsätze für die Genesung, angefangen mit der Zwecklosigkeit von Kontrollversuchen des einzelnen, über die persönlichen Schuld- und Schamgefühlen, die Wiedergutmachung von Unrecht, bis man schließlich den zwölften Schritt erreicht, bei dem es schwerpunktmäßig darum geht, andere Süchtige zu erreichen.

Wir haben die Erfahrung gemacht, daß die Behandlung eines Suchtverhaltens nicht automatisch die Zwanghaftigkeit im System beseitigt. Wenn man eine Sucht behandelt, hat man oft das Gefühl, man müßte einen Fisch im Wasser mit bloßen Händen fangen. Gerade wenn man meint, daß man ihn zu fassen bekommt, schießt er in eine andere Richtung davon und die Jagd fängt von vorne an. Der folgende Fall illustriert, wie schwer faßbar Sucht ist.

Karl, Hanna und ihre Kinder kamen in die Therapie, nachdem Karl als Alkoholiker in Behandlung gewesen war. Bei den Anonymen Alkoholikern konnte er aufrichtig über seine Gefühle sprechen; der Glaube an eine höhere Macht brachte ihm innere Ruhe, so daß er auf den Alkohol verzichten konnte. Hanna fand Hilfe in ihrer Al-Anon-Gruppe, wo sie lernte, Karl nicht mehr zu kontrollieren und nur noch an sich selbst zu arbeiten. Ihre Kinder waren bei Al-Ateen und konnten dort in einer geborgenen Atmosphäre über ihre Gefühle reden.

Die Familie beteiligte sich lebhaft an der Therapie und hatte bereits sichtbare Fortschritte erzielt; doch es lauerte ein großer, unsichtbarer Drachen im Raum, manchmal geriet die Arbeit ins Stocken und wir wußten nicht weiter. Nach solchen Sitzungen fragten wir uns, was los sei, versicherten einander jedoch, daß die Familie tatsächlich Fortschritte machte und daß das Problem vielleicht einfach darin bestünde, daß wir wünschten, sie würden ein vertrauteres Verhältnis aufbauen, als sie es selbst wollten.

Dann kam es eines Tages zum Durchbruch. Karl kam ein paar Minuten zu früh zur vereinbarten Sitzung, platzte in den Therapieraum, lief auf und ab und rief: »Sehen Sie, ich bin erledigt! Acht Jahre bei den Anonymen Alkoholikern und Hanna bei Al-Anon und die Kinder in ihren Selbsthilfegruppen und ich bin trotzdem geliefert!... Ich komme von den Frauen in Chicago nicht los!« Der Drache war ans Licht gekommen: Solange er verheiratet war, hatte Karl seine anderen sexuellen Beziehungen geheimgehalten, sehr darunter gelitten und sich zutiefst geschämt. Nun konnten wir uns wieder mit einem zwanghaftem Verhalten befassen, diesmal mit der offensichtlichen »Sexsucht«.

Einmal sagte Karl ärgerlich: »Mein Gott, in welche Gruppe gehöre ich eigentlich? Ich könnte in eine für Alkoholiker gehen, dann in eine für Eßgestörte und jetzt auch noch für Sexsucht!« In seinem Zorn wurde ihm klar, daß er sich mit seinen zwanghaften Sexualkontakten auseinandersetzen mußte. Er hatte dank der Behandlung zwar aufhören können zu trinken, doch die darunter liegende Sucht wurde davon nicht beeinflußt. Wir sahen, daß es notwendig war, die verschiedenen zwanghaften Verhaltensmuster in der Familie gründlich zu untersuchen und an dem Kontrollverhalten zu arbeiten, das die Zwangstendenzen abschirmte. Offensichtlich hatte die bisherige erfolgreiche Arbeit die Familie auf den nächsten Entwicklungsschritt vorbereitet, das heißt für die Familientherapie, in der sie sich mit ihrer Scham und den damit zusammenhängenden Zwangstendenzen auseinandersetzen konnten.

Sucht ist Ausdruck des Systems und wird selbst zum Stützpfeiler des Systems; sie ist keineswegs nur als klar erkennbare »Krankheit« aufzufassen. Dennoch präsentiert sich die Sucht als ursprüngliche, identifizierbare Struktur im einzelnen Menschen. Die jeweilige »Krankheit« muß zwar behandelt werden, doch die Zwanghaftigkeit im System verschwindet nicht, wenn ein Betroffener individuell therapiert wird; die Familie ist Bestandteil der Sucht und muß in die Behandlung einbezogen werden.

Anhand spezifischer Merkmale und der gegenwärtig vorhandenen Symptome sind verschiedene Suchtstrukturen erkennbar. Damit die Therapeuten mit der breiten Basis der Familiendynamik arbeiten können, die für die Aufrechterhaltung der Scham sorgt, müssen sie das zentrale Ordnungsprinzip des Systems aufdecken, das sich in Form des jeweiligen Suchtverhaltens der einzelnen zeigt. Manchmal heißt dies, daß einzelne Familienmitglieder in Behandlungsprogramme geschickt werden, in die die ganze Familie einbezogen ist. Nachdem das Suchtverhalten eingestellt wurde, ist die ganze Familie emotional zugänglicher, sowohl im Kontakt miteinander als auch gegenüber dem Therapeuten.

## Suchtmittelabhängigkeit

In unserem Kulturkreis denkt man bei Sucht im allgemeinen an Suchtmittelabhängigkeit. Seit 1957 die amerikanische Ärztekammer Alkoholismus zur Krankheit erklärte, sind bei der Therapie Alkoholabhängiger erhebliche Fortschritte erzielt worden. Der größte Zuwachs entfällt wohl auf Programme, bei denen die ganze Familie, und nicht nur die alkohol- oder drogenabhängige Person, therapiert wird. Stanton und Todd (1981) haben sich mit der Dynamik suchtmittelabhängiger Familien beschäftigt und klar gezeigt, daß der Drogenmißbrauch innerhalb des Familiensystems einen Zweck erfüllt und stark mit den zwischenmenschlichen Beziehungen verflochten ist (Elkin 1984). Stanton hat zudem im persönlichen Gespräch geäußert, daß Drogensüchtige, die zum harten Kern gehören, unter den Suchtmittelabhängigen den geringsten Status haben und ihre Familien mit um so heftigeren Schamgefühlen kämpfen. Die süchtige Familie ist klinisch nicht immer klar identifizierbar. In Kapitel 3 haben wir die Masken der Scham besprochen; hinter diesen Masken verbirgt sich auch die Sucht. Therapeuten sollten nach speziellen Anhaltspunkten Ausschau halten. Die süchtige Familie kann sich an jeder beliebigen Stelle des Kontinuums der Drogenabhängigkeit präsentieren. Die Polarisierung der Gefühle – vom intensiven Affekt bis zum völligen Verzicht auf Affekte – ist die Regel. Bowen (1978) hat erklärt, daß Familienmitglieder, die von Alkoholikern stark abhängig sind, häufig mehr offenkundige Angst zeigen als die Betroffenen selbst. Je stärker sich die Angehörigen bedroht fühlen, um so ängstlicher und kritischer werden sie und um so stärker wird der Alkoholiker oder die Alkoholikerin isoliert.

Die Familienmitglieder werden in der Regel von dem Drogenabhängigen übertrieben stark in Anspruch genommen, ganz gleich ob sie an der Sitzung teilnehmen oder nicht. Sie werden zunehmend »gehemmt, beschäftigen sich ausschließlich mit Gefühlen von Liebe und Haß in bezug auf den Alkoholiker oder Drogenabhängigen und in bezug auf sich selbst... unter Umständen werden sie körperlich und psychisch ausgelaugt und verarmen charakterlich und sozial. Die Familie wird zum System, das das emotionale Überleben sichert, wobei versucht wird, das Problem zu lösen und/oder zu ignorieren beziehungsweise damit zu leben – und dabei verstrickt sich die Familie in ein rigides, stereotypes, mangelnde Anpassung beweisendes Verhaltensmuster, das einfach dazu dient, das Problem aufrechtzuerhalten« (Williams 1984).

Trotz ihrer ausschließlichen Beschäftigung mit dem oder der Abhängigen, kann es sein, daß der Drogenmißbrauch für die Familienmitglieder kein Thema ist. Der Drogenkonsum scheint möglicherweise nebensächlich oder minimal. Aufgabe der Therapeuten ist es, den Kode zu untersuchen, zu entschlüsseln und ihm die Bedeutung zuzuweisen, die er verdient.

Therapeuten können der Suchtmittelabhängigkeit auf die Spur kommen, indem sie beim Erstkontakt die Familiengeschichte und das Soziogramm untersuchen. Sie können auch ganz offen fragen, ob Drogen und Medikamente, mit oder ohne Rezept, eingenommen werden. Erbleichen, Lebererkrankungen, Beziehungskämpfe und emotionale Abkapselung, Depressionen und abgebrochene Familienkontakte können auf eine Suchtmittelabhängigkeit hinweisen. Auch übertriebenes, geschlechtsspezifisches Rollenverhalten, zum Beispiel der Macho-Mann und die hilflose Frau, ist ein Anhaltspunkt. Wenn wir Drogenmißbrauch vermuten, bitten wir die Patienten häufig, während der Therapie auf die Einnahme von Medika-

menten, Drogen, Alkohol oder ähnliches ganz zu verzichten. Die Reaktion verweist darauf, daß eventuell ein Mißbrauch vorliegt. Häufig kommen Eltern in die Therapie, um etwas gegen den Drogenmißbrauch heranwachsender Kinder »zu unternehmen«, verschweigen jedoch, daß sie selbst alkoholabhängig sind.
Wenn Leute das Wort »Drogen« hören, denken sie in der Regel an »harte« Drogen – Heroin und Kokain. Es sind jedoch zehnmal soviele Menschen von verschreibungspflichtigen Medikamenten abhängig wie von Heroin. Viele Leute glauben, Alkohol sei keine Droge. Wenn wir von Suchtmittelabhängigkeit sprechen, meinen wir alle Drogen, einschließlich Alkohol. Da die Suchtmittelabhängigkeit viele Formen annimmt, ist folgende Klassifizierung hilfreich.

*Stimulanzien*

Amphetamine (dazu gehören die meisten Diätpillen, Kokain und Speed) beeinflussen das Erregungssystem des Körpers, indem sie die elektrische Aktivität im Gehirn intensivieren und einen »Hochbetrieb« erzeugen. Folglich setzt man Stimulanzien häufig ein, um mehr Spaß an der Sexualität zu haben.
Sexualforscher zeigen lebhaftes Interesse an der engen Beziehung zwischen sexuellen Belangen und Drogenkonsum; einige haben festgestellt, daß beinahe 50 Prozent der Menschen, die zur Sexualtherapie kommen, entweder selbst Drogenprobleme haben oder unter dem Drogenkonsum des Partners leiden (Coleman 1982).

*Beruhigungsmittel*

Beruhigungsmittel (einschließlich Alkohol) vermindern die elektrische Aktivität des kortikalen Erregungssystems, verlangsamen die Körperfunktionen und reduzieren die Reaktionsfähigkeit. Außerdem beeinflussen sie die elektrische Aktivität des limbischen Systems (der Bereich des Gehirns, der die Gefühlsreaktionen steuert).
Ebenso wie Stimulanzien haben auch Beruhigungsmittel unmittelbaren Einfluß auf die Sexualität. Alkoholkonsum kann bei Männern

zu erworbener Impotenz, bei Frauen zu Anorgasmie führen. Da sich nach Beendigung des Alkoholmißbrauchs der Androgengehalt im Blut neu einpendelt, haben viele Alkoholiker, die auf dem Weg der Genesung sind, Schwierigkeiten, eine Erektion zu bekommen oder aufrechtzuerhalten. Es handelt sich zwar um ein vorübergehendes Problem, doch es zwingt die Männer nach anderen Möglichkeiten zu suchen, Zuneigung auszudrücken, was ihnen besonders schwer fällt, weil sie mit Hilfe des Alkohols bisher Nähe vermieden haben. Alkohol kann sich auch stimulierend auswirken, da er die Hemmschwelle herabsetzt. Der Alkoholkonsum erlaubt vielen Menschen, ihre Sexualität freier und abenteuerlustiger auszuleben. Sie erhalten den Zyklus der Scham aufrecht, indem sie sich sexuell abzureagieren und ihre Schamgefühle anschließend mit Alkohol betäuben, nur um dann wieder von vorne anzufangen.

*Halluzinogene*

Marihuana, Haschisch und LSD wirken unmittelbar auf das Gehirn ein. Um die Auswirkungen dieser Drogen wird eine lebhafte Kontroverse geführt. Dem Plazeboeffekt wird jedoch Rechnung getragen, und zum heutigen Zeitpunkt lassen sich beide Standpunkte in der Auseinandersetzung um die schädlichen Folgen von Halluzinogenen gleichermaßen durch Forschungsergebnisse abstützen.

*Nikotin*

Die Nikotinsucht fordert ihre Opfer: Goodman (Boston Globe, 29. März 1985) spricht von jährlich 350 000 Todesfällen und 13 Milliarden Dollar Kosten für das Gesundheitswesen allein in den USA. Bis in die jüngste Zeit war das Rauchen die beliebteste und am ehesten gebilligte Form von Suchtverhalten und wurde in Anzeigen häufig in Verbindung mit Alkoholkonsum gezeigt. Obwohl das Gesundheitsministerium über die schädlichen Auswirkungen des Rauchens aufklärt und auf Zigarettenschachteln Warnungen zu lesen sind, wird die Suchtgefahr kaum oder gar nicht erwähnt. Da die schädlichen Nebenwirkungen des Rauchens in den Mittelpunkt der Aufmerksamkeit ge-

rückt sind, kann die Öffentlichkeit nicht mehr ahnungslos sein. Nur durch Sucht ist zu erklären, warum ein Verhalten beibehalten wird, das Lungenkrebs, bei Pfeifenrauchern Lippenkrebs, fördert und andere Organe durch Nikotin und Teer schädigt.
Raucher haben nicht selten Probleme mit Nähe. Sie rauchen alleine; Zigaretten stehen jederzeit zur Verfügung und können benutzt werden, um Nähe zu vermeiden. Viele Leute fangen an zu rauchen, um Ängste zu bewältigen, doch nach einigen Zigaretten, einer Zigarre oder einer Pfeife erleben sie die Angst um so intensiver. Eine Zigarette kann sofortige Intimität bieten, wobei der Raucher voll unter Kontrolle hat, was er »hereinläßt«. Dem Raucher entgeht dabei jedoch, daß ihn die Zigarette verraten könnte. Wir haben oft erlebt, daß Opfer von sexuellem Mißbrauch über zwei Packungen Zigaretten pro Tag rauchten; nachdem sie das Rauchen aufgegeben hatten, stießen die Patientinnen auf viele verdrängte Gefühle.
Familienmitglieder berichten über die Schamgefühle, die sie erleben, weil sie nicht aufhören können oder sich heimlich eine Zigarette »genehmigen«, nachdem sie angekündigt haben, das Rauchen aufzugeben. Sie fühlen sich schlecht, weil sie ihr Versprechen sich selbst und anderen gegenüber gebrochen haben, und sie schämen sich, weil sie sich für Versager halten. Viele Eltern empfinden Reue, weil sie ihren Kindern ein schlechtes Vorbild gegeben haben.
Ein anderes klinisches Problem, mit dem wir zu tun haben, ist die Kontrolle – Familienmitglieder versuchen zu kontrollieren, wieviel ihre Angehörigen rauchen, oder schaffen in der Wohnung Nichtraucherzonen. Manche Menschen benutzen das Rauchen als Metapher für ihre Beziehung, das heißt: »Ich würde dich viel anziehender finden, wenn du nicht alles mit deinem Rauch verpesten würdest.« Rauchen richtet zwar nicht soviel Unheil an wie Alkohol und andere Drogen, doch Nikotin ist schädlich und kann Beziehungen negativ beeinflussen.

*Koffein*

Viele Leute trinken gerne und gewohnheitsmäßig Kaffee, Tee oder Colagetränke, die Koffein enthalten. Für andere ist der Genuß zur

Sucht geworden. Als Dr. John Minton (1984) von der Ohio State University 47 Patienten vor die hypothetische Alternative stellte, auf Koffein zu verzichten oder sich wegen einer durch Koffein bedingten Krankheit operieren zu lassen, entschieden sich 27 für die Operation. Pharmakologen setzen die kritische Grenze bei 250 mg Koffein (zwei bis drei Tassen Kaffee pro Tag) an; wer mehr trinkt, gefährdet seine Gesundheit. Zehn Prozent der US-amerikanischen Bevölkerung nehmen täglich mehr als zehn Tassen Kaffee zu sich, das entspricht einem Gramm Koffein, viermal mehr als die gesundheitsgefährdende Menge.

Koffeinsucht kann zu Stimmungsschwankungen führen. Sie kann Magen-Darm-Erkrankungen, Herzleiden, Krebs, Nierenleiden, schwere psychische Erkrankungen und Überaktivität verursachen oder verschlimmern. Der Entzug führt zu Übelkeit, Kopfschmerzen und Depressionen.

Menschen, die gelernt haben, Leid oder ein Gefühl der Leere mit Kaffee »aufzufüllen« und kurzfristig »in Ordnung« zu bringen, sind häufig für andere orale Abhängigkeiten anfällig – Zigaretten, Alkohol und/oder Essen. Indem sie die Leere mit Chemikalien füllen, können sie alles unter Kontrolle halten und müssen sich nicht mit ihrem Beziehungsvakuum auseinandersetzen. Gewiß sind nicht alle Drogen gleich schädlich, doch alle erfüllen in erster Linie eine Funktion: In einem Suchtsystem ermöglichen sie dem oder der Abhängigen, den Kontakt mit den anderen zu vermeiden und Gefühle zu verdrängen; auf diese Weise kann er oder sie den schamdominierten Familienregeln treu bleiben (alles unter Kontrolle behalten und Gefühle unterdrücken).

## *Eßstörungen*

Suchtverhalten im Zusammenhang mit Essen ist vielleicht am schwierigsten zu behandeln, da wir ohne Nahrung nicht leben können. Bulimikerinnen, Magersüchtige und Eßsüchtige, (Overeaters) müssen sich tagtäglich mit ihren Grenzen auseinandersetzen.

*Bulimie*

Bulimie ist eine, besonders unter erwachsenen Frauen, verbreitete Eßstörung. Für die Bulimikerin steht Schlanksein im Mittelpunkt, sie hat ein verzerrtes Selbstbild, fühlt sich dick und beschäftigt sich ständig zwanghaft mit ihrem Gewicht. Die Diagnose wird dadurch erschwert, daß das Gewicht von Bulimikerinnen stark schwankt.
Karin kam aus Angst in die Therapie. Sie gestand, daß sie jede Nacht beinah zwölf große Kartons billige, mit Creme und Zucker gefüllte Dessertkuchen aß und anschließend prompt erbrach. Sie wirkte ausgemergelt, war körperlich erschöpft und benötigte ärztliche Hilfe. Als wir ihren Mann fragten, ob er wisse, was da vor sich ging, meinte er: »Nun, ich habe schon bemerkt, daß sie nachts immer eine Kleinigkeit ißt.« Obwohl sich die leeren Kartons in der Küche stapelten, war seine Verleugnung so stark, daß er keine Fragen stellte. Und seine Verleugnung ließ die Bulimie fortbestehen.
Bulimie ist keine Frauenkrankheit. Viele Jogger und Fitneß-»Junkies« männlichen Geschlechts, die um jeden Preis jung bleiben wollen, erbrechen regelmäßig, um sich äußerlich fit und schön zu fühlen. Bulimie bei Männern wird häufig nicht erkannt, weil die Therapeuten nicht auf die Idee kommen, es mit Bulimikern zu tun zu haben. Bertram, ein sehr erfolgreicher Arzt, hatte bereits mehrere Monate Ehetherapie hinter sich, als wir ihn nach seinen Eßgewohnheiten befragten. Wir wußten, daß er täglich ein diszipliniertes Trainingsprogramm absolvierte und sich um gesundheitliche Belange sorgte. Die Anregung, weiter nachzubohren, ergab sich aus der übertriebenen Besorgnis, die er zeigte, weil seine schlanke Frau fünf Pfund zugenommen hatte. Nach einigen zweifelnden Fragen in bezug auf *seine* Eßgewohnheiten, gestand er, daß er täglich zweimal erbrach, meinte aber, er könne es kontrollieren.
Unlängst erklärte uns Sandra, eine Bulimiepatientin, daß sie befürchte, ihre Eltern würden sich scheiden lassen, wenn sie ihre Rolle als hervorragende Studentin nicht weiterspielte. In ihrer Verwirrung behauptete sie ernsthaft, sie sei sich ganz sicher, wenn sie nur dünn genug wäre, dann sei sie liebenswert und ihre Eltern würden zusammenbleiben.

Sie erbrach aus Selbstverachtung und Scham über ihre Freßgelage. Der Kreislauf Freßgelage-Erbrechen erhielt die Scham aufrecht, die wiederum die Bulimie weiterbestehen ließ. Als sie sich schließlich einer stationären Behandlung im Krankenhaus unterzog, ließen sich die Eltern tatsächlich scheiden. Ihre schlimmste Befürchtung war eingetreten. Anschließend nahm sie an einem Programm für Genesende teil, und heute ist sie im Studium erfolgreich und führt ein befriedigendes Familienleben.

*Anorexia nervosa*

In unserem Kulturkreis wird die Zahl der Frauen, die sich zu Tode hungern, immer größer. Anorexia nervosa tritt vor allem in gutsituierten Familien mit Töchtern zwischen 13 und 25 Jahren auf und hat an bestimmten Privatschulen epidemische Ausmaße angenommen.
Die Magersucht beginnt langsam mit zyklischem Essen und Fasten, begleitet von heftigem Verlangen nach Süßigkeiten. Übertriebener Sport, Depressionen und der Gebrauch von Abführmitteln spielen im weiteren Verlauf der Krankheit eine Rolle. Die Überaktivität wird zum Lebensrhythmus, und im fortgeschrittenen Stadium gehört erzwungenes Erbrechen zum Krankheitsbild.
In den Familien der Magersüchtigen sind Schamgefühle weit verbreitet, da die Familienregel der »Achtbarkeit« fordert, die Familie müsse einen vorbildlichen Eindruck macht (Selvini-Palazzoli 1984). Diese Fassade ist das falsche Selbst des schamdominierten Systems. Die Grenzen sind verschmolzen und alle Handlungen in der Familie zielen darauf ab, die scheinbaren Bedürfnisse anderer zu befriedigen. Solche verschmolzenen Grenzen halten den Zyklus von Schuldzuweisung und Scham aufrecht. Selvini-Palazzoli zufolge sind drei Charakteristika vorherrschend – die Mutter ist perfektionistisch und zwanghaft, Gefühle werden nicht ausgedrückt und man hat Angst, die Kontrolle zu verlieren. Diese Merkmale sind auch für die schamdominierte Familie kennzeichnend. Ebenso wie in den Familien Drogen- oder Alkoholabhängiger ist der Vater häufig psychisch abwesend und die Mutter konzentriert ihre Aufmerk-

samkeit auf die Tochter und hofft, ihr Bedürfnis nach Anerkennung durch ihr Kind zu befriedigen.

Einer jungen Patientin, Gabriele, wurde unlängst klar, welche Rolle die Familie bei ihrer Magersucht spielte. Zu Beginn der Therapie bezeichnete sie ihre Familie als »ideal«, ihr Familienleben wäre »wunderbar, wenn es mich nicht gäbe«. Später erfuhren wir, daß ihre Mutter unkontrollierbar wütend wurde, wenn irgendwelche Essensvorbereitungen nicht wie geplant klappten, und einmal einen hysterischen Anfall bekam, als der Hund einen Kuchen auffraß. Im Lauf der Therapie beobachtete sie außerdem, daß ihre Mutter in Briefen ausführlich schilderte, welche Speisen sie und ihr Mann zu Hause und im Restaurant verzehrten. Gabriele war der Familienregel treu geblieben, daß Kinder ihren Eltern nie böse sein dürfen. Zum Vater konnte sie keine Beziehung aufbauen, also war sie in der Beziehung zur Mutter loyal und zeigte ihre Wut nicht. Da sich die Mutter zwanghaft mit Essen beschäftigte, bekämpfte sie die Mutter symbolisch durch ihre Magersucht. Um das Bild zu vervollständigen, heiratete sie einen Mann, der sich zwanghaft überaß.

Minuchin und seine Kollegen (1981) haben festgestellt, daß die Querverbindungen über die Generationsgrenzen hinweg dazu beitragen, das starre System aufrechtzuerhalten. Die Verstrickung und Verwöhnung, die Minuchin in psychosomatisch erkrankten Familien beobachtet, sind auch in den Familien von Magersüchtigen anzutreffen.

## *Zwanghaftes Überessen*

Überessen ist anhand der Symptome klar erkennbar. In unserem Kulturkreis ist das Zwangsessen (hier definiert als Übergewicht von fünfzehn Pfund) ein Problem. Eine Untersuchung aus dem Jahr 1985 besagt, daß 34 Millionen Amerikaner Übergewicht haben. Die »Heilmittel« für Überessen sind fast ebenso zahlreich wie die »Ursachen«. Einige Forscher führen die komplexe Eßstörung und das Übergewicht schlicht und einfach darauf zurück, daß die Leute zuviel essen; andere meinen, es handle sich um eine chemische Fehlanpassung; wieder andere sagen, die Betroffenen hätten das schädliche Verhalten erlernt, um in einer gestörten Familie zu überleben, und Zuwendung durch Nahrung ersetzt.

Menschen, die zuviel essen, versuchen mit aller Kraft, ihre Besessenheit zu kontrollieren. Manche unterziehen sich Magen-Darm-Operationen, um die Speicherfähigkeit herabzusetzen. Eßsüchtige verstecken Nahrungsmittel, essen heimlich und empfinden nach den Freßgelagen Reue. Nicht selten bezeichnen sich die Leute als »Schokoholiker« oder »kohlehydratsüchtig«. Hochgradig abhängige Familien kontrollieren die Eßgewohnheiten und bauen eine starke Abwehrhaltung auf, die das Zwangsessen abschirmen soll. Als »Entschuldigung« wird angeführt, man sei älter geworden, habe Kinder bekommen, die Veranlagung geerbt, leide an Drüsenstörungen oder müsse häufig an Geschäftsessen teilnehmen. Die Gründe sind verschieden, doch die Scham bleibt die gleiche. Wer sich zwanghaft überißt und die eigenen Schamgefühle durch Freßgelage aufrechterhält, erlebt ebenso wie Leute mit anderen Süchten ein gespaltenes Selbst. Die »süchtige« Seite des Selbst reagiert sich ab und wird von der anderen Seite des Selbst verurteilt und kritisiert.

Anstrengungen, das Problem zu lösen, zum Beispiel durch Entziehungs- und Fastenkuren, haben oft nur dazu geführt, daß Magersucht gehäuft auftritt. Wenn Menschen ihre Eßgewohnheiten als Problem sehen – das sie steuern und kontrollieren müssen – halten sie auch an einer eingebauten »Lösung« fest: das Freßgelage, das den Kontrollzyklus durchbricht.

Häufig ist klar erkennbar, daß Patienten eßsüchtig sind, doch die Familientherapeuten schweigen dazu, weil sie die »Sprich-nicht-Regel« der Familie in bezug auf Überfressen einhalten. Dieses geheime Einverständnis mit den Familienregeln verhindert, daß sich die Familie ändert. Therapeuten sollten fragen, was die Familie bisher in bezug auf die Eßsucht unternommen hat, und auf Spezialprogramme hinweisen.

Zur Zeit werden durch vielseitige Programme gewisse Erfolge erzielt. Die Kombination von Ernährungsanalyse, Verhaltensänderung und Arbeit mit der Machtlosigkeit, die zur Zwanghaftigkeit gehört, haben die besten Ergebnisse geliefert.

Eßsucht ist sehr schwer zu behandeln, weil Abstinenz keine Lösung ist. Wir müssen jeden Tag essen. Wir können das Essen nicht, wie den Alkohol, aus dem Leben verbannen und mit positiven Folgen und besserer Gesundheit rechnen. Während Familien ihr Leid durcharbeiten, kommen nicht selten die verdrängten Gefühle des Eßsüchtigen an die Oberfläche und das Symptom schwächt sich ab, da die Selbstachtung steigt.

Anhaltspunkte dafür, daß möglicherweise eine Eßstörung vorliegt, sind extreme Magerkeit oder Fettleibigkeit, Perfektionismus in bezug auf die äußere Erscheinung, und übertrieben sackartige oder eng anliegende Kleidung. Aufschlußreich hinsichtlich der Familiendynamik sind Kämpfe darüber, wer das Essen in der Familie kontrolliert, zwanghafte Rituale bei den Mahlzeiten, »Vergeßlichkeit« in bezug auf das Essen, Sorge um Familienmitglieder, die sich angeblich unregelmäßig oder unzureichend ernähren, und die Reaktion der Familie auf Diätpläne. Probleme mit der Nahrung und dem Essen sind häufig Metaphern für darunter liegende Beziehungsschwierigkeiten; Familientherapeuten sind dann am erfolgreichsten, wenn sie sowohl das reale Eßverhalten als auch dessen symbolische Funktion in der Familie ansprechen.

## *Kauf- und Sparsucht*

Kauf- und Sparsucht sind klinisch nicht immer klar erkennbar, weil wir in der Regel über Geld nicht offen sprechen. Eine Familie war bereits seit geraumer Zeit in Therapie, als die Eltern zum ersten Mal zu Einzelsitzungen kamen. Als wir fragten: »Welche Rolle spielt Geld in Ihrem Leben«, starrte uns Klaus, der Ehemann, mit weit aufgerissenen Augen an und rief: »Na, hören Sie mal, Geld ist mein Gott! Es gibt nichts, was mir wichtiger wäre!« Obwohl wir wußten, daß er wie ein Besessener arbeitete (was er durch die Behauptung rechtfertigte, er werde als Hausarzt »gebraucht«), hatten wir die Beziehung zwischen Geld und Arbeit nicht geknüpft.

Als wir weiter nachbohrten, stellten wir fest, daß er zwanghaft Elektronikgeräte erwarb. Er las täglich die Anzeigen durch, handelte mit Geräten und kaufte oder ersetzte Stereoanlagen und Elektronikgeräte. Er hatte sich mehrmals vorgenommen aufzuhören, doch ohne Erfolg. Seine Frau war außer sich, weil er soviel Geld ausgab, denn sie standen, wie viele junge Familien, unter finanziellem Druck, sie hatte jedoch das Thema in den Therapiesitzungen nie angeschnitten. Sie stammte aus einer Alkoholikerfamilie und hielt sich an die Regel der Loyalität durch Verleugnung. Klaus erklärte, daß er sich schäme, weil er die Erwartungen seines Vaters nicht erfülle. Er meinte, wenn er genug »Sachen« vorweisen könne, die seinen Erfolg bewiesen, würde sein Vater mehr von ihm halten. Als er sich einer Selbsthilfegruppe, den Anonymen Kaufsüchtigen, anschloß, wußte er, daß er »heim« gefunden hatte.

Viele *Kaufsüchtige* räumen ein, daß sie nicht gerne Einkäufe machen, sondern einfach gerne *kaufen*. Die Scham nach dem Kaufrausch bringt die Betroffenen häufig dazu, ihre Waren umzutauschen, nur um sofort die nächste Ladung zu kaufen. Viele Patienten, die vom Alkohol oder von der Eßsucht losgekommen sind, befriedigen ihr Bedürfnis nach Selbstachtung, indem sie Kleidung kaufen; sie suchen die Befriedigung ihrer Bedürfnisse also weiterhin außen. Einkaufen verschafft unmittelbare Befriedigung.

Die *Spielleidenschaft* findet viele Ausdrucksformen, wobei Mekkas wie Las Vegas ein eklatantes Beispiel dafür bieten, wie man auf Kosten Süchtiger Geschäfte macht. Doch Spielhallen, Pferderennen, Lotterien, Lotto und Toto führen Spieler in Versuchung, deren Familien oft ihr ganzes Hab und Gut einbüßen, bevor die Sucht behandelt wird.

Die jungen Eltern Luise und Thomas suchten uns auf, weil Luise unter dem Zwang litt, Süßigkeiten und Blusen zu *stehlen*. Einmal hatte ein Warenhausdetektiv sie gewarnt, wenn er sie noch einmal erwische, werde er sie zur Polizei bringen und anzeigen. Ihr Mann war ebenso tief in die Sache verwickelt wie sie; beide versuchten eifrig, ihre Sucht unter Kontrolle zu bringen. Als sie schließlich in die Therapie kamen, hatten beide die Kontrolle verloren.

Zwanghaftes Hamstern zeigt viele Erscheinungsformen. Manche Hamsterer behaupten, sie wollten ihre unnötigen Anschaffungen »für später aufheben« oder mit Unmengen von Lebensmitteln für die unvermeidlichen »Notzeiten« vorsorgen, und schuld daran sei nur, daß sie während der Wirtschaftskrise aufgewachsen sind. Andere wollen sich Ansehen verschaffen, akzeptiert werden und »beweisen«, daß sie etwas wert sind, indem sie materielle Güter anhäufen. Eine solche Familie kam völlig verzweifelt zu uns, nachdem die Mutter verhaftet worden war, weil sie eine halbe Million Dollar unterschlagen hatte.

In der Familientherapie stellte sich anschließend heraus, daß sie hoffte, ihre alternden, erfolgreichen Eltern würden sie zu guter Letzt akzeptieren, wenn sie etwas vorweisen könnte. Dies ist zwar ein drastisches Beispiel, doch es zeigt, wie ein über die Jahre entwickeltes, unentdecktes Verhaltensmuster das Opfer verleitet zu glauben, es könne so weitermachen, ohne aufzufliegen.

Anhaltspunkte für Therapeuten sind gegeben, wenn Patienten über Geld und Einkäufe streiten. Zum Beispiel erwidert ein Patient auf Vorwürfe: »Wenn ich ein schlechter Mensch bin, was ist dann mit deinen Kaufanfällen? Wir haben schon drei Waffeleisen!« Wenn Patienten auf Aussagen oder Fragen zum Thema Geldausgeben oder Sparen mit heftigen Schamgefühlen reagieren, kann dies ebenfalls Sucht signalisieren.

## *Arbeitssucht*

Arbeitssucht ist schwer zu erkennen, weil sie in unserem Kulturkreis mit Erfolg gleichgesetzt und finanziell belohnt wird. Wer seinem Beruf »mit Leidenschaft« nachgeht, ist nicht unbedingt süchtig. Vielleicht investiert er oder sie nur viel Zeit und Mühe in eine anregende, befriedigende Karriere. Wenn die Arbeit jedoch die persönlichen Beziehungen ersetzt und die Betroffenen nach der Arbeit nicht abschalten und sich auf etwas anderes konzentrieren können, sind sie höchstwahrscheinlich arbeitssüchtig. Wenn ein Mensch sein gesamtes Selbstwertgefühl und seine Identität aus dem Beruf ableitet, wird Arbeit zur Sucht.

Die meisten Arbeitssüchtigen vermischen unbewußt ihre Identität und ihre Arbeit – ihre Rolle hüllt sie ein und sie werden die Rolle.

Es scheint ihnen kaum bewußt, daß hinter der Rolle ein Mensch existiert. Wenn wir Männer bitten, etwas über sich zu erzählen, fangen sehr viele mit Beruf und Arbeitswelt an (Gilligan 1984). Im Gegensatz dazu definieren sich die meisten Frauen nicht über Rollen, sondern über Beziehungen.

Arbeitssucht ist jedoch nicht geschlechtsgebunden. Auch viele Frauen sind arbeitssüchtig; das heißt, ihre wichtigste Beziehung oder ihr Hauptinteresse im Leben ist die Arbeit, sei es die Hausarbeit (»Mit der Hausarbeit wird man nie fertig.«) oder die Karriere. Dieses Rollenverhalten – ob im Haushalt oder im Beruf – bietet schamdominierten Menschen Sicherheit, da sie Perfektion anstreben und gleichzeitig ihre Scham verstecken wollen. Überstunden kann man leicht rechtfertigen. Sich mit dem Verhalten auseinanderzusetzen fällt schwer, denn wer hat bessere Gründe, hart zu arbeiten, als der engagierte Geburtshelfer, die aufstrebende Geschäftsfrau, die sich bemüht, das Familienschiff auf Kurs zu halten, oder der Automechaniker mit den vielen Kindern.

Neuere Untersuchungen über junge Führungskräfte zeigen, daß, wer seit Jahren in der Freizeit Drogen konsumiert hat, heute auch im Büro auf Drogen angewiesen ist (Flax 1985). Mit zunehmendem Streß steigt der Drogenkonsum. Der Drogenmißbrauch durch Führungskräfte, die insbesondere auf Kokain und rezeptpflichtige Medikamenten zurückgreifen, ist in Amerika, laut *Fortune magazine*, bereits ein Nationalproblem. Diesem Bericht zufolge (Flax 1985) ist die Zahl der Spitzenmanager, die sich wegen Drogenabhängigkeit in Behandlung begeben haben, in den letzten fünf Jahren um 100 Prozent gestiegen. Der Drogenmißbrauch ermöglicht dem Arbeitssüchtigen, sich »als Herr der Lage« zu fühlen.

Einem Arbeitssüchtigen ist klar geworden, daß er an allem »arbeitete« – an seiner Karriere, seiner Ehe, seiner Vaterrolle, seinem Heim. Nachdem er zum ersten Mal an einer Zwölf-Schritte-Selbsthilfegruppe teilgenommen hatte, meinte er: »Ich kann gar nicht glauben, welche Gedanken und Gefühle zutage kommen, wenn ich aufhöre zu drängen und einfach ruhig dasitze.« Er gab zu, wie sehr er sich abgemüht hatte, den guten Sohn, den erfolgreichen Studenten, den hervorragenden Fachmann und den wunderbaren Ehemann zu

spielen – doch er fühlte sich immer noch nicht gut genug. In der Familientherapie brachte er es über sich, seinen Eltern zu sagen, daß er nur noch für sich selber gut genug sein wolle. Dadurch brach er mit der Lebenshaltung, nur dazusein, um anderen zu gefallen.
Ein Anhaltspunkt für Arbeitssucht ist gegeben, wenn ein Mensch mit seinem Leben nicht zurechtkommt. Ein junger Vater zum Beispiel machte einen verzweifelten Eindruck, als er um einen Einzeltermin bat. Er sei nicht in der Lage, alle seine Geschäftstelephonate zu erwidern, er könne keinen klaren Gedanken mehr fassen und habe einige falsche Entscheidungen getroffen, meinte der Mann. Auch mit dem Privatleben kam er nicht zurecht; seine Frau und die Kinder vermißten ihn und beschwerten sich, weil er sie ausschloß. Es war klar, daß Ehetherapie kaum weiterhelfen würde, solange er sich nicht mit seinen zwanghaften Arbeitsgewohnheiten auseinandergesetzt hatte. Er gab zu, daß er versuche, Liebe durch Ansehen zu ersetzen, und daß seine Ehe gefährdet sei.
Ein weiterer Anhaltspunkt für Therapeuten betrifft die Umkehrung von Prioritäten: die Arbeit wird an erste Stelle gesetzt, dann folgt die Familie und an dritter Stelle folgt das Selbst. Viele Therapeuten haben festgestellt, daß es die Therapie sinnvoll ergänzt, wenn Patienten an einer Selbsthilfegruppe teilnehmen und dort nach den zwölf Schritten an ihrer Machtlosigkeit arbeiten und loslassen üben.

## *Sexsucht*

Das Thema ist in letzter Zeit durch Bücher wie Carnes *The Sexual Addiction* (1983), Fernseh-Talk-Shows und ein wachsendes Netz von Selbsthilfegruppen, einschließlich der Sexaholiker und Anonymen Sexsüchtigen, beleuchtet worden. Die Sexsucht gibt dem Verhalten zwar einen intimen Anstrich, verhindert aber in Wirklichkeit intime Beziehungen.
Zu den zwanghaften Sexualverhaltensweisen zählen zwanghafte Masturbation (oft mit Pornographie), Voyeurismus, außereheliche Affären, flüchtige Begegnungen mit Fremden des anderen oder

desselben Geschlechts, Kontakt mit Prostituierten, Exhibitionismus und Prostitution. Der zwanghafte Geschlechtsverkehr ist ebenfalls eine Suchtform. Als Beate und Georg sich kennenlernten, schliefen sie innerhalb von einer Stunde miteinander. Sie heirateten bald und hatten fünf- bis sechsmal täglich Geschlechtsverkehr. In der Therapie erklärte Beate, nach der Geburt ihrer Kinder, habe sie das Gefühl gehabt, die Kontrolle zu verlieren. Sie meinte auch, die sexuelle Beziehung sei der eine Aspekt in ihrem Leben, den sie unter Kontrolle hätte. Tatsächlich hatte sie ein alkoholisches Getränk abgelehnt, weil sie Angst hatte, die Selbstbeherrschung zu verlieren.
Eine heimtückische Form sexueller Zwanghaftigkeit ist die sexualisierte Zuneigung, der Kinder häufig ausgesetzt sind. Kinder berichten über »eklige« Küsse oder ein komisches Gefühl, das sie bei erwachsenen Angehörigen hatten, die ihnen »offenbar« Zuneigung schenkten, in Wirklichkeit jedoch ihre zwanghaften sexuellen Bedürfnisse befriedigten. Solche Zwangshandlungen führen manchmal zu sexuellem Mißbrauch. Zum Beispiel suchte uns eine Grundschullehrerin und ehemalige Alkoholikerin auf, die wegen ihrer intensiven sexuellen Regungen in bezug auf Kinder aus ihrer Klasse Bedenken hatte. Sie sorgte sich auch, weil sie zwanghaft tagtäglich in der Kindertoilette masturbierte. Sie hatte beschlossen, es nie wieder zu tun, und empfand Scham und Reue, weil sie ihr Versprechen nicht halten konnte.
Gescheiterte Versuche, Versprechen zu halten, prägen das Leben von Sexsüchtigen. Vor einigen Jahren kam eine junge Frau zu uns, die sich wegen ihres Sexualverhaltens schämte. Immer wenn sie mit einem Mann ausging, landete sie anschließend »irgendwie« mit ihm im Bett, selbst wenn sie ihn gerade erst kennengelernt hatte oder überhaupt nicht mochte. Ihre Beziehungen gingen nie über den sexuellen Kontakt hinaus.
Naiv schlugen wir vor, sie solle versuchen, sich mit Hilfe einiger Verhaltensänderungen zu beherrschen, doch sie kam wieder und berichtete, daß sie das Versprechen nicht halten konnte, das sie sich gegeben hatte. Wieder fühlte sie sich als Versagerin und schämte sich. Wir wußten noch nichts über Sexsucht und sagten ihr, wenn sie es mit der Therapie ernst meine, solle sie wiederkommen. Wir

ermunterten sie, mit Hilfe ihrer Willenskraft einen Prozeß zu beherrschen, über den sie offensichtlich keine Kontrolle hatte. (Wenn sie von Alkoholmißbrauch erzählt hätte, hätten wir sie aufgefordert, sich mit ihrer Machtlosigkeit auseinanderzusetzen.) Einige weitere Fehlschläge veranlaßten uns, uns eingehend mit dem Kontrollverlust, das heißt mit zwanghaftem Sexualverhalten, zu befassen.
Manchmal zeigt sich die Sexsucht in Form einer ganzen Reihe von »intimen Freundschaften«, wobei die Betroffenen die emotionale Affaire zugeben und »als rein gefühlsmäßig, nicht körperlich und deshalb in Ordnung« abtun. Solche gefühlsbetonten Affairen können sich ebenso schädlich und destruktiv auswirken wie abreagierte Zwänge. Die fixen Ideen und die psychologische Abwesenheit des Süchtigen beeinflussen die Menschen, die ihm nahestehen. Als ein Mann bekannte, daß er sich regelmäßig mit »Freundinnen« zu einem ausgedehnten Mittagessen traf, wurde uns klar, daß er sich ständig zwanghaft damit beschäftigte, über die nächste Verabredung nachzudenken und zu phantasieren. Außenstehende hatten einfach den Eindruck, er sei ein Mann, der viele Freundschaften pflegt; nur der erfahrene Kliniker konnte seine Zwanghaftigkeit erkennen und die richtigen Fragen stellen.
Die meisten Mitglieder der Anonymen Sexsüchtigen sind männlichen Geschlechts, da Männer in ihrer Sozialisation gelernt haben, sexuell aggressiv aufzutreten. Viele, die an Selbsthilfegruppen für Co-Abhängige teilnehmen, sind Frauen; auch hier spiegelt sich die Sozialisation, die auf die Rolle des »Sexobjekts« vorbereitet. In unserer Kultur stehen in den Schemata der Geschlechterrollen die weiblichen Eigenschaften des Förderns und Nährens, der Freundlichkeit, Zärtlichkeit und Passivität neben den männlichen Attributen der Aggressivität, Tatkraft und Verantwortung. Dieses psychosoziale Entwicklungsmodell fördert Abhängigkeitsbeziehungen und unterstützt das Verhalten von Sexsüchtigen.
Auch die Medien nähren die Vorstellung, Beziehungen beruhten auf Verliebtsein. Viele junge Frauen haben über die Beziehung eine gesellschaftliche Identität gefunden. Während Männer sich nicht selten als sexsüchtig erweisen, gelten Frauen oft als »Beziehungssüchtige«. Manche Frauen wechseln häufig den Partner und

bewerten die Heftigkeit der Gefühle höher als die Dauer. Einige von ihnen konzentrieren sich offensichtlich nicht so sehr auf die sexuelle, als auf die emotionale Bindung. Viele Leute verwechseln Leidenschaft und Liebe. Die Psychologin Dorothy Tennov (1981) beschreibt mit ihrem Begriff »Limerenz« das unaufhörliche Denken an und die brennende Sehnsucht nach einem »Limerenzobjekt«. Sie macht deutlich, daß Limerenz nicht Liebe, sondern heftige, zwanghafte Gefühle für einen anderen Menschen bedeutet. Sie erklärt außerdem, die Limerenz verstärke sich, wenn sich die Liebenden nur selten sehen oder im Streit leben. Wenn sich zwei limerente Menschen begegnen, sind sie zunächst glückselig, später gibt es jedoch Meinungsverschiedenheiten. Wenn ein Limerenter und ein Nichtlimerenter zusammenkommen, fühlt sich der nichtlimerente Partner schließlich überfordert und verwirrt. In der Regel beendet der oder die Limerente die Beziehung, weil der oder die Nichtlimerente unbefriedigt bleibt oder nicht soviel Leidenschaft aufbringt wie erwartet. Der Limerente sucht sich daraufhin ein neues Limerenzobjekt. Limerenz ist zwar bei schamdominierten Menschen oft anzutreffen, sie verschwindet jedoch häufig, wenn die Leute ihr Selbstwertgefühl entwickeln und eine Bindung eingehen, die auf Zuneigung, gemeinsamen Interessen und Vorlieben und guter Zusammenarbeit beruht.

Die Strukturen sexueller Sucht sind für Therapeuten nicht immer klar erkennbar; sie zeigen sich andeutungsweise durch verführerisches, kokettes Verhalten, unpassende Enthüllungen und/oder Verdächtigungen in bezug auf Affären oder eine Anamnese, die von Beziehungsgerangel und Streitigkeiten um Intimität und Eifersucht geprägt ist.

## *Körperliche Mißhandlung und sexueller Mißbrauch als Sucht*

Da die Öffentlichkeit inzwischen darauf aufmerksam geworden ist, wie gravierend und weitreichend das Problem körperlicher und

sexueller Gewalt in Familien ist, mißt man der Behandlung und Prävention große Bedeutung bei. Für einige wenige Leute sind körperliche Mißhandlungen, für andere der sexuelle Mißbrauch, einschließlich Inzest, eine Sucht.
Viele Täter haben zwar nach der verordneten, kurzfristigen Behandlung ihr Verhalten eingestellt, doch andere reagierten sich weiterhin zwanghaft ab. Programme, die nach dem zwölf Schritte-Programm der Anonymen Alkoholiker vorgehen, bieten diesen Männern den nötigen »Schutz«, um sich von ihrer Sucht zu erholen (Mason 1980).
Bei Inzestfamilien spricht man in der Regel nicht von Sucht, obwohl eine deutliche Wechselbeziehung zwischen sexuellem Mißbrauch (Inzest) und Suchtmittelabhängigkeit besteht. Bei der Behandlung erwachsener Drogenabhängiger wurde festgestellt, daß bis zu 75 Prozent der weiblichen Patienten Inzestopfer sind. In der Inzestfamilie erhalten der Täter (Vater), die verleugnende Mutter, die gequälte, großen Belastungen ausgesetzte Tochter und die von Angst und Schuldgefühlen geplagten Geschwister die Scham aufrecht.
Heute werden wir zunehmend auf die männlichen Opfer von sexuellem Mißbrauch aufmerksam. Gefragt, warum wir sie früher nicht bemerkten, müssen wir wohl eingestehen, daß wir sie nicht gesucht haben. Sexuell mißbraucht werden Jungen häufig in Form unpassender Zärtlichkeiten von Verwandten oder Freunden der Familie, die dem anderen oder demselben Geschlecht angehören. Nachdem sie Grenzverletzungen durch körperliche und/oder sexuelle Mißhandlungen erlitten haben, wiederholen die Opfer den Mißbrauch in der nächsten Generation und gehen, nachdem sie die Familie verlassen haben, von Mißbrauch geprägte Beziehungen ein.
Dem Kreislauf der Sucht muß Einhalt geboten werden, damit sich das Verhaltensmuster nicht in der nächsten Generation fortsetzt. Am meisten Erfolg versprechen Programme, die die ganze Familie in die Behandlung einbeziehen; hier wird eingeräumt, daß die Sucht im System liegt, und nicht nur die Täter betrifft.
Mißbrauch und Mißhandlungen in der Familie beeinflussen *alle* Mitglieder, auch wenn man dies nicht gerne eingesteht. Zum Beispiel war eine Therapeutin in einer Familie aufgewachsen, in der die

Jungen zur Strafe mit einem Gürtel geschlagen, die Mädchen dagegen nur milde ermahnt wurden. Sie wußte, wie ungerecht das System war, und doch wurde ihr nie klar, wie stark es sie beeinflußt hatte, daß sie mit ansehen mußte, wie ihre Brüder mißhandelt wurden. Im Gespräch mit einer Kollegin erkundigte sie sich eines Tages sehr gespannt nach einem Programm für die Opfer körperlicher Mißhandlungen, das sie einem Patienten empfehlen wollte. Die Kollegin schaute sie an und fragte: »Und wer ist in deiner Familie mißhandelt worden?« Sie rührte sich nicht vom Fleck und brach in Tränen aus, als hätte sie ein ganzes Minenfeld verdrängter Schmerzen überquert, und sie spürte zum erstenmal die Gefühle, die durch die Mißhandlungen und das Leid in ihrer Familie ausgelöst wurden. Ihre Geschichte, die seit langem in ihrer Gefühlswelt festgehalten war, wurde ihr jetzt zugänglich, und sie war bereit, sich mit den Gefühlen auseinanderzusetzen, die sie vor langer Zeit verdrängt hatte. Ihr Verstand und die Familienmythologie hatten ihr suggeriert, sie habe Glück gehabt – sie wurde nicht geschlagen – doch das Leid und die Mißhandlungen in der Familie betrafen sie ebenso wie ihre Brüder. Die Schamgefühle, die die Familie wegen der mißhandelten Jungen empfand, spürte sie genauso. Auch das Kind, das nicht geschlagen wird, fällt der Scham und der Verleugnung zum Opfer.

Das stille, mürrische, in sich zurückgezogene oder trotzige Kind gibt häufig einen Hinweis darauf, daß in der Familie sexueller Mißbrauch stattfindet. Wenn ein Kind übertriebene Loyalität gegenüber einem Elternteil zeigt, indem es den Sündenbock spielt, oder mit ihm eine »Ehe« eingeht, wie in Kapitel 4 erörtert, kann dies ebenfalls ein Anhaltspunkt sein. Auch die Polarisierung von Gefühlen und Kinder, die über unangemessen große Macht verfügen, verweisen auf Mißbrauch. Das vielleicht wichtigste Signal für den Kliniker ist, wenn er intuitiv spürt, daß es in der Familie ein Geheimnis gibt. Wenn sich Täter und Opfer aller Altersstufen mit ihren schmerzlichen Erinnerungen auseinandersetzen, können sie zu der Würde finden, die ihnen zusteht.

## Co-Abhängigkeit

Da Sucht zwischen Menschen existiert, und weil sie ebenso das Symptom wie ein integraler Bestandteil des Leidens im Gesamtsystem ist, ist es entscheidend, den Interaktionsprozeß zu durchschauen, der dazu beiträgt, die Sucht aufrechtzuerhalten.

Der Begriff »Co-Abhängigkeit« bezieht sich auf die Interaktionsdynamik schamdominierter Familienmitglieder, die darauf abzielt, das System im Gleichgewicht zu halten.

Co-Abhängige sind Familienmitglieder, die von einem oder einer Süchtigen abhängig sind und durch die Konzentration auf den oder die Betroffene die Sucht aufrechterhalten. Co-Abhängige lassen sich darauf ein, die Sucht zu verleugnen, zu kontrollieren, abzuschirmen und herunterzuspielen.

Viele familienorientierte Therapiezentren beziehen heute die Angehörigen in die Suchttherapie ein. Bei einigen Programmen wird verlangt, daß die ganze Familie an der Behandlung teilnimmt; eine Stigmatisierung des Alkoholikers oder Drogenabhängigen wird damit vermieden und die übrigen Familienmitglieder können eher akzeptieren, daß alle in einem Boot sitzen. In der Therapie werden Co-Abhängige auf das offenkundige und verdeckte Kontrollverhalten aufmerksam, das aktiv dazu beiträgt, den Kreislauf von Scham und Sucht aufrechtzuerhalten.

Da die Grenzen brüchig sind, trauen Co-Abhängige dem eigenen Selbst nicht ganz; ihr »Reißverschluß« ist außen. Sie haben gelernt, ihr Selbstwertgefühl auf Anerkennung von außen aufzubauen. Co-Abhängige bedienen sich dreier verschiedener Verhaltensmuster. Menschen des ersten Typs passen sich anderen an, indem sie ihr Selbst »weggeben«. Um akzeptiert und gemocht zu werden, erklären sie sich mit den Gefühlen, Gedanken und dem Verhalten der anderen einverstanden. Sie überlegen stets, was die anderen wollen, und gehen dementsprechend auf sie ein. Sie meinen, die abgespaltene Stimme der Scham sei normal; die äußere Stimme behauptet: »Ja, du hast völlig recht«, während die innere Stimme sagt: »Nein, da irrst du dich aber ganz gewaltig.« Die Co-Abhängigkeit zeigt sich in der unaufrichtigen Beziehung zu sich selbst und zu den anderen – in der Unfähigkeit, sein Wort zu halten, das man sich oder anderen gegeben hat. Man hat die eigenen Wertvorstellungen verletzt und empfindet deshalb Selbsthaß und Scham. Um damit fertigzuwerden, daß diese Interaktion ihr Selbstwertgefühl beeinträchtigt, errichten Co-Abhängige Schutzzäune. Diese Abwehr kann sich als Schüchternheit, übertriebene Hilfsbereitschaft oder als Martyrium darstellen. Die Kommunikation beruht auf Einigkeit kontra Uneinigkeit statt auf Wahrheit und Aufrichtigkeit.

Co-Abhängige des zweiten Typs sind Menschen, die es »brauchen, gebraucht zu werden«. Wer als Kind die eigenen Gefühle abkapseln und die Rolle des Erwachsenen übernehmen mußte, bezieht sein Selbstwertgefühl aus der Sorge um andere. Solche Menschen treten oft als Helfer auf und übernehmen Verantwortung. Oft versuchen sie mit subtilen Mitteln, andere auf ihre Seite zu ziehen, und haben viel mit Leuten zu tun, die sich auf sie »verlassen«. Sie haben dennoch Probleme mit Nähe, weil sie gelernt haben, in einer Beziehung zwischen »Groß und Klein« der Große zu sein, und nicht wissen, wie man Verletzlichkeit zeigt. Co-Abhängigen, die zu diesem Schlag gehören, fällt es schwer, Hilfe anzunehmen oder darum zu bitten; sie haben gelernt, »alleine mit allem fertigzuwerden«. Dieses Verhaltensmuster ist oft schwer zu erkennen, weil es sich hinter einer Fassade der Dominanz, der Zuverlässigkeit und des Erfolgs verbirgt.

Eine dritte Form ist der »magnetische« Typ, hier gleicht die Co-Abhängigkeit einem Magnetstreifen, der die Vorderseite des gesamten Selbst abdeckt. Wenn ein solcher Mensch mit anderen zusammenkommt, die den gleichen Streifen haben, verwischen sich die Grenzen; die Betroffenen verschmelzen und verlieren sich in den Gedanken, Gefühlen und Taten des anderen. Wer in einer schamdominierten Familie aufgewachsen ist, wird andere Menschen finden, die einen komplementären »Magnetstreifen« mitbringen, und durch seine Loyalität die »verschmolzenen« Beziehungen von früher weiterleben. Intime Beziehungen gestalten sich besonders schwierig, weil sich die Co-Abhängigen, sobald sie eine Beziehung eingegangen sind, hilflos fühlen und nicht wissen, wie man wieder herauskommt.

Die Co-Abhängigkeit kann zwar viele Formen annehmen und zeigt sich in Symptomen wie übertriebener Sorge, Manipulation, Verdrängung und Wahnideen, sie ist jedoch nicht immer, wie die Dynamik des Süchtigen, in der Persönlichkeit verwurzelt. In einer neueren Untersuchung hat man sich mit Co-Abhängigen befaßt, die mit einem alkoholabhängigen Angehörigen in ein Therapiezentrum kamen. Nach Maßgabe des MMPI (Minnesota Multiphasic Personality Inventory) konnten sie zu über fünfzig Prozent als normal gelten. Das heißt, die Co-Abhängigkeit war mehr ein Bewältigungsmuster als ein pathologisches Problem (Williams 1984). Viele Co-Abhängige haben bei Gruppen für erwachsene Kinder von Alkoholikern und anderen Selbsthilfegruppen Beistand gefunden (Brown 1985).

Co-Abhängigkeit kann in jedem System vorkommen, nicht nur in Familien. Zum Beispiel kamen unlängst einige Nonnen zu uns, die sich um eine Schwester sorgten. Wir stellten Fragen über die spezielle Rolle der Co-Abhängigen, die in den Drogenmißbrauch der Betroffenen verwickelt waren. Wie wir erfuhren, setzte sich Schwester Luise tatkräftig dafür ein, daß Schwester Anna stets den Wein bekam, der nach dem Gottesdienst übrig blieb. Die co-abhängige Luise nutzte ihre Macht in der Gemeinschaft, um dafür zu sorgen, daß Anna isoliert blieb und reichlich Wein und Zigaretten hatte.

Bei der Arbeit mit der ganzen klösterlichen »Familie« hörten wir, daß Schwester Luise das Verhalten von Schwester Anna übermäßig kontrollierte. Immer wenn jemand Annas Alkoholkonsum zur Sprache brachte, erklärte Luise, Anna sei »aus dem Gleichgewicht geraten« und man solle sie in Ruhe lassen. Um das Geheimnis und die Scham ihrer Abhängigkeit abzuschirmen, wurde ein Mythos geschaffen. Wenn die Schwestern gemeinsam zu uns kamen, genügten ein paar Fragen und sie erzählten viele Geschichten, die von schmerzlichen, aber verleugneten Gefühlen, unangenehmen persönlichen Kontakten und den daraus resultierenden Selbstzweifeln handelten. Sie baten Schwester Anna, sich als Alkoholikerin in Therapie zu begeben, was sie am folgenden Tag tat.

Die wichtigste Co-Abhängige, Luise, gab sich jedoch noch größeren Illusionen hin als Anna. Luise meinte, Anna tue ihr leid und die

Mitschwester hätte offensichtlich ihre Gründe, warum sie trinke. Sie schloß sich Al-Anon an und nahm außerdem in einem Therapiezentrum an einem Familienprogramm teil. Ihr wurde klar, daß sie einen Menschen brauchte, der von ihr abhängig war – und daß sie ihr Leben lang Beziehungen auf diese Weise gestaltet hatte.
Die »Familie« lernte, daß Schwester Annas Sucht durch die Kooperation der anderen erst ermöglicht wurde. Sie hatten die Regeln der Scham befolgt; ihr Gehorsamsgelübde trug dazu bei, daß sie die Situation hinnahmen und verleugneten. Die Abhängigkeit hatte das Leben aller Schwestern beeinflußt. Bei späteren Interviews berichteten mehrere Nonnen, sie seien in Alkoholikerfamilien aufgewachsen und hätten sich über die eigene Genesung nie Gedanken gemacht.
Die Behandlung der Sucht im System zeigt die größte Wirkung. Den Patienten, die eine Einzeltherapie hinter sich haben, fällt es sehr schwer, in das relativ unveränderte co-abhängige System zurückzukehren. Die Unterstützung durch Selbsthilfegruppen spielt zwar eine zentrale Rolle, doch die Heilung wird begünstigt, wenn alle Opfer der Sucht gemeinsam daran arbeiten.
Die Genesung der Co-Abhängigen dauert wesentlich länger als der Entzug bei Süchtigen, die wegen einer bestimmten Abhängigkeit in Behandlung sind. Um gesund zu werden, müssen sich die Co-Abhängigen mit ihren verdrängten Gefühlen und ihrer eigenen Motivation auseinandersetzen, die sie bewegt, sich für andere opfern, weil sie geliebt werden wollen. Der »Wunsch, geliebt zu werden«, hat ein geringes Selbstwertgefühl und Angst vor Nähe erzeugt und dazu geführt, daß man durch das eigene zwanghafte Verhalten andere kontrollieren konnte. Wenn die Co-Abhängigen Selbstvertrauen gewinnen und Grenzen aufbauen, brauchen sie niemanden mehr, der von ihnen abhängig ist, und können als eigenständige Menschen Liebe und Nähe, statt Fürsorge und Verleugnung, erleben.

# 8 Voraussetzungen für die Therapie

In den ersten Kapiteln haben wir das Thema Scham untersucht und die Grundlagen unseres Theoriesystems dargestellt. Da wir uns bei der Arbeit mit Schamgefühlen persönlich einbringen, könnte man unseren Therapieansatz als heuristisch bezeichnen – das heißt, wir entdecken erweiterte Dimensionen unserer Prinzipien, sowohl der privaten wie der fachlichen, indem wir bei der Arbeit mit unseren Patienten persönliche Betroffenheit zulassen. Wir beeinflussen unsere Patienten und sie beeinflussen uns und unsere Beziehungen innerhalb und außerhalb der Praxis. Was wir aus diesem Prozeß lernen, hilft uns, unsere Philosophie der Familientherapie (unsere »selbstgebraute Erkenntnistheorie«) allmählich zu klären und zu erweitern. Unsere Arbeit mit Schamgefühlen hat uns neue erkenntnistheoretische Perspektiven eröffnet.

Mehrere Voraussetzungen untermauern unsere erkenntnistheoretischen Grundlagen. Diese Voraussetzungen beschreiben Werte, von denen wir bei unserer Arbeit mit Menschen ausgehen; sie sind das Wurzelsystem, aus dem sich unsere Therapiestrategien entwickeln. Wir wissen, daß die hier angeführten Thesen nicht »neu« sind; sie reflektieren lediglich den heutigen Kenntnisstand.

*1. Systemische Familientherapie ist ein Prozeß, der den Kontext berücksichtigt und auf mehreren Ebenen abläuft*

Unser Therapiemodell für Schamgefühle bezieht mehrere Ebenen ein – das heißt, wir untersuchen die Beziehungen des einzelnen und/oder der Familie in drei Systemen: die neugegründete Familie, in der die Patienten heute leben; die Herkunftsfamilie und der engere Freundeskreis.

Ganz gleich ob ein einzelner, ein Paar oder eine Familie zum Erstgespräch erscheint, der unmittelbare Kontext, mit dem wir es zu tun haben, ist die *gegenwärtige Familie*. Dies kann die Familie im biologischen Sinne sein, das heißt das Elternpaar und ihre eigenen Kinder, oder ein kinderloses Paar (Hey 1979). Andere Formen sind Familien mit adoptierten Kindern, mit Stiefkindern, homosexuelle Paare mit Kindern oder Familien von Alleinerziehenden. Von diesen Beziehungen erfahren wir meist in der Anfangsphase der Therapie, weil die Patienten im Zusammenhang mit ihren akuten Sorgen ihre Situation schildern.

Wir legen besondere Aufmerksamkeit auf die *Herkunftsfamilie*, denn die heutigen Verhaltensmuster des Patienten sind geprägt durch Eltern, Geschwister und andere Angehörige, mit denen er aufgewachsen ist. Carl Whitaker (1981) hat erklärt: »Ein Individuum an sich gibt es nicht; wir alle sind Familienfragmente.« Mit anderen Worten, der Mensch, dem wir in unserer Praxis begegnen, ist das Ergebnis einer Geschichte, die aus längst vergangenen Epochen bis in die Gegenwart reicht. Um uns die Einschätzung zu erleichtern, arbeiten wir beim Erstgespräch mit einem vorgedruckten Familiensoziogramm; die Patienten tragen ein, welchen Platz sie im Soziogramm einnehmen. Außerdem kodieren sie wichtige Informationen, zum Beispiel KM für körperliche Mißhandlungen, CK für chronische Krankheiten und so weiter.

Wir gehen davon aus, daß enge Freundschaften außerhalb des Familienverbandes wesentlich zur Gesundheit und Entwicklung der Familie beitragen.

Für manche Leute wird der Freundeskreis zur Ersatzfamilie, mit der man anläßlich wichtiger Lebensereignisse Familienrituale vollzieht. Wenn sie den Kontakt zu ihrer Herkunftsfamilie abgebrochen haben, wenden sich schamdominierte Menschen häufig den Freunden zu, um das Bedürfnis nach familiärer Geborgenheit zu befriedigen. Solche »Familienmitglieder« beziehen wir häufig in die Therapie ein. Dieses Familiensystemmodell ist für die Arbeit mit Schamgefühlen hervorragend geeignet, weil es »Unschuld« unterstellt. Die Patienten sehen, daß sie zu einem wesentlich größeren System gehören und nur eine bestimmte Rolle in der Entwicklung übernommen haben und daß jeder in einem Familienkontext aufwächst. Diese Einsicht bringt den Menschen Trost, die sehr viel familiäres Leid verinnerlicht haben. Dies kann auch für die wichtige Erkenntnis vorbereiten, daß wir zwar alle für unser heutiges Verhalten Verantwortung tragen, daß wir uns jedoch nicht von alleine zu dem Menschen entwickelt haben, der wir sind. Eine Mutter hat diesen Zusammenhang für ihr erwachsenes Kind in klare Worte gefaßt: »Ich weiß, daß ich an deinen Problemen mit schuld bin, aber lösen mußt du sie selbst.«

Wir erinnern unsere Patienten auch daran, daß sie nur sich selbst, und nicht das System, ändern können. Doch wenn sich der einzelne ändert, wandelt sich paradoxerweise auch das System, in dem er lebt. In diesem Kontext begegnen wir den übrigen Mitgliedern des Systems. Ganz gleich, ob der einzelne oder die Familie der Patient ist, wir untersuchen immer die drei familiären Kontexte.

Nach unserer Vorstellung verläuft das Wachstum auf mehreren Ebenen nicht linear. Ein passendes Modell für diese Entwicklung ist die Spirale – ein Modell der Kontinuität, Verbindung und Verbesserung: die Spiralen reichen in die Vergangenheit zurück und schlagen eine Brücke zwischen der entmystifizierten Geschichte und der Gegenwart. Das Wachstum der Familie ist, ebenso wie die Entwicklung des einzelnen, nie abgeschlossen. Wachstum ist ein stetiger, dynamischer und integrativer Veränderungsprozeß.

## 2. Lebenslange Therapie

Wenn wir behaupten, Therapie sei ein lebenslanger Prozeß, spielen zwei Bereiche eine wichtige Rolle. Der erste Punkt ist unsere Vorliebe, in der Familientherapie mit dem Lebenszyklus zu arbeiten, der zweite unsere Einstellung zur Veränderung.

*Lebenszyklus*

Wir können den Beginn der Therapie klarer bestimmen als das Ende, weil sich der Prozeß oft über lange Zeit erstreckt – über einen ganzen Lebenszyklus der Familie *und* des Therapeuten. Zum Beispiel bearbeiten wir mit einem Paar Eheprobleme, später erhalten wir einen Telephonanruf und werden gebeten, bei Erziehungsschwierigkeiten mit einem heranwachsenden Kind zu helfen, und dann wieder bei Fragen des Alterns und der Trauer über den Tod der Eltern.
Nachdem das ursprüngliche Arbeitsbündnis seinen Zweck erfüllt hat, kann der Therapeut in die Rolle des Beraters schlüpfen, und ebenso wie die Ärztin, der Zahnarzt, die Rechtsanwältin und der Geistliche ins Familienleben einbezogen werden. Wir stellen klar, daß unsere Tür immer offen steht – das heißt, daß die Familie später wiederkommen kann, wenn andere Entwicklungsfragen auftauchen. Da wir von einem Wachstumsmodell ausgehen, wissen wir, daß wir keine endgültige »Heilung« erreichen.
Ein Beispiel für die Arbeit mit Familienmitgliedern aller Altersstufen und in allen Phasen des Lebenszyklus ist der Fall von Ingrid und Stephan, die zur Therapie kamen, um an ihrer neugeschlossenen, zweiten Ehe zu arbeiten. Im Lauf der Behandlung kamen die beiden ehemaligen Familien zu einigen Interviews zusammen (das heißt die früheren Ehegatten und deren Partner bzw. Partnerin und die Kinder). Im nächsten Lebensabschnitt brachten sie ihre heranwachsenden Kinder mit, um Konflikte beizulegen. Und unlängst erschien Stephan, der heute fünfundvierzig ist, mit seiner fünfundachtzigjährigen Mutter und seinem sechzigjährigen Bruder; bevor die Mutter starb, wollte er mehr über seine frühe Kindheit und die Familiengeschichte hören, von der er nur einen verschwommenen Eindruck hatte. Die Familiensitzungen führten dazu, daß Stephan, sein Bruder und seine Mutter Familiengeheimnisse preisgaben und das strikte Verbot, ihre Liebe zu zeigen, durchbrachen. Sie lernten neue Wege, ihre Gefühle füreinander auszudrücken. Sie sprachen offen darüber, daß die Mutter bald sterben werde, und hörten, wie sie sich die Beerdigung wünschte. Später rief Stephan an und berichtete, seine

Mutter sei gestorben. Er und sein Bruder waren bei und hatten ihre Hand gehalten, während sie starb. Sie baten uns, auch in Zukunft die Eltern von Erwachsenen in die Therapie zu holen, denn: »Es ist nie zu spät.«

*Lösungen erster und zweiter Ordnung*

In bezug auf Veränderungen gehen wir davon aus, daß manche Leute nur Symptome lindern wollen, wenn sie mit Problemen zu uns kommen. Zum Beispiel kam ein verzweifeltes Ehepaar zur Therapie, weil eine außereheliche Affäre ans Licht gekommen war. Beim Erstgespräch erklärte sich der Mann bereit, die andere nicht mehr zu treffen. Diese Lösung erfolgte zwar im System, doch sie veränderte das System nicht, sie war eine *Lösung erster Ordnung* (Watzlawick et al. 1984). Die Verhaltensänderung war eine kurzfristige Therapie-Intervention, die das Symptom milderte. Die beiden kamen überein, in weiteren Sitzungen ihre Ehedynamik zu durchleuchten. Sie wurden darauf aufmerksam, daß sie den Regeln ihrer Herkunftsfamilie die Treue hielten, und bezogen beide Elternpaare in die Therapie ein. Dieser längerfristige Ansatz führte zu einer sogenannten *Lösung zweiter Ordnung*, da die Regeln verändert wurden, die die Struktur oder innere Ordnung beherrschen (Watzlawick et al. 1984).
Zu Beginn der Therapie kommt es häufig zu Lösungen erster Ordnung. Wenn das Vertrauen wächst, die Patienten mehr von sich selbst und ihren Geheimnissen erzählen und die verdrehte Familiengeschichte entwirren, können sie Entscheidungen treffen, die zu Lösungen zweiter Ordnung führen. Da Lösungen zweiter Ordnung Farbe in den Lebenszyklus der Familie bringen, bereichern sie die Therapie als lebenslangen Prozeß.

## 3. Das Familienunbewußte offenbart sich

Carl Whitaker hat erklärt: »Ich bin überzeugt, daß Mitglieder derselben Familie einander genau verstehen und daß ein Großteil dieser Informationen nie das Bewußtsein erreicht« (Taub-Bynum 1984). Die Familie hat, ebenso wie jedes ihrer Mitglieder, ein Unbewußtes. Für Taub-Bynum (1984: 10) liegt das »Familienunbewußte… zwischen dem persönlichen und dem kollektiven Bereich der Psyche«. Das *Familienunbewußte* unterscheidet sich vom *kollektiven Unbewußten*, nach C.G. Jung die »ererbte Eigenschaft der Seele«, durch die »gemeinsamen Bilder, Erfahrungen und Rollen, die allen Familienmitgliedern zugänglich sind. Das Familienunbewußte ist ein gemeinsamer Gefühlsbereich, eine gemeinsame Matrix des Bewußtseins« (Taub-Bynum 1984: 11). Dieser Gedanke erklärt, warum sich Schamgefühle oder psychosomatische Krankheiten über Generationen vererben.

Patienten machen häufig Erfahrungen mit dem Familienunbewußten, wenn sie mit »Zufällen« konfrontiert sind. Eine Frau kam zur Therapie und war sehr mutlos, weil die Beziehungen zu ihrer Herkunftsfamilie abgebrochen waren. Sie hatte seit sechs Jahren nichts mehr von ihren Angehörigen gehört und beschlossen, es sei an der Zeit, sich »ein für allemal« über ihre Gefühle im Zusammenhang mit ungeklärtem familiärem Leid klar zu werden. Beim zweiten Interview rief sie, sie wisse nicht, was sie davon halten solle: sie hatte unabhängig von einander vier Anrufe erhalten von auswärtigen Geschwistern und von einem Elternteil – und zwar alle offenbar ohne Grund. Welch feine Linie zwischen dem Zufall und der »Intrige« des Familienunbewußten besteht, verwirrt und verblüfft uns zuweilen.

Duke Stanton (Stanton und Todd 1982: 21) hat bei seiner Arbeit mit Drogenabhängigen ebenfalls festgestellt, daß das kollektive Unbewußte der Familie die Handlung eines Dramas vorgibt, wobei auf unbewußter Ebene eine Gefahr droht (Tod und/oder Zerstörung). So könnte ein Familienmitglied die unbewußte Botschaft erhalten: »Wenn du dich von uns trennen mußt, gibt es nur einen Weg, du mußt sterben.«

Das Familienunbewußte zeigt sich auch, wenn ein beschämendes Geheimnis ans Licht kommt. Nicht selten behaupten die Familienmitglieder, sie hätten es »irgendwie gewußt«.
Wenn Leute zur Therapie kommen, ist ihnen ihr Problem und ihr Leid bewußt; die Betroffenen nehmen jedoch viele Dimensionen der Therapie nicht bewußt wahr. Therapeuten und Patienten sind erstaunt, wenn unbewußte Informationen zugänglich werden. Wenn Menschen ihre Ziele formulieren und auf erwünschte Änderungen hinarbeiten, werden sie oft nachdenklich und erklären: »Jetzt weiß ich, warum ich gekommen bin.« Die unbewußten Gründe, die sich sprachlich nicht ausdrücken lassen, werden den Patienten im Lauf der Therapie zugänglich. Die Familientherapeutin Anita Whitaker hat einmal gesagt: »Ich glaube, wir werden alle automatisch gesteuert.«

## 4. Wir akzeptieren es nicht, wenn die Patienten leugnen

In der Anfangsphase der Therapie versuchen wir, die Wirklichkeit des Patienten so aufzufassen, wie er sie sieht; dabei sind wir häufig mit Wahnideen und verleugneten Schamgefühlen konfrontiert. Angehörige schamdominierter Familien haben ihre Gefühle verdrängt und sich den wahnhaften Mythen verschrieben, die die Familie ersonnen hat, um zu überleben. Diese Mythen entstehen aus Loyalität gegenüber den Familienregeln, die die Interaktionsmuster der Scham beherrschen. Um nicht über echte Erfahrungen sprechen zu müssen, schafft die Familie Mythen und erklärt so ihre Wirklichkeit; damit einhergehen in der Regel Wahnvorstellungen, die vorschreiben, was »normal« sei.
Uns fällt dabei die Rolle zu, das, was wir hören und sehen, zu spiegeln und die Familienregeln zu brechen, indem wir unsere Sicht der Wirklichkeit darstellen. Wenn eine Frau als Kind körperlich mißhandelt wurde, hat sie gelernt (durch Verleugnung und Herunterspielen) zu akzeptieren, daß sie von ihrem Mann geschlagen wird. Wir hören häufig die Erklärung: »Das passiert nur, wenn ich ihn wütend mache.« In ihrem Buch *Das Drama des begabten Kin-*

*des* befaßt sich Alice Miller mit den verleugneten Gefühlen von Menschen, die in der Kindheit die narzißtischen Bedürfnisse der Eltern befriedigen mußten. Da sie ihre Gefühlsreaktionen verleugnet haben, können die Kinder ihren Affekt nicht entwickeln, was zu Verzerrungen der Wahrnehmung führt. Diese Dynamik bringt die Entwicklung zum Stillstand; in der Therapie finden die Patienten zu ihren verdrängten Gefühlen zurück und können sie sich wieder zu eigen machen.

Als Reaktion auf die Wirklichkeit der Patienten äußern wir verschiedene Meinungen. So haben die Patienten die Möglichkeit, auf unterschiedliche Standpunkte einzugehen und sie zu besprechen – ein erster Schritt, mit dem Individuation zugestanden wird. Auf diese Weise wird klargestellt, daß Unterschiede natürlich und normal sind, und die Patienten werden angeregt, eigene Standpunkte und Überzeugungen zu vertreten. Wir betonen, daß Therapeut und Patient nicht einer Meinung sein müssen. In dieser kritischen Phase setzen wir voraus, daß der Therapeut den Patienten so annimmt, wie er ist, seinen Schmerz respektiert und Einfühlungsvermögen zeigt. Wir reißen keine Zäune (Abwehrmechanismen) nieder, solange wir nicht wissen, welchen Zweck sie erfüllen. Wir gehen davon aus, daß viele Patienten, ebenso wie viele von uns, mit Familienmythen aufgewachsen sind, die zu unzweckmäßigen Beziehungsstrukturen geführt haben. Im Anfangsstadium der Therapie machen wir den Patienten keine Vorhaltungen, sondern unterstützen sie dabei, ihre Wahrnehmung zu klären und verdrängte Gefühle bewußt zu machen.

Wenn die Patienten Vertrauen schöpfen und zugeben, wie verletzlich sie sind, können sie ihre kognitiven und affektiven Wahrnehmungen neu strukturieren. In den letzten Phasen der Therapie geben die Therapeuten die Rolle der Pflegeeltern auf, die Beziehung wird ausgewogener und der Therapeut folgt den Wahrnehmungen des Patienten.

Wenn Therapeuten über ihre eigene Auffassung der Situation nachdenken, sollten sie auf unabhängige Berater zurückgreifen können. Wir müssen uns über unsere eigenen Schwierigkeiten im klaren sein, damit sie sich nicht in unser Bild der Wirklichkeit drängen und damit wir in unserer Definition von Wirklichkeit bescheiden bleiben. Wir versichern unseren Patienten, wir könnten nicht versprechen, daß wir *recht* behalten, sondern nur, daß wir *aufrichtig* schildern, was wir sehen und hören.

## 5. Das Selbst dient als Technik

Die Beziehung zwischen Therapeut und Patient ist das stärkste Element im Therapieprozeß. Die Hauptsache bei dieser Beziehung ist Vertrauen; Voraussetzung für Vertrauen ist Echtheit. Vertrauen gründet nicht auf Worten.
Wir definieren Vertrauen als das »Sichverlassen auf die nonverbalen Mitteilungen eines anderen, um in einer riskanten Situation das gewünschte, aber ungewisse Ziel zu erreichen« (Griffin 1967). Wenn Patienten in einer geborgenen Atmosphäre ihren Schmerz erleben und ihre Schamgefühle bearbeiten können, vertieft sich das Vertrauen und sie kommen zu der Überzeugung, daß die Therapeuten sie nicht im Stich lassen.
Entscheidend ist, daß die Generationsgrenze zwischen Therapeuten und Patienten klar definiert wird. Weil sie früher Grenzverletzungen erlebt haben, neigen schamdominierte Menschen dazu, freundliche Gesten falsch zu interpretieren, sei es die Einladung zum Mittagessen oder das Angebot, den Patienten am Feierabend nach Hause zu bringen. Wenn Patienten ihre Probleme mit der Scham durcharbeiten, sind die Kräfte in der therapeutischen Beziehung ungleich verteilt; der Therapeut/die Therapeutin trägt die Verantwortung dafür, Grenzen zu ziehen und Klarheit zu schaffen.
Da es uns wichtig ist, ein Vertrauensverhältnis aufzubauen, benutzen wir Metaphern, die diese Beziehung klar definieren. Die Metaphern erinnern sowohl die Patienten als auch uns selbst daran, daß unsere Beziehung symbolischen Charakter hat.
Eine häufig gebrauchte Metapher ist die des Trainers (Whitaker 1974). Als Trainer können wir die Mannschaft oder den Spieler unterstützen, aber nicht für sie »spielen«. David Keith hat die Me-

tapher des Schwimmtrainers benutzt, um die Rolle des Kotherapeuten zu erklären: ein Trainer steht am Beckenrand, der andere geht ins Wasser.

Häufig bezeichnen wir uns im metaphorischen Sinne als Pflegeeltern, das heißt, wir unterstützen über einen bestimmten Zeitraum die Entwicklung des Patienten oder der Familie; wir treten für gewisse Zeit in ihr Leben und sie in unseres. Die Beziehung bleibt für immer bestehen, doch die gemeinsame Arbeit ist zeitlich begrenzt.

Die Pflegeelternmetapher ist sowohl für Therapeuten als auch für Patienten hilfreich. Da wir eine so persönliche Beziehung zu unseren Patienten aufbauen, ist es wichtig, daß die Unterscheidung zwischen Pflegeeltern und leiblichen Eltern klar wird, besonders dann, wenn sich der Patient auf Entwicklungsprobleme konzentriert und nach »liebevollen« Eltern Ausschau hält. Wir können nicht versprechen, wie echte Eltern ein Leben lang zur Verfügung zu stehen. Wir haben die spezielle Aufgabe, »darauf hinzuarbeiten, daß wir unseren Job verlieren«.

Solche Metaphern klären nicht nur die Grenzen, sondern helfen der Familie, mit einer abstrakteren Sichtweise zu experimenticren. Metaphern benutzen wir außerdem, um Zugang zur Welt der Patienten zu finden, so zum Beispiel, wenn wir mit einer Bauernfamilie über »Säen, Unkrautjäten und Ernten« sprechen. Wenn wir über Metaphern Kontakt zu ihrer Welt bekommen, wird die Kommunikation mehrdeutig und Verwirrendes kann an die Oberfläche kommen. Verwirrung kann einer perfektionistischen Familie gut tun. So wurde ein Wirtschaftsprüfer auf Unstimmigkeiten im »Hauptbuch« der Familie aufmerksam, als wir erklärten, die »Rechnung gehe nicht ganz auf«.

*Vater:* Abgesehen von Johannas Eßstörungen, haben wir keine Probleme in der Familie.
*Therapeutin:* Doch Ihre Frau sagt, sie leide unter Depressionen. Und Sie haben uns erzählt, daß Sie früher Sorgen hatten, weil Sie zuviel getrunken haben. Wenn ich aus allem, was ich heute gehört habe, die Bilanz ziehe, komme ich zu einem ganz anderen Ergebnis als Sie. Sie behaupten, unterm Strich hätten Sie »keine Probleme«, doch ich sehe hier einige Leute, die ziemliche Sorgen haben. Wissen Sie, was das heißt: »die Zahlen frisieren«?

*Vater:* (verwirrt und etwas überrascht) Sicher...
*Therapeutin:* Glauben Sie nicht, daß Sie die Zahlen frisieren, wenn Sie über die Familie reden, wenn Sie das Endergebnis als besser hinstellen, als es wirklich ist?

Der Vater und auch die übrigen Familienmitglieder konnten die Verwirrung in bezug auf ihr Familienleben besser verstehen, indem sie die metaphorische Sprache auf ihr Verhalten im Alltag übertrugen. Ganz gleich, welchen Stil ein Therapeut oder eine Therapeutin benutzt und wie ideenreich er oder sie Kontakt zur Familie knüpft, der entscheidende Faktor für den Aufbau einer soliden Beziehung ist Interesse und Zuneigung.

## 6. Familiäre Nähe ist das unausgesprochene Ziel

Wir definieren familiäre Intimität als *die Erfahrung von Nähe und Vertrautheit, die zwei oder mehrere Familienangehörige in verschiedenen Zusammenhängen machen, wobei sie damit rechnen, daß diese Erfahrung und die Beziehung über längere Zeit Bestand haben.*
Schamgefühle, und damit verbunden der Zusammenbruch zwischenmenschlicher Beziehungen (Kaufman 1985), verhindern Vertrautheit. Wegen ihrer Geheimnisse und ihres geringen Selbstwertgefühls sind schamerfüllte Menschen einsam und isoliert. Wir gehen davon aus, daß Leute, die ihre Schamgefühle durcharbeiten, in allen Beziehungen mehr Nähe erleben können. Das Familienleben bietet zwar *potentiell* Intimität, doch der Prozeß ist zyklisch und kommt immer wieder zum Stillstand. In intimen Beziehungen erleben wir nicht nur Liebe, sondern auch Streit und Feindseligkeiten. In der Vertrautheit gibt es mehr Anlaß zu Konflikten, und Auseinandersetzungen zwischen Menschen, die sich nahestehen, fallen in der Regel heftiger aus. Zudem ist das Bedürfnis nach und der Ausdruck von Intimität im Lauf des Lebens unterschiedlich ausgeprägt. Nähe zu erleben ist für schamerfüllte Menschen furchterregend, denn sie haben erlebt, daß andere das Verschmelzen und die Verlet-

zung von Grenzen als »Nähe« ausgegeben haben. Wer sexualisierte Zuneigung erfahren hat, muß neu lernen, was fürsorgliche Liebe bedeutet. Wir berücksichtigen, daß Patienten, was die Entwicklung des Gefühlslebens betrifft, oft wesentlich jünger sind, als man vermuten könnte, und gehen bei der Arbeit darauf ein, wie alt sie sich »fühlen«, und nicht darauf, wie alt sie sind.
Wenn durch die Therapie mehr Nähe erreicht werden soll, muß auch die ethnische Herkunft in Betracht gezogen werden. In italienischen oder griechischen Familien kann Intimität ganz anders aussehen als in deutschen oder skandinavischen.
In diesem Kapitel haben wir bereits von »unbewußten Wünschen« gesprochen; dazu zählt das natürliche Verlangen nach familiärer Nähe. Viele Familien erleben solche Vertrautheit jedoch nicht im Reden über Gefühle, sondern durch Arbeit, in der Freizeit, durch Geschichtenerzählen, stilles, gemeinsames Lesen oder sogar Streit. Wir erinnern unsere Patienten daran, daß sie ihre Vorstellungen von Intimität nicht auf die Generation ihrer Eltern übertragen dürfen und daß sich der Besuch zu Hause als anthropologische Feldforschung erweisen kann.

## 7. Familientherapie ist eine spirituelle Reise

Schamgefühle zerfressen den Geist, die natürliche, beseelende Lebenskraft, die sich der menschlichen Sprache entzieht. Zum Seelisch-Geistigen gehören der Verstand, das Unbewußte und die Intuition. Familien und Einzelmenschen sind geistige Geschöpfe. Wenn wir »geistig« oder »seelisch« sagen, meinen wir nicht religiös, obwohl manche Leute durch die Religion geistige Erfahrungen machen.
Wenn Patienten ihren Schamgefühlen die Stirn bieten, erwacht die Seele und geht ihren natürlichen Entwicklungsweg weiter. Eine Patientin sagte während ihrer Abschlußsitzung: »Früher habe ich mein Leben immer geplant, heute bin ich einfach da!« Das heißt: Jetzt konnte sie dem Leben vertrauen.

Zutrauen zum Leben gewinnen wir, wenn uns klar wird, wer wir sind und was wir vorhaben. Wenn wir der Scham mutig begegnen, wird uns eine Leere, ein geistiger Hunger bewußt. Unsere Versuche, diesen Hunger durch kontrollierendes, zwanghaftes Verhalten zu sättigen, bewirken nur Schmerz und Reue. So schrieb C.G. Jung an Bill Wilson, den Mitbegründer der Anonymen Alkoholiker: »[Die] Sucht nach Alkohol entspricht auf einer niedrigen Stufe dem geistigen Durst des Menschen nach Ganzheit, in mittelalterlicher Sprache: nach der Vereinigung mit Gott.« (Jung 1972-32, Bd. III: 373) Wir haben festgestellt, daß die zwölf Schritte der Anonymen Alkoholiker (und anderer Selbsthilfegruppen) für das geistige Wachstum eine wichtige Rolle spielen. Diese Gruppen helfen ihren Mitgliedern, »loszulassen« und zu akzeptieren, daß sie gegenüber äußeren Ereignissen und dem Verhalten anderer machtlos sind.

Durch Zwanghaftigkeit und Sucht, aber auch durch Krisen, kommen wir mit geistig-seelischen Dimensionen in Berührung. Familien werden oft durch Krisen mit ihren Schamgefühlen konfrontiert. Wenn Familien in der Krise Hilfe suchen, wird ihnen möglicherweise ein »Geschenk« zuteil.

Chinesische Autoren fassen die »Krise« sowohl als eine »Gefahr« als auch als eine »Möglichkeit« auf. Für diese Begriffe haben sie die Schriftzeichen Wei (Gefahr), das die Begegnung mit einem mächtigen Tier darstellt, und Chi (Möglichkeit), das ein Entwurf des Universums ist (Huang 1983). Wenn Familien in der Krise zu uns kommen, haben sie die Möglichkeit, sich zu ändern und zu entwickeln. In diesem Sinne glauben wir, daß Krisen für das geistig-seelische Wachstum von Familien wichtig sind, denn sie verschieben die Perspektive.

Zu dieser Entwicklungsmöglichkeit gehört auch das, was Carl Whitaker als »Energieumwandlung« bezeichnet hat. Ein Beispiel dafür ist der nicht ausgedrückte Ärger, der in unkontrollierbare Bewegungen oder zwanghafte »Arbeitswut« verwandelt wird. Immer wenn Energieumwandlungen stattfinden, haben wir für die Arbeit mehr Kraft zur Verfügung. Er ruft in Erinnerung, daß beim Menschen Skelett, Anatomie, affektiver und physiologischer Bereich in Verbindung stehen. Die »Umwandlung« wird in der Therapie sichtbar, sobald Kontrolle und Abwehr aufgegeben werden und hinter der Wut die Verletzung zutage kommt. Wer seine Verletzlichkeit preisgibt, kann sich unbeschwerter und angemessener ausdrücken und tiefere emotionale Kontakte knüpfen. Die Energie»umwandlung« beeinflußt auch den Therapeuten und ebnet den Weg zu einer, wie Whitaker sagt,»authentischen therapeutischen Begegnung«.

Wenn wir mit Familien über den Zugang zu ihren natürlichen seelischen Kräften sprechen, gebrauchen wir oft die Metapher des»verstopften Entwässerungskanals«. Zuerst muß das ganze»klebrige Zeug« herauskommen und an die Oberfläche geschwemmt werden, damit der Kanal wieder frei fließen kann. Den Familien wird klar, daß beschämende Verletzungen, Ärger und Wut jahrelang empfunden, aber nie ausgedrückt, sondern verdrängt und verleugnet wurden. Das angestaute Leid verstopft unsere»seelischen Entwässerungsgräben«, und unser inneres System fordert Entlastung. Wenn die Familie bereit ist, kann die»Dränage« gereinigt werden, und die normalen menschlichen Gefühle der Familienmitglieder gelangen an die Oberfläche.

Obwohl wir davon überzeugt sind, daß Wachstum und Nähe möglich sind, glauben wir nicht, daß es einen vorgezeichneten Weg gibt, der zu familiärer Nähe führt. Wir gehen davon aus, daß Mißerfolge – ihre und unsere – zum Ablauf gehören; wir gehen von Widerständen aus. Häufig müssen wir uns damit auseinandersetzen, daß die Familie unbewußt ein Drehbuch nachlebt, wobei ein Familienmitglied zum Werkzeug der Selbstzerstörung eines anderen wird.

Es läßt sich nicht leugnen, daß zum Familienleben Leiden gehört. Unser Spiralenmodell für Wachstum ist rekursiv. Wenn wir mit Familien arbeiten, die Leid und Krisen durchleben, werden Fäden aus dem alten Stoff in den neuen gewebt und neue Muster im seelischen Gewand der Familie geschaffen. Nicht selten beobachten wir, wie sich das Mitgefühl vertieft, wie die Menschen im Umgang miteinander sanfter werden und die anderen als selbständige Wesen annehmen und achten.

## 8. Therapeuten entwickeln sich durch persönliches Engagement

Carl Whitaker hat über die Familientherapie gesagt: »Wir können lehren, was es ist; wir können lehren, wie man es *macht* – doch wie man es *lebt*, das können wir nicht lehren.« Wir gehen davon aus, daß Therapeuten sich auch persönlich entwickeln wollen, wenn sie sich in der Arbeit mit den Schamgefühlen der Patienten persönlich engagieren. Wir gehen ein Risiko ein, wenn unsere Patienten an Problemen arbeiten, die den unseren gleichen, dann sind wir mit all unseren Abgründen und als ganzer Mensch gefordert, dann gilt es, gegenseitige Achtung zu beweisen und vorsichtig vorzugehen. Für uns ist Familientherapie ein Weg zu größerer Demut, auf dem wir Vieldeutiges, Überraschungen und Mißerfolge erleben. Durch die engagierte Arbeit mit Patienten, kommen Therapeuten auf vier Gebieten voran: bei der Auseinandersetzung mit Übertragungsproblemen; bei eigenen unerledigten Angelegenheiten, über die sie Klarheit gewinnen; bei der Kontrolle, von der sie Gebrauch machen; und bei der Unterstützung und Rückenstärkung durch Kollegen und Freunde.

Wenn Therapeuten noch am Anfang stehen, sprechen sie in der Regel auf *Übertragungsprobleme* der Patienten an. Die Grenzen aller Beteiligten werden gestärkt, wenn der Therapeut oder die Therapeutin bei der täglichen Arbeit mit Familien Schranken setzt und Projektionen eingesteht. Wenn wir als Therapeuten mit Scham arbeiten, sind wir verstärkt mit unseren eigenen Schamgefühlen konfrontiert, das ruft in Erinnerung, daß wir als menschliche Wesen nie ganz »fertig« sind.

Die *ungelösten Probleme* von Therapeuten bringen die Unordnung ins Leben, die für seelisches Wachstum nötig ist. Wenn wir uns mit unseren Problemen befassen, können wir Geistern begegnen und unerledigte Familienangelegenheiten bereinigen.

In der Supervisionsgruppe arbeiten Therapeuten mit Patienten, bei denen sie nicht weiterkommen. Der Therapeut kann die Familie oder das Paar in die Supervisionsgruppe einladen, damit sie das Gespräch und die nonverbale Kommunikation beobachten und

Feedback geben kann. Die Wurzeln des Problems liegen häufig in der Herkunftsfamilie oder in der neugegründeten Familie des Therapeuten.

Lea kam zur Supervision mit einem Ehepaar, auf das sie ärgerlich war; die Arbeit ging nicht voran. Sie erzählte, daß sie mit dem Mann leicht in Streit geriet; ihr war klar, daß sie anstelle der Frau mit ihm kämpfte, die sich noch nicht gegen ihn aufgelehnt hatte. Die Gruppe hatte den Eindruck, daß Lea gleichzeitig wütend auf die Frau war und sie in Schutz nahm. Später stellten ihr die Gruppenteilnehmer die Frage, wann sie sich schon einmal so gefühlt hatte. Lea hatte Tränen in den Augen, als sie bekannte, die Frau erinnere sie an ihre jüngere Schwester; sie hatte die Schwester jahrelang beschützt und ihr nie gesagt, wie ungehalten sie darüber war, daß die Schwester jedem Streit mit den Eltern aus dem Wege ging und Lea die Sache überließ. Nun begegnete die Therapeutin in der Praxis dem ungelösten Konflikt mit ihrer Schwester.

Die *Kontrolle* ist ein ganz entscheidender Aspekt der Therapie. Wenn wir nie jemanden zu Rate ziehen, erliegen wir Selbsttäuschungen. Wenn wir inner- oder außerhalb der Praxis Unterstützung und Rat bekommen, werden uns unsere erkenntnistheoretischen Voraussetzungen klarer und wir sehen, welche »Teile« uns noch fehlen.

Auch die eigenen Lebensprobleme können dem Therapeuten bei der Arbeit begegnen. Jeder Therapeut muß Gegelegenheit bekommen, diese Fragen in der Eigenanalyse zu besprechen. Wenn Therapeuten eine Scheidung hinter sich haben oder trauern, weil die Kinder aus dem Haus gegangen sind oder ein Angehöriger krank wird oder gestorben ist, sind sie in ihrer Expertenrolle wesentlich anfechtbarer. Wenn wir unsere Scheuklappen entfernen und uns unseren Lebensproblemen stellen, können wir uns auf die Arbeit mit den Patienten besser einlassen.

Die *Unterstützung* durch andere Menschen findet man in der Kontrollgruppe oder anderswo; sie ist deshalb so wichtig, weil sie Ausbrennen verhindert und einem den Rücken stärkt. Um das Bestmögliche zu leisten, brauchen Therapeuten Freunde und Kollegen, die einfühlend auf sie eingehen. Wenn Therapeuten mit Familien und deren Schamgefühlen zu tun haben, kommen aufrichtige, heftige Gefühle zum Ausdruck. Die Therapeuten werden stark in Anspruch genommen von den Geschichten über menschliches Leid und den Bekenntnissen, die sie in der Praxis zu hören bekommen. Besonders gefährdet sind sie daher, wenn sie isoliert in einer Privatpraxis arbeiten.

Auch die Unterstützung durch Mitarbeiter kann sich als sehr wertvoll erweisen. Bürokräfte, Sprechstundenhilfen und andere Teammitglieder oder Partner tragen wesentlich zur Gesundheit und Kraft des Systems bei. Zu wissen, daß uns Menschen unterstützen, die an uns glauben, gibt uns die Kraft, das Notwendige zu tun.

## 9. Menschliche Therapie ist feministische Therapie

Wir gehen von einem feministischen Ansatz aus – das heißt, wir respektieren unsere Patienten als Menschen und nicht als stereotyp männliche oder weibliche Personen. In der Systemtheorie-Ausbildung haben wir uns mit dem Begriff der Komplementarität vertraut gemacht; seither ist uns schmerzlich bewußt geworden, daß wir die Familiensysteme, mit denen wir zu tun haben, im Kontext des umfassenderen soziopolitischen Systems sehen müssen – und hier sind die Kräfte ungleich verteilt, es herrscht das Patriarchat. Wir sind überzeugt, daß wir durch einen feministischen Ansatz weiterkommen und uns mit unseren eigenen Problemen und den ererbten Vorurteilen unserer Kultur auseinandersetzen können.

Wir arbeiten mit dem Begriff des Geschlechtsprivilegs. Gemeint ist damit, daß Therapeutin und Patientin oder Therapeut und Patient eine ähnliche kulturelle Sozialisation hinter sich haben. Wenn eine Therapeutin mit einer Frau arbeitet, die sexuelle Gewalt erlebt hat, sei es heute oder gestern, inner- oder außerhalb einer Beziehung, kann sie von vergleichbaren Erfahrungen und gesellschaftlichen Prägungen ausgehen wie die Patientin. Entsprechendes gilt für den

Therapeuten, der spezifisch männliche Nöte erlebt hat, zum Beispiel den Zwang, sportlich und aggressiv zu sein, oder die Erfahrung, eine »Eltern-Kind-Ehe« eingehen zu müssen oder sexuell mißbraucht zu werden.

Bestimmte Leute, die mit Verführungskünsten spielen (Therapeuten/Therapeutinnen oder Patienten/Patientinnen) behaupten, es sei ihnen »angenehmer«, mit Menschen des anderen Geschlechts zu arbeiten; das heißt nicht, daß ihnen damit gedient ist. Leute mit unklaren Grenzen verfügen nicht über den erforderlichen gesunden Menschenverstand, um Schranken zu setzen und sowohl Identitäts- *als auch* Beziehungsgrenzen aufzubauen.

Im Gespräch mit Frauen und auch mit Männern werden feministische Fragen inzwischen offener diskutiert. Ergänzend zur Therapie bieten wir Frauengruppen und Männergruppen an. Da Schamgefühle nicht geschlechtsgebunden sind, bereitet unsere Arbeit den Boden für die Entwicklung hin zu mehr Menschlichkeit. Wenn wir das wahre Gesicht hinter der Maske sehen, profitieren wir alle von der Erkenntnis, daß wir unsere Rolle hinter uns lassen und Mensch sein können.

# 9 Von der Scham zur Achtung

Bevor die Therapie erfolgreich sein kann, ringen wir mit dem Problem, dem Paradox der Kontrolle zu entkommen. Weder dem Therapeuten noch dem Patienten fällt es leicht, die Einflußsphäre der Scham hinter sich zu lassen. Solange wir die kontrollorientierte Perspektive beibehalten, wollen die Therapeuten Erfolge und Resultate vorweisen und die Patienten erwarten, die Therapie solle etwas »in Ordnung« bringen, die Heilung in Form eines sorgenfreien Wohlbefindens garantieren. Das Leben ist nicht so. Doch was erwarten wir als Therapeuten tatsächlich von der Therapie? Das Leben ist ein Prozeß. Die Therapie kann einen gesunden Umgang mit dem Leben wieder ermöglichen, auch wenn sie keine Heilung in Aussicht stellt, die sicher kontrollierbar wäre. Wenn sich Therapeuten an diesen Grundsatz halten, vermeiden sie es, in die Kontrollfalle zu gehen. Wenn Leute zur Therapie kommen, heißt das noch nicht, daß sie ihr System verändern wollen. Sie suchen Hilfe angesichts eines bestimmten Lebensproblems, zum Beispiel Schulschwierigkeiten eines Kindes, Ehezwistigkeiten oder Depression. Als Familientherapeuten versuchen wir das fragliche Problem zu verstehen, indem wir es in den weiteren Kontext des Familiensystems stellen. Wir fragen: »Wie interagiert das Familiensystem mit diesem besonderen Problem?« »Wie hat dieses System (mit seinem Netz von Beziehungen, seinen Kommunikationsgewohnheiten und seiner Geschichte) das betreffende Problem hervorgebracht?« Weiter fragen wir: »In welcher Weise hält das Problem das System aufrecht?« Gerade diese letzte Frage verweist auf viele Therapiemethoden, die in schamdominierten Familien anwendbar sind. Wenn wir mit Schamgefühlen arbeiten, geht es uns weniger darum, das System zu ändern und damit das Symptom zu mildern, sondern wir konzentrieren uns darauf, zu verstehen und zu entschlüsseln, inwieweit das Symptom Bestandteil der zentralen ordnenden Loyalitäten ist, die das System erstarren lassen.

## Die Anfangsphase der Therapie

Die Therapie beginnt mit der ersten Bitte um Hilfe, die der Patient oder die Patientin persönlich oder telephonisch äußert. Dann entwickeln Patient und Therapeut ein Arbeitsbündnis, der Therapeut gibt eine Einschätzung der Systemdynamik und nimmt mehrere therapeutische Eingriffe vor. Diese Phase nimmt bis zu zehn Sitzungen in Anspruch und in vielen Fällen ist die Therapieerfahrung damit abgeschlossen. Sie ist weitgehend identisch mit der sogenannten Kurztherapie. Häufig bessern sich in diesem Stadium der Familientherapie die Symptome und die anfänglichen Ziele der Patienten sind erreicht.

Beim ersten Kontakt mit einem potentiellen Patienten (telephonisch in unserer Praxis) versuchen wir genauere Auskunft über das fragliche Problem zu erhalten. Wir vereinbaren Termine nicht einfach, weil jemand darum bittet. Wir müssen mehr über das Problem selbst erfahren. Wir müssen den *Kontext* kennen, in dem das Problem steht, um einen Eindruck vom System zu bekommen. Durch welches spezielle Ereignis war die Anfrage motiviert und mit welchen Angehörigen lebt die Patientin oder der Patient zusammen? Diese Informationen sind notwendig, um zu planen, wer zum ersten Termin kommen soll. Mit dem Telephonanruf und der Verabredung zur ersten Sitzung beginnt die Therapie. Der telephonische Erstkontakt ist nie eine bloße Verwaltungs- oder Routineaufgabe, die sich künstlich von der Therapie abtrennen ließe.

*Patientin:* Ich möchte gerne einen Termin mit Ihnen vereinbaren.
*Therapeutin:* Warum haben Sie sich entschlossen, gerade jetzt eine Therapie zu machen?
*Patientin:* Ich hatte in letzter Zeit ziemliche Schwierigkeiten, und meine Schwester hat gesagt, daß ihre Freundin bei Ihnen zur Therapie war.

*Kommentar:* Bereits in den ersten drei Sätzen nimmt der therapeutische Dialog Gestalt an. Die Therapeutin bittet um nähere Auskunft, damit sie die Therapieanfrage in einen Kontext stellen kann. Die Patientin bleibt in ihrer Antwort noch recht vage. In diesem Stadium ist es die Hauptaufgabe der Therapeutin, den Grundstein für eine erfolgreiche Therapie zu legen. Dies geschieht, indem sie im voraus feststellt, wer zum System gehört, und indem sie eine Situation schafft, in der sie von einer Beziehung zum Ganzen und nicht von einem Bündnis mit nur einem Mitglied ausgehen kann. Deshalb ist es entscheidend, die nötigen Informationen mit Nachdruck zu verlangen (soweit dies beim ersten Kontakt ohne Probleme möglich ist).

*Therapeutin:* Können Sie mir die Schwierigkeiten, die Sie haben, etwas genauer beschreiben?
*Patientin:* Ich bin seit einiger Zeit recht deprimiert und in meiner Ehe wirklich unglücklich. Ich denke zum Beispiel darüber nach, ob ich mich scheiden lassen soll.
*Therapeutin:* Ich glaube, wir könnten durchaus einen Termin vereinbaren, doch vorher brauche ich noch ein paar Informationen von Ihnen. Können Sie mir sagen, wer in Ihrem Haushalt lebt?
*Patientin:* Nur ich und mein Mann und mein sechsjähriger Sohn.
*Therapeutin:* Wissen Ihr Mann und Ihr Sohn, daß Sie so unglücklich sind?
*Patientin:* Ich bin sicher, daß sie es irgendwie spüren, aber mein Mann bekommt solche Dinge nicht besonders gut mit.
*Therapeutin:* Was hält Ihr Mann davon, daß Sie eine Therapie machen wollen?
*Patientin:* Er ist einverstanden, solange er nichts damit zu tun hat.

*Kommentar:* Wir wissen nun, wer zur Familie gehört und haben vorläufig den Eindruck, daß die eheliche Bindung nicht gerade stark ist. Nun fehlt nur noch das spezifische Ereignis, das die Frau veranlaßte, sich um eine Therapie zu bemühen. Wir setzen niemanden unter Druck, Dinge preiszugeben, über die er am Telephon nicht gerne spricht; doch wenn wir um das auslösende Ereignis wissen, lernen wir die Merkmale des Systems kennen. Außerdem erfahren wir, was so weh getan hat, daß die Patientin die Therapie will.

*Therapeutin:* Das hört sich an, als fühlten Sie sich schon lange unglücklich. Können Sie mir sagen, was der letzte Tropfen war, der das Faß zum Überlaufen brachte, so daß Sie mich angerufen haben?
*Patientin:* Ja, es waren ein paar grauenhafte Tage, die ich mit meiner Familie verbracht habe. Wir hatten für ein langes Wochenende ein Häuschen am See gemietet, doch ich hab' es da mit meinem Mann kaum ausgehalten und wurde ganz deprimiert. Es war die ganze Zeit nur schrecklich, und als wir gestern wieder nach Hause kamen – na ja, da wußte ich, daß ich etwas unternehmen muß.

*Kommentar:* Offensichtlich hat der intensivere Kontakt mit ihrem Mann das Leid der Frau so verstärkt, daß sie sich zur Therapie entschloß. Dies sagt uns nicht viel mehr, als daß die Beziehung der Eheleute zur Zeit der »Krankheitsherd« des Systems ist. Die Therapeutin beschließt, sich möglichst viele therapeutische Optionen offenzuhalten, indem sie die Frau und den Mann gemeinsam zur ersten Sitzung einlädt.

*Therapeutin:* Ich möchte Sie bitten, zur ersten Sitzung gemeinsam mit Ihrem Mann zu kommen.
*Patientin:* Ich glaube wirklich nicht, daß er mit mir kommt, und ich möchte ihn auch gar nicht fragen, weil er sich für meine Probleme nicht interessiert.
*Therapeutin:* Nach meiner Erfahrung zu urteilen, kann ich Ihnen am ehesten helfen, wenn Sie ihn zumindest zur ersten Sitzung mitbringen. Anschließend können wir, je nachdem was sinnvoll erscheint, weiter planen; natürlich sind dann auch Einzelsitzungen möglich. Doch ich weiß, daß es Ihre Therapie günstig beeinflussen wird, wenn wir ihn bei der ersten Sitzung hier haben. Meinen Sie nicht, daß er zu Ihrer Therapie kommen würde?
*Patientin:* In Ordnung. Wie wäre es, wenn wir etwas vereinbaren, und wenn ich ihn bewegen kann zu kommen, bringe ich ihn mit. Wenn nicht, komme ich allein.
*Therapeutin:* Nein. Es wäre mir lieber, wenn wir einen Termin für Sie beide ausmachen. Wenn es sich herausstellt, daß es nicht geht, rufen Sie mich bitte an. Dann können wir die Lage noch einmal besprechen. Wenn Ihr Mann mich fragen möchte, warum ich ihn einlade mitzukommen oder was ich vor habe, kann er mich gerne anrufen.
*Patientin:* Gut. Ich werde es mit ihm besprechen.

Nun hat die Therapeutin eine Ausgangssituation geschaffen, die es ermöglicht, von einer Beziehung zum System auszugehen. Der Telephonkontakt ist das erste Stadium der Entwicklung eines Arbeitsbündnisses. Das sechsjährige Kind wird jetzt nicht einbezogen, doch diese Möglichkeit ist später noch gegeben. Wenn das Kind älter wäre oder im Brennpunkt des Leids der Familie stände, würde es von Anfang an teilnehmen. Die Familientherapeutin muß in das System eintreten, indem sie eine Beziehung zum Ganzen aufbaut und die Beziehung im System einschätzt. Nachdem die Therapeutin deutlich gemacht hat, daß sie sich dem Wohlergehen aller Angehörigen verpflichtet fühlt, ist es möglich und oft vorteilhaft, eine Zeitlang mit Untergruppen oder einzelnen zu arbeiten.

Das Anfangsstadium der Therapie erfüllt, neben der telephonischen Aufnahme, viele wichtige Aufgaben: Die relevanten Leute müssen an einen Tisch gebracht werden, um ihre Sorgen zu besprechen; die Geschichte des Problems und die Lösungsversuche müssen geklärt werden; und die Geschichte des Familiensystems in dieser Generation und in der Vergangenheit ist festzuhalten. Die Therapeutin wird versuchen, das Problem umzuformulieren, damit die Betroffenen ihre Sorgen in einem anderen Licht sehen, und strategische Eingriffe vornehmen, um die Struktur und die Verhaltensregeln der Familie zu ändern.

Jede dieser Erfahrungen kann den Betroffenen im täglichen Leben enorme Entlastungen bringen, manchmal geschieht dies sehr schnell. Schon, daß die Menschen zusammenkommen und offen über ihre Schwierigkeiten sprechen, kann den Kontext des Problems verändern und große Erleichterung bedeuten.

Die Therapeutin muß das Ereignis im Auge behalten, das die Krise herbeiführte und das ursprüngliche Problem darstellt. Es liefert die Legitimation dafür, daß die Therapeutin in die Familie tritt, und muß deshalb ausdrücklich in das Arbeitsbündnis aufgenommen werden.

*Therapeutin:* Sie, Anne, haben mir heute erzählt, wie Sie im Lauf der vergangenen Monate immer deprimierter geworden sind, Und Ihnen, Philipp, ist nicht aufgefallen, daß mit Anne etwas vor sich gegangen ist. Wie kommt es, daß Sie nicht bemerkt haben, daß Ihre Partnerin so leidet?

*Philipp:* Nun, ich mußte mich um meine Sorgen kümmern und habe angenommen, daß sie sich um die ihren kümmert.
*Therapeutin:* Ist es in Ihrer Familie so zugegangen, als Sie aufgewachsen sind?
*Philipp:* Genau. Da hat niemand Zeit gehabt, sich um uns Kinder Gedanken zu machen; wir haben uns ziemlich allein durchs Leben geschlagen.
*Therapeutin:* Ich habe den Eindruck, es würde sich lohnen zu untersuchen, wie Sie, Anne, und Sie, Philipp, gelernt haben, ein vertrautes Verhältnis zu jemandem aufzubauen. Das würde sicher auch klären, was in Ihrer Familie heute los ist. Haben Sie das Gefühl, es wäre sinnvoll, in dieser Richtung weiterzuarbeiten?
*Philipp:* Das glaube ich schon, weil ich eigentlich nie richtig vertraut mit jemandem war.

*Kommentar:* In diesem gekürzt wiedergegebenen Dialog aus einem Erstgespräch wird das Arbeitsbündnis entwickelt. Dazu gehört, daß die Therapeutin etwas über das Leid erfährt, das die Patienten zur Therapie brachte, und planvoll darauf eingeht.
Die Beschäftigung mit der Vorgeschichte erweitert oder öffnet den Kontext. Wir können die Beziehungsgeschichte im Detail erfragen, wenn sie für das Problem relevant ist. Sie stellt das Problem von heute in einen langfristigen, systematischen Zusammenhang. Zur Beziehungsgeschichte gehören die frühesten Erinnerungen daran, wann der Patient oder die Patientin sich zum erstenmal jemandem nahe fühlte oder meinte, für jemanden wichtig zu sein, und das Gefühl hatte, daß ein echter, bedeutungsvoller, liebevoller Austausch stattfand. Wir untersuchen, wie Zuverlässigkeit, affektive Beziehungen, Würde und Respekt, Mißbrauch, Verlust und Trauer erlebt wurden. Wir betrachten die Beziehung zu Eltern, Geschwistern, Freundinnen und Freunden und zu Sexualpartnern. Wir fragen, welche Erfahrungen die Patienten in vertrauten, positiven Kontakten gemacht haben. Es ist wichtig festzustellen, ob Beziehungen, die früher eine große Rolle spielten, verlassen, vernachlässigt oder völlig abgebrochen wurden, weil dies in der Regel durch die Schamgefühle eines Beteiligten bedingt ist und bei allen Scham auslöst. An welche Regeln und Verhaltensmuster halten sich die Familienmitglieder, wenn Streitigkeiten und Spannungen auftreten? Werden Konflikte offen ausgetragen? Wenn ja, werden sie gelöst?

Um die Ursachen der Schamgefühle aufzudecken, muß die Anamnese unter anderen Aspekten betrachtet werden. In der Regel prüfen wir zunächst, ob zur Zeit Verhaltensweisen vorliegen, die die Scham aufrechterhalten. Sofern sie relevant ist, erforschen wir im Detail die Anamnese der Patienten in bezug auf Sexualität, Drogen und Alkohol, Essen und Fasten, richtigen und falschen Umgang mit Geld, körperliche Mißhandlungen. Auf dem jeweiligen Gebiet untersuchen wir, *welche Beziehung* die Betroffenen zum fraglichen Stoff oder Verhalten aufgebaut haben. Zunächst fragen wir nach den frühesten Kindheitserlebnissen der Patienten innerhalb oder außerhalb der Familie. Wir fragen, was sie über die Beziehung der Eltern zu dem Stoff oder dem Verhalten wissen und was sie in dieser Hinsicht über andere Angehörige (Onkel, Tanten, Großeltern) erfahren haben. Wir bitten sie, ein Soziogramm-Formblatt auszufüllen und Notizen zu diesen Familienproblemen darauf einzutragen. Wir untersuchen, ob die Patienten im Zusammenhang mit dem Stoff oder Verhalten schlecht behandelt wurden und Reizüberflutungen oder widersprüchlichen Botschaften ausgesetzt waren. Da die Prüfung der Anamnese das ganze Leben umfaßt, fragen wir, ob sich die Beziehung zu dem fraglichen Stoff oder Verhalten geändert hat? Hat sich eine Abhängigkeit entwickelt, um *auf diese Weise Trauer, Spannungen oder Unsicherheit zu kontrollieren?* Wenn eine Struktur von Abhängigkeit und Kontrolle zutage kommt, rechnen wir damit, daß sie den ablaufenden Reifungsprozeß behindert oder blockiert; statt dessen finden wir rigide oder wirkungslose Bewältigungsversuche und qualvolle Beziehungen.

Wenn solche Verhaltensmuster vorliegen, untersuchen wir die Beziehung, indem wir fordern, das Verhalten klar, ausdrücklich und eindeutig einzustellen. Wenn es sich um Sucht handelt, erwarten wir nicht, daß sich die Betroffenen darüber im klaren sind; wir rechnen damit, daß sie sich dagegen wehren, das Verhalten auch nur vorübergehend aufzugeben, wenn auch die einzelnen Menschen unterschiedlich reagieren. Die *Erfahrung*, daß man ohne das Verhalten oder den Stoff auskommen kann, ist sehr erhellend.

Verleugnung und mangelnde Einsicht sind in dieser frühen Phase weit verbreitet und ein Vertrauensverhältnis zur Therapeutin oder

zum Therapeuten ist von entscheidender Bedeutung. Wenn die zentralen ordnenden Loyalitäten, Kontroll- und Bewältigungsmechanismen eines Menschen in Frage gestellt sind, muß er sich die Überzeugung der Therapeutin borgen, daß diese Auslegung sinnvoll ist. Dazu ist erforderlich, daß der Patient bereit ist zu vertrauen. Aus diesem Grund muß die Therapeutin die Situation genau beurteilen, bevor sie Patienten auffordert, ihrer Sucht die Stirn zu bieten. Wir wissen sehr wohl, daß dauerhafte, planvolle Veränderungen nur eintreten, wenn primäre Abhängigkeiten aufgegeben worden sind.
In der Anamnese untersuchen wir alte Erlebnisse, die mit Mißbrauch und Grenzverletzung zusammenhängen, und setzen sie zu den Lebensproblemen von heute in Beziehung. Diese sind ebenfalls mit Verleugnung verbunden. Menschen neigen dazu, ihre Scham- und Minderwertigkeitsgefühle von den ursprünglichen Grenzverletzungen und traumatischen Erlebnissen abzutrennen. Sie halten nichts von sich und fühlen sich unzulänglich, doch sie bringen diese Gefühle nicht mit den Ungerechtigkeiten und Demütigungen in Verbindung, die sie erlitten haben.
Zum Beispiel kam ein Mann in die Therapie, nachdem seine dritte Ehe gescheitert war. Hilfe suchte er wegen seiner Depressionen. Er war als das »besondere Kind« einer Alkoholikerin aufgewachsen. Es hatte ihm oft Angst eingejagt, wenn er sie abends ohnmächtig auf dem Boden fand. Er rief dann immer einen Krankenwagen, verstand jedoch nicht richtig, was los war, und fürchtete, seine Mutter werde sterben. In ihrer Not suchte sie tagtäglich Trost bei ihm und verlangte, er solle ihr den Rücken reiben, ihr etwas zu trinken einschenken und ihre Probleme anhören.
Als Erwachsener ging der Mann wiederholt Beziehungen mit Frauen ein, bei denen er eine fürsorgende Rolle übernahm. Zu Anfang war das Verhältnis stets gut, später kam es jedoch regelmäßig zu Zornausbrüchen und bittern Angriffen. Alle drei Frauen waren wütend, weil er sie ständig überwachte, und er reagierte darauf, indem er sich noch mehr bemühte, es ihnen recht zu machen. Er nahm ihren Zorn ganz einfach als Ergebnis seiner Unzulänglichkeit hin, weil er nie gelernt hatte, eine gleichberechtigte Beziehung aufzubauen. Als er uns das Verhältnis zu seiner Mutter schilderte, war

ihm nicht bewußt, daß hier die Rollenverteilung zwischen Eltern und Kind umgedreht worden war. Dies wurde ihm erst klar, als ihn der Therapeut auf die Widersprüche aufmerksam machte. Im Lauf der Zeit stieß der Patient auf alte Gefühle, Wut über Ungerechtigkeiten und andere Verletzungen, die er als Erwachsener stets verleugnet hatte.

Um die Verbindung zwischen den Schamgefühlen und der eigenen Geschichte herzustellen, reicht es manchmal aus, die Patientin oder den Patienten darauf aufmerksam zu machen und den Sachverhalt zu erklären. Oftmals fehlt in bezug auf ein frühes Trauma jeglicher Affekt. Dann wird in der Therapie zunächst mit dem alten Affekt Kontakt aufgenommen; man beschäftigt sich mit den verdrängten Emotionen, weil sie aus der heutigen Perspektive relevant und bedeutungsvoll sind.

In der Therapie fragen wir die Patienten: »Wie haben Sie gelernt, sich so zu schämen?« Diese Frage untergräbt die Scham auf zwei Ebenen. Auf der ersten Ebene fühlen wir uns erleichtert, wenn wir Schamgefühle mit bestimmten Erinnerungen an verletzende Erlebnisse in Verbindung bringen. Auf der zweiten Ebene sucht der Mensch nach der schamauslösenden Lernerfahrung und wird daher die Scham als »erworben« und nicht als »inhärent« definieren. Dies steht im Widerspruch zur beschämenden Erfahrung überhaupt, da die Scham als grundlegend für die eigene Identität erlebt wird. Tatsächlich kann ein Mensch schwerlich überlegen, wie er *erlernt* hat, sich zu schämen, und gleichzeitig Scham *empfinden*.

Die Therapeutin oder der Therapeut muß sich außerdem bewußt sein, daß man schmerzliche Gefühle wie Trauer, Wut oder das Gefühl, abgelehnt zu werden, oft zuerst als Schande erlebt oder durch Schamgefühle zudeckt. Wenn dies geschieht, kann ein Therapeut das Erlebnis des Patienten umgestalten, indem er beispielsweise sagt: »Sie trauern um einen Verlust und schämen sich dafür. Meinen Sie nicht, es wäre ganz in Ordnung, wenn Sie statt dessen spüren würden, wie weh es tut?«

Nicht selten verspürt man in der Therapie den Reiz, schamdominierte Patienten abzulehnen. Sie rechnen damit, abgelehnt zu werden, und mit dieser Erwartung müssen wir uns so oder so auseinandersetzen. Häufig reicht es aus, wenn Therapeuten offen und ehrlich sagen, daß sie weiterhin bereit sind, mit den Betroffenen zu arbeiten. Manche Menschen haben gelernt, Ablehnung zwanghaft einzusetzen, um ihr Leben unter Kontrolle zu halten. Sobald es den Anschein hat, daß die Therapiebeziehung Bedeutung gewinnt, legen sie ein provokatives Verhalten an den Tag und wollen bewirken, aus der Therapie entlassen zu werden. Der Therapeut bewegt sich hier auf des Messers Schneide, denn er muß einerseits das Verhalten als Versuch verstehen, das Unumgängliche herbeizuführen, und andererseits Grenzen aufrechterhalten, damit die Therapie weitergehen kann.

Ein Patient bestand beispielsweise darauf, während der Sitzungen zu rauchen, eine Freiheit, die wir aus persönlichen Gründen nicht gestatten. Als er darauf beharrte, beendeten wir die Sitzung und er sagte zum Abschied, er wolle nicht wiederkommen. Als er ging, spürten wir die Versuchung, entweder ebenfalls mit einer Ablehnung zu reagieren oder unsere Ansprüche herunterzuschrauben und den Konflikt zu umgehen. Wir ließen uns jedoch von der Provokation nicht beeinflussen und erwiderten, daß wir ihn als Menschen sympathisch fänden, das Rauchen jedoch nicht akzeptieren würden; wenn er die Therapie später fortsetzen wolle, könne er jedoch anrufen. Wir hielten die Grenze aufrecht und lehnten ihn dennoch nicht ab. Zwei Tage später rief er an und war bereit, die Therapie wiederaufzunehmen.

Die Interventionen und die Erforschung der Anamnese können bereits in den ersten Sitzungen die Erleichterung oder die Lösung bringen, die die Patienten suchen. An diesem Punkt schließen viele Menschen die Therapie erfolgreich ab. Andererseits kann die Erfahrung mit der Therapie ein wesentlich größeres Problem aufdecken, nämlich das grundlegende Bedürfnis als ganzer Mensch zu wachsen und sich den anderen Problemen zu stellen, die die persönliche Entwicklung blockieren. Einige Patienten werden die Veränderungen, die sie brauchen, durch eine Kurztherapie nicht erreichen und sich entscheiden, mehr zu investieren, um das größere Problem zu untersuchen. An diesem Punkt wird das Arbeitsbündnis für das nächste Stadium, die sogenannte Vertiefungsphase, neu ausgehandelt.

*Die Vertiefungsphase*

Dieses Stadium der Therapie unterscheidet sich in mehreren Aspekten von der Anfangsphase. In erster Linie verlagert sich der Schwerpunkt von der problemlösenden, symptomorientierten Kurzintervention hin zur breiter angelegten Veränderung und Entwicklung. Das Arbeitsbündnis beruht in dieser Phase zwar immer noch auf dem ursprünglichen Therapiewunsch des Patienten, doch nun treten grundlegende Veränderungen und die persönliche Entwicklung als neue Ziele in den Mittelpunkt. Die Perspektive des Therapeuten spielt im Arbeitsbündnis zu der Zeit eine wichtigere Rolle und verweist auf das für die weitere Arbeit Notwendige. Wenn das Arbeitsbündnis neu ausgehandelt wird, ist es jedoch wichtig, daß der Therapeut es vermeidet, für die Ziele des Patienten die Verantwortung zu übernehmen. Der Therapieprozeß ist wirksamer, wenn wir das Bündnis klar formulieren und die Kraft und Motivation zur Therapie dem Patienten überlassen.

Während in der Anfangsphase die Verleugnung oder mangelnde Bewußtheit der Familienmitglieder möglicherweise ignoriert oder nur minimal bearbeitet werden, steht in diesem Stadium die Auseinandersetzung mit der Verleugnung im Mittelpunkt der Arbeit. Nun müssen die Patienten die hintergründigen Aspekte ihres selbstzerstörerischen oder mißbräuchlichen Verhaltens untersuchen, die Ursachen traumatischer oder ererbter Schamgefühle klären und die Mauer zwischen ihrem Affekt und ihrer Geschichte einreißen. Noch wichtiger ist, daß die Familienmitglieder in einem langwierigen Entwicklungsprozeß zu selbstbewußten Menschen werden.

Echte, langfristige Abhängigkeit und schamauslösende Verhaltensweisen lassen sich nicht von heute auf morgen ändern. Ausgerüstet mit neuen Einsichten und wirksamer Hilfe, sind Menschen manchmal in der Lage, aus dem schamdominierten Kreislauf auszubrechen und das zwanghafte Verhalten abrupt einzustellen. Dies kann in der Initialphase geschehen und die Brücke zur Vertiefungsphase darstellen. Diese plötzliche Besserung wirkt zwar sehr ermutigend, doch ein solch drastischer Einschnitt kündigt keineswegs eine dauerhafte Veränderung an. Der Mensch und die ganze Familie geraten

dadurch vielmehr in eine höchst instabile Lage. Wir müssen damit rechnen, daß sie nach kurzer Zeit zum ursprünglichen Verhalten zurückkehren, sofern sie nicht durch intensive Therapie und Unterstützung Schritt für Schritt neue Interaktionsmuster finden.
Sobald Patienten aus dem schamdominierten Zyklus von Kontrolle und Lösung ausbrechen, haben sie ihre wichtigste Möglichkeit, Gefühle zu kontrollieren und zu ordnen, eingebüßt. In diesem Augenblick erleben die Menschen entwicklungsmäßig und emotional eine Art Pubertät, das heißt, sie werden von Gefühlen überflutet, haben jedoch nicht die persönlichen Erfahrungen und Mittel, um damit umzugehen. Sie haben das alte zwanghafte Verhalten aufgegeben, das die Scham aufrechterhielt, Gefühle verdeckte und das System stabilisierte. Wie man sich zur Persönlichkeit entwickelt, haben sie noch nicht gelernt. Hier kann die systematische Veränderung einsetzen. Die rigiden, hartnäckigen Strukturen weichen der sinnvollen Therapie, weil die durch die Abhängigkeit erzeugte Isolation und Betäubung entfallen. Nun ist ein Bündnis für die langfristige Arbeit angebracht und jetzt ist der Zeitpunkt gekommen, an dem der Therapeut zusichern muß, daß er für die bevorstehende harte Arbeit zur Verfügung steht.

*Patient:* Ich habe solche Angst vor einem Leben ohne Alkohol, ohne den Trost, den ich im Alkohol finde.
*Therapeut:* Es wundert mich nicht, daß Sie Angst haben. In gewissem Sinne war er Ihr einziger zuverlässiger Freund. Sie werden sich nun sehr viel verletzlicher fühlen und viele Gefühle erleben, die bisher zugedeckt waren. Zur Therapie gehört es auch zu lernen, wie man echte Freunde gewinnt und wie man mit seinen Gefühlen leben kann. Das wird einige Zeit in Anspruch nehmen und manchmal schmerzlich sein. Doch solange Sie bereit sind, daran zu arbeiten, werde ich für Sie dasein.

Im Verlauf der Durcharbeitung wird in der Regel ein Mitglied des Systems früher als die anderen zu einem reiferen, gesünderen Verhalten finden. Das Echo darauf kann chaotisch sein. Der Therapeut braucht während dessen eine Orientierungshilfe, in Form eines methodischen Verständnisses, weil es sehr verlockend ist, die anderen zu verurteilen oder die Geschehnisse rein individuell aufzufassen.

Dies ist zum Beispiel in einer Ehebeziehung zu beobachten, in der beide Gatten in einen Machtkampf verstrickt sind. Schließlich gibt eine/r von beiden das »Spiel« um die Herrschaft auf und konzentriert sich auf die eigene persönliche Entwicklung. Ein anderer Fall wäre die Familie, in der sich ein Mitglied auf eklatant zügellose oder mißbräuchliche Weise abreagiert. Der Betreffende wird erfolgreich mit seinem Verhalten konfrontiert und gibt es im Lauf der Therapie auf. In der Regel kommt nun zum Vorschein, wie sich die Partner gegenseitig ergänzen. Die subtileren Eigenschaften der Ehefrau, des Ehemannes oder der anderen Familienmitglieder rücken in den Vordergrund.

Zum Beispiel konzentrierte sich ein Paar in der Therapie auf die Kaufsucht des Ehemannes. Wie er mit Geld umging, war einfach ungeheuerlich, doch er erklärte und rechtfertigte sein Verhalten mehrere Wochen lang eisern. Schließlich gab er zu, daß er wegen seiner Kaufsucht etwas unternehmen müsse, und erklärte sich bereit, solange nur noch für Nahrungsmittel und Transport Geld auszugeben, bis er ein vernünftiges Verhalten entwickeln könne. Nun fing seine Frau an, ihn anzuschwärzen und für buchstäblich alles, was in ihrem Leben vor sich ging, verantwortlich zu machen. Ihr Verhaltensmuster war zuvor vom eklatanten Benehmen ihres Mannes zuverlässig verdeckt worden. Nun, da er *sein* Verhalten einstellte, wurde *ihres* extrem. Doch er fühlte sich jetzt stärker und konnte ihr die Stirn bieten.

Wenn die Verschmelzung und Verstrickung noch stärker ist und ein Familienmitglied beginnt, verantwortungsbewußt und selbständig zu handeln, kann man damit rechnen, daß die Angehörigen reagieren, als seien sie betrogen oder sehr ungerecht behandelt worden. Sie werden offen oder verdeckt fordern, der oder die Abtrünnige solle zu den früheren Strukturen zurückkehren. Komplementarität ist auch zu beobachten, wenn ein Familienmitglied das Unbehagen eines anderen abreagiert. Zum Beispiel kann sich im Agieren der Kinder die uneingestandene Angst von Vater oder Mutter oder der nicht zugegebene Konflikt zwischen den Eltern zeigen. Oder ein Ehepartner übernimmt angesichts der unausgesprochenen Sorge des anderen die Rolle des Sündenbocks.

In dieser Struktur zeigt sich, wie die weitgehende Verschmelzung der persönlichen Grenzen und das Schutzsystem bewirken, daß ein Familienmitglied agieren muß, um sich und andere vor der Angst zu schützen. Das Agieren kann die verschiedensten Formen annehmen. So kann eine Betroffene krank werden, sich betrinken oder etwas so Ungeheuerliches äußern, daß sie den Zorn aller anderen auf sich zieht. Wenn die Agierende am Ende scheint, kann die Therapeutin eine Frage stellen, die dem System auf den Grund geht, zum Beispiel: »Wen schützen Sie mit Ihrem Verhalten?« oder »Was glauben Sie wie sich Ihr Mann gefühlt hat, bevor Sie angefangen haben, das zu tun?« oder »Tun Sie das für ihn?«

Ebenso wie die Unreife eines Familienmitglieds die der anderen stützt, kann die Entwicklung und Veränderung des einen die anderen anregen. Das System ändert sich, indem die einzelnen ihr Verhalten ändern, und dies geschieht durch plötzliche Anstrengungen und Überraschungen, mit Fortschritten und Rückschlägen.

In der Therapie geht es in dieser Phase häufig darum, den Unterschied zwischen Ärger und Schimpfen festzustellen und zu erklären. Die Angehörigen schamdominierter Familien sind kaum in der Lage, diese Unterscheidung zu treffen. Wenn sie oder andere wütend werden, wittert man Gefahr – verletzende, unkontrollierte Ausbrüche. Der Therapeut als »Trainer« übt mit den Leuten ein, wie man Ärger offen und direkt ausdrücken kann, ohne die anderen anzugreifen und respektlos zu werden.

Wenn die Familieninteraktion in den »intimen Quadranten« tritt, müssen die verschiedensten »heißen« Gefühle ausgedrückt werden. (Siehe Abbildung 7, Kapitel 6) Wir haben oft mit Familien zu tun, die den aktiven Mißbrauch hinter sich gelassen haben, sich aber nun so kontrolliert verhalten, daß sie im ruhigen Quadranten feststecken. Die Folge ist, daß ihre Beziehung zueinander langweilig und abgestorben wirkt und Konflikte nicht gelöst werden. Den Leuten fällt es leichter, ihre Zorngefühle aufzuspüren, indem sie so tun, als seien sie wütend, und beobachten, wie es ihnen dabei geht. Um ihnen zu helfen, den Kontakt mit dem Affekt herzustellen und ihre Gefühle anzunehmen, schlagen wir vor, sie sollten mit der Hand auf Kissen schlagen oder weiche Keulen schwingen und dabei lauthals schreien. »Ich bin wütend auf dich« ist ein klare Botschaft, die Respekt zeigt. »Ich bin wütend auf dich, weil du mich immer so nervös machst« ist eine Schuldzuweisung und möglicherweise eine bedrohliche Botschaft.

Wenn Menschen in der Therapie Fortschritte machen und die Beziehung zu sich selbst und zu anderen vertiefen, entdecken sie, daß sie verletzlich sind. Aufgrund ihrer schambelasteten Geschichte glauben sie nun, daß mit ihnen etwas nicht stimmt. Denn gerade als sie verletzlich waren, wurden sie mißbraucht, mißhandelt, beschimpft. Das Gefühl der Verletzbarkeit scheint untrennbar mit Scham verbunden. Durch den Nachhilfeunterricht des Therapeuten lernen sie, daß gerade die Verletzlichkeit es ermöglicht, einem anderen wirklich nah zu sein. Die Therapeutin kann der Patientin ganz schlicht versichern, daß ihre Gefühle in Ordnung sind.

*Patientin:* Ich fühle mich so grauenhaft, weil ich Ihnen das alles über mich erzählt habe. Sie glauben sicher, daß ich ein schrecklicher Mensch bin.
*Therapeutin:* Nein, ich empfinde nur die größte Hochachtung für Ihren Mut. Es fordert sehr viel Mut, das anzuschauen, was Sie gesehen haben, und ich bewundere Sie dafür, daß Sie hartnäckig geblieben sind.

Wenn Familienmitglieder während der Sitzung respektlos miteinander umgehen, sollte der Therapeut aufmerksam reagieren und darauf hinweisen. Häufig sind sich weder der Angreifer noch das Opfer bei einem beleidigenden Wortwechsel bewußt, was passiert ist. Alle haben Gelegenheit, etwas dazuzulernen.

*Patient* (zu einem anderen Familienmitglied): Wenn du nicht so ein komisches Gesicht machen würdest, wäre es vielleicht leichter, dir zuzuhören.
*Therapeut:* Sofort aufhören! Solche Beschimpfungen werden wir hier nicht zulassen. Warum haben Sie so reagiert? Was ist mit Ihnen passiert?
*Patient:* Na ja, sie hat gesagt, daß ich ihr nie zuhöre, aber ich versuche es doch. Sie merkt einfach nicht, wie sehr ich mich bemühe, ihr zuzuhören.
*Therapeut:* Wie haben Sie sich gefühlt, als sie das zu Ihnen gesagt hat?
*Patient:* Schlecht habe ich mich gefühlt!
*Therapeut:* Es ist Ihnen schlecht gegangen und dann haben Sie losgeschlagen?
*Patient:* Mhm.

*Therapeut:* Ich verstehe, daß Sie sich schlecht gefühlt haben, als sie das gesagt hat, doch Sie können nicht einfach losschimpfen, wenn es Ihnen schlecht geht. Ich glaube, sie verdient eine Entschuldigung von Ihnen. Und dann wollen wir uns weiter darüber unterhalten, warum es Ihnen schlecht ging.

*Kommentar:* In dem oben wiedergegebenen Dialog hat der Therapeut nicht nur auf die Beschimpfung aufmerksam gemacht, sondern auch den Weg von der Scham zur Schuld gewiesen. Sobald der Patient sein Verhalten zugab und die Verantwortung übernahm, konnte er seine Schuld empfinden und wiedergutmachen – eine Erfahrung, die nicht beschämend wirkt, sondern eher das Selbstwertgefühl hebt.

Nachdem die bisher geschilderte Arbeit weitgehend abgeschlossen ist, nachdem die Familienmitglieder ihre Schamgefühle und deren Ursachen nicht mehr verleugnen, ist es oft sinnvoll, die Geschwister und die Eltern der erwachsenen Patienten einzubeziehen (Framo 1976). Dies muß gründlich geplant und vorbereitet werden, insbesondere weil die Angehörigen häufig von weither anreisen. Diese Sitzungen können sehr dramatisch ablaufen, weil die Eltern und Geschwister offensichtlich gekommen sind, um der Patientin oder dem Patienten in der Therapie zu helfen. Jetzt ist Zeit, um die Familiengeschichte zu besprechen, altes Unrecht aufzudecken, eine gefühlsmäßige Trennung zu überwinden und neue Beziehungen zu knüpfen.

Wenn Leute von außerhalb anreisen, um an der Therapie teilzunehmen, vereinbaren wir meist zwei ausgedehnte Sitzungen an zwei aufeinanderfolgenden Tagen. Am ersten Tag kommen wir für drei Stunden zusammen; hier geht es zunächst einmal darum, unter Leitung des Patienten ins Reden zu kommen. Er richtet sich nach einer Tagesordnung, die er in den vorhergehenden Wochen gemeinsam mit dem Therapeuten ausgearbeitet hat. Der Therapeut muß sich zwei Prinzipien deutlich vor Augen halten. Erstens, die anwesenden Angehörigen haben kein Arbeitsbündnis mit ihm geschlossen. Sie kommen im Interesse des Patienten und es wäre nicht angemessen, wollte man versuchen, sie zu therapieren oder zu verändern. Zweitens, die Familie darf nicht »in einen Hinterhalt gelockt« werden;

für das ganze persönliche Unglück, das der Patient erlebt hat, ist nicht sie alleine verantwortlich. Wenn die Angehörigen kommen, erwarten sie häufig Vorwürfe und sind entweder auf der Hut oder geständnisbereit. Wir meinen, daß sie am ehesten helfen können, wenn sie so ehrlich wie möglich sind, es wagen über Dinge zu reden, die früher tabu waren, und darauf vertrauen, daß das Gespräch eine heilsame Wirkung hat. Einfach etwas mitzuteilen, kann in bestimmten Fällen explosiv wirken und oft große Erleichterung bringen – aber helfen tut es fast immer.

Für den folgenden Tag setzen wir meist eine zweistündige Sitzung an. Inzwischen haben die Beteiligten eine Nacht Zeit gehabt, um über das letzte Treffen nachzudenken und können nun näher auf das Besprochene eingehen. Manchmal kommt in dieser Sitzung, aufbauend auf die vorhergegangene, noch mehr an die Oberfläche. Es muß leider auch gesagt werden, daß in manchen Fällen die Patientin oder der Patient die Erfahrung macht, wie starr, wie giftig und wie unzugänglich das Familiensystem ist.

In der Vertiefungsphase begleiten die Therapeuten als Trainer den kreativen Prozeß, der zur Entwicklung einer echten Persönlichkeit und einer Beziehung zu sich selbst führt. Viele Methoden sind hier anwendbar. Manchmal fordern wir Patienten auf, jeden Tag oder regelmäßig Tagebuch zu führen, in Ruhe ihre Erfahrungen, Gefühle, Zweifel und Fragen niederzuschreiben und über ihre Entwicklung nachzudenken. Die Geheimhaltung des Tagebuchs und die Autorität über die eigenen persönlichen Grenzen sind dabei zwar äußerst wichtig, doch der Patient kann sich entschließen, bestimmte Teile des Tagebuchs mit den Angehörigen oder dem Therapeuten zu besprechen.

Andere »Hausaufgaben« dienen dazu, die Mauer zwischen der eigenen Geschichte und dem eigenen Affekt abzutragen. Zum Beispiel bitten wir eine Patientin, das Grab der toten Mutter, Schwester oder Freundin zu besuchen. Wir regen an, sie solle mit der Toten laut über Probleme sprechen, die mit ihrer Beziehung zu tun haben. Dabei geht es meist um alte Geschichten, die nie geklärt wurden, es kann sich aber auch um jüngstvergangene Ereignisse handeln, die das Verhältnis mit der Toten betreffen. Denn der Tod beendet das

Leben, doch eine Beziehung kann er nicht beenden. An die Wirklichkeit der Beziehung wiederanzuknüpfen kann schmerzlich sein – aber auch belebend und befreiend.

Im selben Geist ermuntern wir die Patienten alte Photographien zur Sitzung mitzubringen. Sie dienen einerseits dazu, dem Therapeuten die Vergangenheit greifbar darzustellen, und andererseits helfen sie den Patienten, mit der eigenen Vergangenheit und Familiengeschichte wieder in Kontakt zu kommen und dadurch ein Gefühl der Kontinuität zu gewinnen.

Träume aufzuschreiben und in der Sitzung zu erzählen, kann sinnvoll sein, um einen stabileren Bezug zu sich selbst zu finden. Wenn man sich mit der Welt der Träume vertraut machen will, muß man sich keineswegs mit komplizierten Interpretationen und Symbolen auskennen. Schon allein, Träume zu berichten und davon zu sprechen, daß »ich eine Reise gewagt habe und dabei über die bewußte Kontrolle hinausgegangen bin«, kann sinnvoll sein. Wenn Patienten täglich meditieren, Entspannungsübungen machen oder Sport treiben, wird ihr Selbstbewußtsein ebenfalls gestärkt.

Wie unsere Kollegin Rene Schwarz sagt, wissen viele Menschen, die aus einem schamdominierten System kommen, nicht, »wie man Entdeckungen für die Entwicklung nutzt«. In diesem System kann und wird alles für die Schamgefühle benutzt. Da es in der Vertiefungsphase vor allem darum geht, die Verleugnung zu überwinden, die Geschichte zu entdecken und die Wirklichkeit zu enthüllen, ist reichlich Material geboten, das der schamerfüllte Patient gegen sich verwenden kann. Der Therapeut muß dem Patienten helfen, das Gelernte neu zu ordnen, so daß es für die Entwicklung, statt für die Niederlage, verfügbar wird. Wir vertreten bei dieser Neuordnung keine naiv optimistische Weltsicht, sondern versuchen die negative, für den Patienten schädliche Schamreaktion zu blockieren.

*Patientin:* Diese Woche fühle ich mich einfach grauenhaft. Seit mir klar geworden ist, wie sehr mich meine Eltern als Kind emotional alleingelassen haben, will ich immer nur mein Gesicht verstecken, wenn ich mit Leuten zusammen bin.

*Therapeutin:* Das hört sich an, als seien Ihre alten, durch diese Behandlung ausgelösten Schamgefühle wieder aktiviert worden, als Sie diese dramatische Situation wiederentdeckten.
*Patientin:* Ich weiß nicht, aber ich habe das Gefühl, daß ich mit niemandem darüber reden kann.
*Therapeutin:* Können Sie sich vorstellen, wie es wäre, wenn das kleine Kind, das Sie einmal waren, jetzt hier neben Ihnen säße?
*Patientin:* Das kann ich wohl.
*Therapeutin:* Könnten Sie sich mit dem kleinen Mädchen anfreunden? Vielleicht sogar den Arm um es legen?
*Patientin:* Das würde ich gerne tun.
*Therapeutin:* Ich möchte, daß Sie im Lauf der nächsten Tage von Zeit zu Zeit an das Mädchen denken. Gehen Sie einfach freundlich und warmherzig mit ihr um. Verurteilen Sie es nicht. Nehmen Sie es einfach so, wie es ist.

Während der gesamten Therapie mit schambeherrschten Familien kommt der Systemperspektive auf mehreren Ebenen besondere Bedeutung zu. Dadurch haben wir als Therapeuten gelernt, uns selbst und unsere Familien als Teil eines größeren Systems zu sehen, das heilende Kräfte besitzt. Die erste Ebene im System ist das Individuum. Die zweite Ebene, die der Kernfamilie, ist Thema dieses Buches. Die dritte Ebene, der Freundeskreis außerhalb der biologischen Familie, spielt eine sehr wichtige Rolle. Die Therapieerfahrung alleine kann niemals alles für die Heilung Nötige bewirken. Bezeichnenderweise haben viele Menschen, mit denen wir arbeiten, keinen gut entwickelten Freundeskreis.

Zur Genesung gehört, daß wir die Patienten ermuntern und anleiten, Bekanntschaft mit Außenstehenden zu schließen. In vielen Fällen verweisen wir auf Therapiegruppen, manchmal auch auf Kurse oder Workshops. Wir ermutigen sie, sich Organisationen, Kirchen und Vereinen anzuschließen, in denen eine humane Atmosphäre herrscht. Wesentlicher Bestandteil dieser Arbeit ist es, Suchtpatienten und deren Angehörige an die Anonymen Alkoholiker, Al-Anon (eine Selbsthilfegruppe für die Angehörigen von Alkoholikern A.d.Ü.) oder vergleichbare Gruppen zu verweisen, zum Beispiel die Anonymen Overeaters, die Anonymen Sexsüchtigen, die Anonymen Kaufsüchtigen und so weiter. Diese Selbsthilfegruppen arbeiten nach dem Zwölf-Schritte-Programm, man kann dort Kontakt mit Leidensgenossen finden und erlebt Aspekte der Heilung, die die Therapie nicht bietet.

Häufig muß der Familientherapeut mehrere Therapiebestrebungen koordinieren, die verschiedene Familienmitglieder betreffen. Ein einziger Therapeut reicht nicht aus. Wir mobilisieren die Kräfte eines Systems, um das Familiensystem zu behandeln. Es kann sein, daß einige Angehörige bei anderen Therapeuten an einer Gruppe teilnehmen, während die Mutter bei einer Kollegin eine Einzeltherapie macht. Während dessen wahrt der Familientherapeut die Familienperspektive, fungiert als Generalist, hält Kontakt mit den verschiedenen Therapeuten und koordiniert die Arbeit. Wenn Alkoholismus oder eine Sucht im fortgeschrittenen Stadium vorliegt, überweisen wir die Familie an Suchtspezialisten und setzen dann in der Vertiefungsphase wieder an, nachdem die Spezialbehandlung abgeschlossen ist.

Ein viertes System sind die Kolleginnen und Kollegen des Therapeuten, die zum Teil mit Angehörigen derselben Familien arbeiten. Damit Therapeuten bei der Arbeit angemessene Grenzen aufrechterhalten können, brauchen sie ihr eigenes Bezugssystem. Sie brauchen die stetige Unterstützung, den Rat und die Orientierung an der Wirklichkeit, die dieses System mit seinen Erneuerungsprozessen bietet. Die Arbeit mit den Familien ist zum Großteil sehr schwierig. Die Patienten sind anstrengend und aufreibend, nicht nur für ihre Angehörigen, sondern auch für die Therapeuten, die als menschliche Wesen gegen den destruktiven Prozeß keineswegs immun sind. Wir bezeichnen uns als ein System von Therapeuten, die Systeme therapieren. Auch wenn eine Therapeutin ohne Unterstützung durch einen Kollegen eine Familientherapie hält, wird die Grenze zwischen der Therapeutin und der Familie durch die Tatsache gesichert, daß ein Kreis von eng zusammenarbeitenden Kollegen von ihrer Arbeit mit der Familie weiß und in groben Umrissen ihr Privatleben kennt. Wenn nötig sollte man jedoch von Kotherapeuten Gebrauch machen, eine Beraterin zur Einschätzung heranziehen oder einen Drogenspezialisten aufsuchen, sofern Suchtmittelabhängigkeit oder andere Suchterscheinungen vorliegen.

Therapeuten, die mit diesen Systemen arbeiten, müssen sich der eigenen Scham, Sucht-, Grenz- und Kontrollprobleme bewußt sein, und zwar sowohl persönlich als auch, was das größere Familiensystem anbelangt. Man muß auch um die persönliche Neigung wissen, emotional überzureagieren, wenn in der Therapie besonders bedrückende und provozierende Geschichten erzählt und Interaktionen ausgeführt werden. Man muß über die Fähigkeit verfügen, in der Therapie einen Standpunkt zu beziehen und sich von den Patienten abzugrenzen und dennoch nicht selbstgerecht zu werden. Sowohl in der eigenen Entwicklung als auch bei Kollegen haben wir immer wieder gesehen, daß ein Therapeut den Patienten ermöglichen wird, gerade den Problemen auszuweichen, mit denen er sich selbst nicht persönlich auseinandergesetzt hat. Wenn wir den Problemen selbst die Stirn bieten, finden wir als Therapeuten zu einer gesunden Demut und zu echter fachlicher Kraft.

## *Die Endphase*

Das Ende der Therapie zu erreichen, nachdem wir die Vertiefungsphase erfolgreich durchlebt haben, ist ein großer Augenblick. Es ist ein Triumph, daß es möglich ist, schweren Problemen zu begegnen und nicht nur zu überleben, sondern auch zu wachsen und stärker zu werden. Dies ist eine Bestätigung für den menschlichen Geist. In dieser Hinsicht bringt uns unsere Arbeit jeden Tag wunderbare, beflügelnde, aus dem Leben gegriffene Abenteuer. Das heißt nicht, daß jeder dieses Stadium erreicht. Auch wer sich entschlossen hat, in die Vertiefungsphase zu gehen, verliert unter Umständen die Motivation weiterzumachen oder traut sich selbst oder dem Therapeuten nicht mehr zu, das Nötige zu tun. Genauso wenig behaupten wir, daß wir so etwas wie eine endgültige »Heilung« erreichen. In diesem Stadium der Arbeit haben die Menschen ein System, in dem sie leben können, ein Netz außerhalb der Familie, das sie auffängt, und ein Gefühl der persönlichen Würde; sie wissen, daß sie für sich selbst und für ihre Genesung Verantwortung tragen.

Die Beziehung zwischen den Familienangehörigen und dem Therapeuten ist gewachsen im Lauf der Monate oder gar Jahre, über die sich die Therapie erstreckt hat. Zu diesem Zeitpunkt kennt der Therapeut das Leben seiner Patienten sehr genau, aber umgekehrt wissen auch die Patienten viel über ihren Therapeuten. Als die Beziehung begann, überwogen Form und Strategie gegenüber dem Gehalt und dem Vertrauen. Sie endet mit der Fülle und dem Gehalt, die sich ergeben, wenn man sich gut kennt. Auch wenn die Patienten keine Details aus dem Privatleben des Therapeuten kennen, wissen sie doch, wie er auf das Leben reagiert, sie kennen die Feinheiten und Nuancen seiner Reaktionen. Sie haben ihren Therapeuten als Menschen kennengelernt. Die Beziehung beruht nun auf einem ehrlichen, zwischenmenschlichen Austausch, wobei die Patienten Schritt für Schritt mehr Verantwortung für ihre Entwicklung übernommen haben.

Wenn dieses Stadium erreicht ist, ist es an der Zeit aufzuhören. Die Therapie wird planvoll zu Ende geführt und die Bedeutung der gemeinsam durchlebten Reise gewürdigt. Oftmals war diese Reise lebensrettend, sowohl im wörtlichen wie im geistigen Sinne.

Für die Patienten ist das Ende eine Art Emanzipation von den Therapeuten als Pflegeeltern. So gesehen ist der Abschied nicht endgültig. Ebenso, wie sich emanzipierende Jugendliche Kraft schöpfen, wenn sie von Zeit zu Zeit heimkehren, müssen die Patienten wissen, daß ihnen die Tür zum Therapieraum nicht verschlossen ist. Langfristige Beratung bieten wir allen Familien, die nach Jahren erneut Hilfe suchen, wenn sie sich auf eine neue Lebenssituation einstellen müssen, in eine Krise geraten oder ein anderer Aspekt der therapeutischen Arbeit wichtig wird.

Wenn die letzte Sitzung stattfindet, wie vom Therapeuten und den Patienten geplant, schwelgen wir meist in Erinnerungen an die Reise. Wir sprechen über die entscheidenden Augenblicke, die Zweifel, die wir zu bestimmten Zeiten gegeneinander hegten, und die Krisen, die durch die Therapie heraufbeschworen und durchlebt wurden. Durch diesen Vorgang wird der Fortschritt bekräftigt, nicht als etwas absolutes, sondern als Hilfsmittel, als Landkarte, als Werkzeug, das uns hilft zu werden, was wir sind – wahrhaft menschlich.

# Literatur

Bach, G./Wyden, P.: *Streiten verbindet: Spielregeln für Liebe und Ehe*, 3. Aufl. Düsseldorf: Diederichs 1976.
Bach, R.: *Illusionen: Die Abenteuer eines Messias wider Willen*, Berlin: Ullstein 1978.
Bateson, G.: *Ökologie des Geistes: Anthropologische, psychologische, biologische und epistemologische Perspektiven*, übers. v. Hans-Günter Holl, Frankfurt a.M.: Suhrkamp 1981.
Ders.: *Geist und Natur: Eine notwendige Einheit*, Frankfurt a.M.: Suhrkamp 1982.
Becker, E.: *Die Dynamik des Todes: Die Überwindung der Todesfurcht, Ursprung der Kultur*, Freiburg i.Br.: Walter Verlag 1976.
Bell, N.: »Extended Family Relations of Disturbed and Well Families«, *Family Process* I (2), 175-195, 1962.
Bly, R.: Jung Society Lecture, Minneapolis. III, Jan. 1985.
Boss, P.: »Family Boundary Ambiguity: A New Variable in Family Stress Theory«, *Family Process*, 23, 535-546. IV, 1984.
Bowen, J.: *Goddesses in Everywoman*, New York: Harper & Row 1984.
Bowen, M.: *Family Therapy in Clinical Practice*, New York: Jason Aronson 1978.
Bowen, M.: »Family Therapy. Paper Presented at the Family Therapy Conference«, Milwaukee, WI, Oct. 1979.
Bowlby, J.: »The Making and Breaking of Affectional Bonds: Etiology and Psychopathology in the Light of Attachment Theory«, *British Journal of Psychiatry*, 130, 201-210, 1977.
Brown, S.: *Treating the Alcoholic*, New York: John Wiley 1985.
Carnes, P.: *The Sexual Addiction*, Minneapolis: CompCare Publications 1983.
Coleman, E.: »Family Intimacy and Chemical Abuse: The Connection«, *Journal of Psychoactive Drugs*, 14(1-2), 153-157, 1982.
Davis, M./Wallbridge, D.: *Eine Einführung in das Werk von D.W. Winnicott*, Stuttgart: Klett-Cotta 1983.
Elkin, M.: *Families Under the Influence*, New York: Norton 1984.

Farber, L.H.: *Lying, Despair, Jealousy, Envy, Sex, Suicide, Drugs, and the Good Life*, New York: Harper & Row 1976.

Flax, S.: »The Executive Addict«, *Fortune*, 24-31, Juni 1985.

Ford, F.R./Herrick, J.: »Family Rules / Family Life Styles«, *American Journal of Orthopsychiatry*, 44, 61-69, 1974.

Framo, J.: »Family of Origin as a Therapeutic Resource for Adults in Marital and Family Therapy: You Can and Should Go Home Again«, *Family Process*, 15, 193-210, 1976.

Gelles, R./Cornell, C.P.: *Intimate Violence in Families*, Beverly Hills: Sage 1985.

Giffin, K.: »The Contribution of Studies of Source Credibility to a Theory of Interpersonal Trust in the Communication Process«, *Psychological Bulletin*, 68, S.000. VIII, 1967.

Gilligan, C.: *Die andere Stimme: Lebenskonflikte und Moral der Frau*, München: Piper 1984.

Goodman, E.: »Cigarette Makers Taken to Court«, *The Boston Globe*, 29. März 1985.

Haley, J.: »The Family of the Schizophrenic: A Model System«, *Journal of Nervous and Mental Desease*, 129, 357-374, 1959.

Henton, J./Cate, R./Kovel, J./Lloyd, S./Christopher, S.: »Romance and Violence in Dating Relationships«, *Journal of Family Issues*, 4, 467-482, 1983.

Hey, R.: Social Structure of the Family. Lecture, University of Minnesota, Minneapolis, 1979.

Horvitz, A.: »Emotional Anemia«, *Brain/Mind Bulletin*, 7 (13), 1-4, 1982.

Huang, C.: *Quantum Soup*, New York: Dutton 1983.

Jackson, D.D.: »The Study of Family«, *Family Process*, 4, 1-20, 1965.

Jung, C.G.: *Die Archetypen und das kollektive Unbewußte*, 4. Aufl., Olten: Walter 1980.

Ders.: *Briefe*, 3 Bde, hrsg. v. Aniela Jaffé, Olten: Walter 1972-73.

Kantor, D./Lehr, W.: *Inside the Family*, San Francisco: Jossey-Bass 1975.

Kaufman, G.: *Shame. The Power of Caring*, Cambridge, MA: Schenkman Publishing 1980.

Laing, R.D.: »Mystifizierung, Verwirrung und Konflikt«, in: I. Boszormenyi-Nagy und J. Framo (Hrsg.), *Familientherapie: Theorie und Praxis*, Reinbek: Rowohlt 1975.

Ders.: *Knoten*, Reinbek: Rowohlt 1972.

Lewis, J.M./Beavers, W.R./Gossett, J.T./Phillips, V.A.: *No Single Thread*, New York: Brunner/Mazel 1976.

Loevinger, J.: *Ego Development*, San Francisco: Jossey-Bass 1976.
Mahler, M.S.: »A Study of the Separation-Individuation Process and Its Possible Application to Borderline Phenomena in the Psychoanalytical Situation«, *The Psychoanalytical Study of the Child*, 26, 403-424, 1971.
Mahler, J.S.: »On the First Three Subphases of the Separation-Individuation Process«, *International Journal of Psycho-Analysis*, 53, 333-338, 1972.
Mahler, M.S./Pine, F./Berman, A.: *Die psychische Geburt des Menschen: Symbiose und Individuation*, Frankfurt a.M.: Fischer 1984.
Marcel, C.: *Homo Viator*, Gloucester, MA: Peter Smith 1978.
March, W.: *The Bad Seed*, New York: Dell 1967.
Mason, M.: »The Role of the Female Co-therapist in the Male Sex Offenders Group«, in R. Forleo und W. Pacini (Eds.), *Medical Sexology*, Littleton, MA: PSG 1980.
Meiselman, K.: *Incest*, San Francisco: Jossey-Bass 1978.
Milkman, H./Sunderwirth, S.: Esalen Catalog (K. Thompson, Ed.), Big Sur, CA: Esalen 1985.
Miller, A.: *Das Drama des begabten Kindes*, Frankfurt a.M.: Suhrkamp 1979.
Minton, J.: »Fibrocystic Breast Disease«, in John L. Cameron (Ed.), *Current Surgical Therapy*, St. Louis: Mosby 1984.
Minuchin, S.: *Familie und Familientherapie: Theorie und Praxis struktureller Familientherapie*, 8. Aufl., Freiburg i.Br.: Lambertus 1990.
Minuchin S./Rossman B.L./Baker, L.: *Psychosomatische Krankheiten in der Familie*, Stuttgart: Klett-Cotta 1981.
Morris, D.: »Attachment and Intimacy«, in: M. Fisher und G. Strickler (Eds.), *Intimacy*, S. 303-317, New York: Plenum Press 1982.
National Public Radio (Juni 1985), All Things Considered, New York.
Palazzoli, M.S.: *Magersucht: Von der Behandlung einzelner zur Familientherapie*, Stuttgart: Klett-Cotta 1984.
Piers, G./Singer, M.: *Shame and Guilt*, New York: Norton 1971.
Polansky, N.A.: *Integrated Egopsychology*, New York: Aldine 1982.
Richards, M.: *Centering*, Middletown, CT: Wesleyan University Press 1964.
Richardson, A.: »Androgyny: How It Affects Drinking Practices: A Comparison of Female and Male Alcoholics«, *Focus on Women: Journal of Addictions and Health*, 2(2), 116-131, 1981.
Rotter, J.B.: »Generalized Expectancies for Internal versus External Controls for Reinforcement«, *Psychological Monographs*, 80 (1), 1966.

Russell, D.: *Sexual Exploitation*, Beverly Hills: Sage 1984.
Satir, V.: *Familienbehandlung: Kommunikation und Beziehung in Theorie, Erleben und Therapie*, Freiburg i.Br.: Lambertus 1973.
Dies.: *Selbstwert und Kommunikation: Familientherapie für Berater und zur Selbsthilfe*, München: Pfeiffer 1975.
Schneider, C.: *Shame, Exposure and Privacy*, Boston: Beacon Press 1977.
Stanton, M.D./Todd, T.: *The Family Therapy of Drug Abuse and Addiction*, New York: Guilford 1982.
Stevens, A.: *Archetypes: A Natural History of the Self*, New York: Morrow 1982.
Stierlin, H.: »Shame and Guilt in Family Relations«, *Archives of General Psychiatry*, 30, 381-389, 1974.
Taub-Bynum, E.B.: *The Family Unconcious*, Wheaton, IL: Theosophical Publishing 1984.
Tennov, D.: *Limerenz: Über Liebe und Verliebtsein*, München: Kösel 1981.
Tournier, P.: *Secrets*, Atlanta: John Knox Press 1963.
Van Devanter, L./Morgan, C.: *Home Before Morning: The Story of an Army Nurse in Vietnam*, New York: Beaufort Books 1983.
Watzlawick, P./Weakland, J./Fish, R.: *Lösungen: Zur Theorie und Praxis menschlichen Wandels*, 3. Aufl., Bern: Huber 1984.
Whitaker, C.A.: »Process Techniques of Family Therapy«, *Interaction* I, 4-19, 1959.
Whitaker, C.A./Malone, T.: *The Roots of Psychotherapy*, New York: Brunner/Mazel 1981.
White, R.W.: »Motivation Reconsidered: The Concept of Competence«, *Psychological Review*, 66, 197-333, 1959.
Wilber, K.: *Wege zum Selbst: Östliche und westliche Ansätze zu persönlichem Wachstum*, München: Kösel 1987.
Williams, T.: Notes on Alcoholism. Unpublished Manuscript, Minneapolis: Hazelden 1984.
Williamson, D.S.: »Personal Authority via Termination of the Intergenerational Hierarchical Boundary: A «New» Stage in the Family Life Cycle«, *Journal of Marriage and Family*, 7, 451-452, 1981.

# Namen- und Sachverzeichnis

»Abhängigkeit in Familiensystemen« (Workshop) 87
Agoraphobie 149
Aktiver Mißbrauch: *siehe* Quadrant des
Alkoholismus 29f., 87, 163f.
– Kontrolle und 147
Amerikanische Ärztekammer 163
Angst, und gestörter Wille 121f.
Anonyme Alkoholiker (AA) 144, 160, 183, 199, 223
Anonyme Kaufsüchtige 39
Anonyme Overeaters 199, 223
Anonyme Sexsüchtige 160, 179, 199, 223
Anonyme Spieler 199
Anorexia nervosa 149, 171
Arbeitssucht 149, 175ff.
Ärger, in der lieben, netten Familie 85f.

Bach, G. 103
Bach, R. 159
*Bad Seed* (March) 47
Bateson, G. 94, 125f., 143f.
Beavers, W.R. 89
Becker, E. 57
Bell, N. 89
Bergman, A. 91
Beruhigungsmittel 165f.

Berührung:
– sexualisierte 66-69, 178
– im Scham-Kontrolle-Modell 154f.
Beziehungen:
– Entfremdung kontra Einfühlungsvermögen in 59ff.
– Tod und 221
– als Dialog 53
– in schamdominierten kontra respektvollen Systemen 53ff.
Beziehungslose Familie 82-84
Beziehungsvakuum 91ff.
Bindung 96-99
Bly, Robert 71
Boss, Pauline 87f.
Bowen, Murray 49, 60, 105, 131, 164
Bowlby, J. 96
Brown, S. 185
Bulimie 169f.

Carnes, P. 177
Cate, R. 107
Chester, B. 67
Christopher, S. 107
Coleman, E. 165
Constantine, L.L. 60
Cornell, C.P. 107

Davis, M. 91, 98
Demut 47
Dilemma zwischen dem Selbst und den anderen 48f.
*Drama des begabten Kindes* (Miller) 99, 193f.
Drogen 163-168
– Gestörter Wille und 121f.
*siehe auch* Alkoholismus, Suchtmittelabhängigkeit

Einfühlungsvermögen, kontra Entfremdung 59-61
Elkin, M. 163
Eltern:
– die sich einmischen 104
– die sich nur auf die Kinder konzentrieren 149
– die ihre Rolle aufgeben 82f.
– in der Kinderrolle 94
– verführerische 68
Eltern-Kind-Ehe 92f.
Emotionale Grenzen:
– Aufbau von 112f.
– Verzerrung von 105f.
Emotional abgeschnittene Beziehungen 60f., 131
Energieumwandlung 199f.
Entfremdung
– Einfühlungsvermögen kontra 46, 59, 61
Erwachsene Kinder von Alkoholikern 185
Eßstörungen
– Anorexia nervosa 149, 171
– Bulimie 169f.
– zwanghaftes Überessen 171ff.
Ethnische Zugehörigkeit 113, 198
Exhibitionismus 139f.

Familie:
– Alkoholiker- 29, 87, 146, 165f.
– beziehungslose 82f.
– Grenzen der 88f.
– Herkunfts- 188
– kognitiv abhängige 75
– krisenorientierte 56
– und Lebenszyklus in der Therapie 190
– liebe, nette 85f.
– Märchen- 80ff.
– Mythen der 73ff.
– pseudo-offene 47
– rauhe, harte 84f.
– respektvoll kontra schamdominiert 43-62
– Scham-Kontrolle-Modell der Interaktion in der 150-158
– suchtmittelabhängige 75, 87ff.
Familienregeln
– Kontrolle als 117, 119-122
– Nichtvollenden als 117, 133-135
– Perfektionismus als 117, 122-126
– Schuldzuweisung und 117, 126-128
– Sprich nicht als 118, 135f.
– Unzuverlässigkeit als 117, 130-133.
– Verleugnung als 117, 129f.
– Verschleierung als 118, 136f.
Familiensysteme in der Therapie *siehe* Therapie
Familienunbewußtes 192f.
Farber, Leslie 121
Feministische Therapeutinnen 203f.
Fisch, R. 191
Flax, S. 176

Framo, J. 220
Freundschaften, intime 179

Gedankenlesen 102
Gefühlsbetonte Affären 179
Geheimnistuerei:
- vererbte, generationsübergreifende Schuld und 72-75
- Sprich-nicht-Regel und 135f.
Geistige Grenzen:
- Aufbau von 111
- Verzerrung von 102-105
»Geistige Vergewaltigung« 103
Geistig-seelisches Wachstum 199
Gelles, R. 107
Generationsgrenzen 89f.
Geschlechtsprivileg 203
Geschlechtsrollenverhalten, stereotypes 102
Gestörter Wille 120-122
Gewohnheiten, Abhängkeit kontra 159f.
Giffin, K. 195
Gilligan, C. 176
Goodman, E. 166
Gossett, J.T. 89
Grenzen:
- Beziehungsvakuum und 91-94
- Bindung und 95-99
- definierte 88
- emotionale 105-107
- Familien- 88f.
- geistige 102-105
- Generations- 89f.
- intrapsychische (Ich-) 91
- körperliche 107-110
- Reißverschluß-Metapher und 99-114

- Selbst und 87-115
Grenzambiguität 87f., 204

Halluzinogene 166
Hamstern, zwanghaftes 174f.
Henton, J. 228
Hey, R. 188
Horvitz, A. 106
Huang, C. 199
Humor, im Scham-Kontrolle-Modell 155f.

Ich-Grenzen (intrapsychische) 91
Individualismus 48f.
Intimer, spontaner Quadrant 153-158
- Humor im 155
- Berührung im 155
Intimität (oder Nähe):
- in der Familie 197f.
- in Freundschaften 179
- Kontrolle und 111
- Verleugnung und 129
- Verwirrung um und Angst vor 68
Intimsphäre, und die Sprich-nicht-Regel 136
Intrapsychische (Ich-)Grenzen 91
Inzest 67, 181
- vererbte, generationsübergreifende Scham und 74
- Verzerrung der körperlichen Grenzen und 107f.

Jackson, D.D. 117
Jung, C.G. 192, 199

Kantor, D. 89
Kaufman, G. 38, 197

Kaufsucht 174
Kauf- und Sparsucht 173-175
Keith, David 196
Kinder:
- Ehe zwischen Eltern und 92-94
- sexueller Mißbrauch von 59
- übernehmen Elternrolle 94

*Knoten* (Laing) 81
Co-Abhängigkeit 183ff.
Koffein 167f.
Komplementarität 125
Kontrolle (Eigenanalyse) 202
Kontrolle:
- als Familienregel 117
- Nähe und 111
- Perfektionismus, Schuldzuweisung und 127-129
- Scham und 139-158

Kontrollphase 35-37, 142-144, 146-149
Körperliche Grenzen:
- Aufbau von 113f.
- Verzerrung von 107-110

Körperliche Mißhandlung, als Sucht 180-182
Körperselbst, und Selbstachtung 114
Komplementarität
- Konzept der 125
Kose- und Spitznamen, im Scham-Kontrolle-Modell 156
Kovel, J. 107
Krise, als Möglichkeit 199
Kummer, unbewältigter 73

Laing, R.D. 81
Lebenszyklus, Veränderungen im 77
Lehr, W. 89

Lewis, J.M. 89
Liebe, in der lieben, netten Familie 85f.
Liebe, nette Familie 85f.
Limerenz 180
Lloyd, S. 107
Lösung erster Ordnung 191
Lösung zweiter Ordnung 191
Lösungsphase 35, 143-146

Magersucht *siehe* Anorexia nervosa
»Magnetischer« Stil der Co-Abhängigkeit 184
Mahler, J.S. 90, 96
Mahler, M.S. 91, 96
Marcel, C. 113
March, W. 47
Märchenfamilie 80-82
Mason, M. 181
Meiselman, K. 67
Messiaskomplex 74
Metascham 57
Milkman, H. 160
Miller, Alice 67, 98, 102, 193f.
Minton, John 168
Minuchin, S. 52, 89, 171
Morris, D. 96
Mythen, Familien- 73-75

Nichtvollenden, als Familienregel 86, 133-135
»Niederreden« 104
Nikotin 166f.

Perfektionismus:
- als Familienregel 117, 122-126
- Kontrolle, Scham und 127f.
- Verantwortung kontra 49-53

Pflegeeltern-Metapher 196
Pflichten, Familie konzentriert sich auf 129
Phillips, V.A. 89
Pine, F. 91
Platzangst *siehe* Agoraphobie
Polansky, N.A. 91
*Psychosomatische Krankheiten in der Familie* (Minuchin) 52
Psychosomatische Probleme 147

Quadrant des aktiven Mißbrauchs 152
– Humor im 155
– Berührung im 154
Quadrant des heimlichen Mißbrauchs 152, 157
– Humor im 155
– Berührung im 155
Rauhe, harte Familie 84f.
Reißverschluß-Metapher 99-114
– Aufbau emotionaler Grenzen und 112f.
– Aufbau geistiger Grenzen und 111f.
– Aufbau körperlicher Grenzen und 113f.
– äußerer (Scham) 101-110
– innerer (Selbstachtung) 110-114
– Verzerrung emotionaler Grenzen und 105-107
– Verzerrung geistiger Grenzen und 102-105
– Verzerrung körperlicher Grenzen und 107-110
Religiosität 86, 149
Respektvolle Familie, im Vergleich zur schamdominierten 43-62
Richardson, A. 102

Rigidität, Vertiefung und Abwandlung von Werten kontra 58f.
Rollen:
– Verleugnung und 130
– Geschlechts- 102
Rotter, J.B. 101, 109, 114
Ruhiger Quadrant 152-154, 157
– Humor im 156
– Berührung im 155
Russell, D. 67

Satir, Virginia 48, 60, 133
Scham:
– aufrechterhaltene 65, 75-80
– Definition von 25
– als emotionale Anämie 106
– externe oder traumatische 66-71
– Interaktion zwischen Kontrolle und 139-158
– Konfrontation mit der 114f.
– Masken der 63, 80-86
– Meta- 57
– Schuld, im Vergleich zur 25f.
– Ursachen und Fortdauer der 63-86
– vererbte, generationsübergreifende 65, 72-75
Schamdominierte Familie:
– Charakteristika der 26f.
– Definition von 28f.
– respektvolle Familie im Vergleich zur 43-62
Schamdominierter Zyklus 35-38, 140-149
– Kontrollphase im 35-38, 142-144, 146-149
– Lösungsphase im 35-38, 142-146
– Scham-Kontrolle-Modell der

gestörten Familieninteraktion 150-158
– intimer, spontaner Quadrant im 154-158
– ruhiger Quadrant im 152-154
– Quadrant des aktiven Mißbrauchs im 152
– Quadrant des heimlichen Mißbrauchs im 152
Scheidung:
– Beziehungsvakuum und 92-94
– Unzuverlässigkeit und 133
Schuld:
– definierte 25f.
– respektvolle 45f.
– Scham verglichen mit 25f.
Schuldzuweisung:
– Kontrolle, Perfektionismus und 127f.
– als Familienregel 117, 126-128
Schwartz, Renc 222
Selbst:
– und Grenzen 87-115
– ganzheitliches Wachstum kontra Image und Selbstkontrolle 61f.
– vom falschen zum echten 114f.
– getrennt kontra unklar definiert 47-49
– als Therapietechnik 195-197
– »Weggeben« des 183f.
Selbstachtung:
– Aufbau emotionaler Grenzen und 112f.
– Aufbau geistiger Grenzen und 111f.
– Aufbau körperlicher Grenzen und 113f.
– als innerer Reißverschluß 110-114

Selbsthilfegruppen
– für erwachsene Kinder von Alkoholikern 185
– 12-Schritte-Selbsthilfegruppen 160f., 181, 199, 223f.
Selvini-Palazzoli, M. 170
Sexaholiker 177
Sexsucht 177-180
Sexualisierte Berührung 66-69
Sexualität, in der rauhen, harten Familie 85
Sexueller Mißbrauch:
– von Kindern 59, 181f.
– als Sucht 180f.
Spielleidenschaft 174
Sprache, in der lieben, netten Familie 85
Sprich-nicht-Regel 118, 135f.
Stanton, M. Duke 90, 163, 192
Stehlen, zwanghaftes 174
Stevens, A. 96
Stimulanzien 165
Sucht:
– Arbeitssucht 149, 175-177
– Definition von 159
– Eßstörungen 168-173
– Kauf- und Sparsucht 173-175
– Co-Abhängigkeit und 183-186
– Körperliche Mißhandlung und sexueller Mißbrauch als 139f.
– geistig-seelische Entwicklung und 198
Suchtmittelabhängigkeit 74, 87, 163-168
– Beruhigungsmittel 165f.
– Halluzinogene 166
– Koffein 167f.
– Nikotin 166f.
– Stimulanzien 165

*siehe* auch Alkoholismus
Sunderwirth, S. 160
Systeme des Respekts und der Scham
– gegenübergestellt aus der individuellen Perspektive 56-62

Taub-Bynum, E.B. 192
Tennov, D. 180f.
Therapeuten:
– Entwicklung von 201-203
– ungelöste Probleme von 201f.
Therapie 187-226
– Anfangsphase der 206-214
– Endphase der 225f.
– familiäre Nähe als Ziel der 197f.
– Familienunbewußtes und 192f.
– feministische 203f.
– lebenslange 189-191
– Lebenszyklus und 190f.
– Lösungen erster und zweiter Ordnung in der 191
– Selbst als Technik in der 195-197
– als spirituelle Reise 198-201
– Verleugnung und 193-195
– Vertiefungsphase 215-225
– Voraussetzungen für die 187-204
Tod, Beziehungen und 221f.
Todd, T. 90, 163, 192
Tournier, P. 104
Trainer-Metapher 195f.
Transaktionen, abgeschlossene 133-135
Trauer *siehe* Kummer
Träume 71, 222

Überessen, zwanghaftes 171-173
Übertragungsprobleme 201
Unbewußtes:
– kollektives 192
– Familien- 192f.
Undifferenzierte Familien-Ich-Masse 49
Unterstützung für Therapeuten 202f.
Unzuverlässigkeit, als Familienregel 117, 130-133

Verantwortung:
– Perfektionismus kontra 49-53
– Scham, Verzweiflung und Entmutigung kontra 56-58
Vererbte, generationsübergreifende Scham 65, 72-75
Verführerische Eltern 68
Vergewaltigung 66-68
Verletzung, von Werten kontra Verletzung der Person 45
Verleugnung:
– als Familienregel 117, 129-130
– Therapie und 193-195
Verschleiern, als Familienregel 118
Verstopfter-Entwässerungskanal -Metapher 200
Vertrauen 194-196

Wallbridge, D. 91, 98
Watzlawick, P. 191
Weakland, J. 191
»Weggeben« des Selbst 183f.
Werte:
– Rigidität kontra Vertiefung und Modifizierung von 58f.
– Verletzung von 45f.

Whitaker, Anita 193
Whitaker, C.A. 90, 157, 188, 192, 195, 199f., 201
Wilber, K. 91
Wille, gestörter 221
Williams, T. 185
Wilson, Bill 199
Winnicott, D.W. 98
Wyden, P. 103

Zigarettenrauchen 166f.
Zwanghaftigkeit 30f.
– Abhängigkeit kontra 159
– Einkaufen 174
– Spielleidenschaft 174
– Sparen 174f.
– Stehlen 174
– Überessen 171-173
12-Schritte-Selbsthilfegruppen 160f., 181, 199, 223f.

Die Sucht nach Sex kann viele Formen annehmen: Pornographie, Sex mit Kindern oder Objekten, anonymer Sex oder fortlaufende Affairen, die gewaltsamen Sex einschließen, Exhibitionismus, ausgeprägte erotische Fantasien. Einige würden diese

**Patrick Carnes**
# WENN SEX ZUR SUCHT WIRD

Fälle vielleicht als sexuelle Ausschweifungen, schlechte Gewohnheiten oder Ausrutscher betrachten. Andere würden sie als bizarres oder perverses Verhalten abtun. In Wirklichkeit stellen sie ein sehr viel ernsteres Problem dar: ein selbstzerstörerisches Verhalten, das trotz hohen Risikos oder schlimmer Konsequenzen nicht zu stoppen ist, denn mit der Zeit ziehen sich die Betroffenen immer mehr von der wirklichen Welt, von Freunden, der Familie und der Arbeit zurück und ihr geheimes Doppelleben wird zunehmend realer. Fast alle Sexsüchtigen wurden in irgendeiner Form als Kind sexuell mißbraucht. Zuneigung lernten sie nur in Zusammenhang mit Sexualität kennen. Sie alle leiden unter der zerstörerischen Sexualität, sind aber nicht in der Lage, damit aufzuhören. Welche Möglichkeiten es gibt, sich von dieser Sucht zu befreien, wird ausführlich beschrieben.

440 Seiten. Kartoniert. Aus dem Amerikanischen von Karin Petersen.

Über Alkoholismus und andere Suchterkrankungen wurde in den letzten Jahren viel geschrieben, die Probleme der Angehörigen, insbesondere der Kinder, kamen jedoch kaum zur Sprache. Dabei sind diese Kinder vielfältigen Belastungen ausgesetzt, ihr Alltag ist bestimmt durch

### Janet G. Woititz
# Um die Kindheit betrogen

Angst, Scham und Wut. Jahrelang müssen sie die Vorspiegelungen der glücklichen Familie nach nach außen hin aufrechterhalten. Sie dürfen niemanden wissen lassen, was zu Hause wirklich vor sich geht.

Wie sich das auf die schätzungsweise zwei bis drei Millionen Kinder auswirkt, wenn sie erwachsen sind, beschreibt die Autorin in einfühlsamer Weise. Ein Buch, das mit konkreten Vorschlägen Mut macht, das eigene Leben selbstbewußt und zuversichtlich zu gestalten.

173 Seiten. Kartoniert. Aus dem Amerikanischen von Karin Petersen, Weltauflage: 1,5 Millionen Exemplare.